译文纪实

UNDER A WHITE SKY
The Nature of the Future

Elizabeth Kolbert

[美]伊丽莎白·科尔伯特 著　　　叶盛 译

白色天空下

当自然不再自然

上海译文出版社

献给我的儿子们

有时候，他会沿着墙壁敲击他那把锤子，就好像是在给某台正等着拯救他的巨大机器发送信号，好让那机器赶紧运转起来。这事情完全不可能以这样的方式发生——拯救有它自己的时间节奏，与一把锤子毫无关系。但是，拯救仍然还会是某样东西，是某样能够被感知、被理解的东西。它会是一个象征物，是一个你能亲吻的物件，因为一个人没有办法去亲吻拯救。

——弗朗茨·卡夫卡（Franz Kafka）①

目　录

一

顺　流　而　下

1

　　河流是一种很好的隐喻——或许有点太好了。河流可以是浑浊的，承载着隐藏的含义。比如密西西比河对于吐温而言就代表了"最冷酷又最诚挚的读物"[①]。或者，河流也可以是明亮的，清澈的，像镜子一样。梭罗[②]曾在康科德河（Concord River）和梅里马克河（Merrimack River）上有过一次为期一周的旅程，然而在他启程还不到一天时，就发现自己已经迷失在了水中层层叠叠的倒影里。河流能够预示命运，要么就使人得到某种知识，又要么就令人碰到某种他们宁愿不知道的知识。"在这条河中逆流而上仿佛是回溯到了世界最初的起源，彼时地球上只有植物肆意生长。"康拉德[③]笔下的马洛如此回忆道。河流可以代表时间，代表改变，也可以代表生命本身。"你不可能两次踏入同一条河流。"据说这是赫拉克利特（Heraclitus）说的，而他的追随者克拉底鲁（Cratylus）据说曾经回应道："你甚至一次都不可能踏入同一条河流。"

在一个连日阴雨之后的明媚上午，我乘着船行驶在一条不太算是河流的河上——芝加哥环境卫生和航行运河（Chicago Sanitary and Ship Canal）。这条运河宽近 50 米，直得就像一把尺子。运河中的水面让人想起硬卡纸做的那种老旧灯罩，遍布的斑点就是那些糖果包装纸和一小块一小块的泡沫塑料。就在这个上午，河上的交通以驳船为主，运送着沙子、碎石、石化产品。我所乘的这艘船是个例外。它是一艘满载欢乐的船，名叫"城市生活号"。

"城市生活号"配备有米色的长条软座和一顶在微风中噗啦作响的凉篷。船上的乘客还有这艘船的船长和船东，以及来自"芝加哥河之友"这个组织的几位成员。芝加哥河之友并不是一个挑剔的团队。他们的活动中时常会需要蹚过齐膝深的污水，以

---

① 马克·吐温（Mark Twain）曾经在密西西比河的一艘蒸汽船上担任过领航员。他后来根据这段经历写过一本回忆录《密西西比河上的生活》。作者引用的这句话就是出自这本书，意指密西西比河十分凶险，在普通乘客看来只是美景，但在他受过训练的眼睛看来，却能够发现其中暗藏的致命危险。

② 指亨利·戴维·梭罗（Henry David Thoreau），19 世纪美国著名作家、哲学家、废奴主义者，同时也是在美国最早接受并宣传进化论的先驱。他一生中仅出版过《瓦尔登湖》和《在康科德河与梅里马克河上的一周》（又译《河上一周》）两本书，均与自然主题有关。下文所说的一周旅程指的正是后一本书中记述的旅程，其主题主要是将美国东北部新英格兰地区的自然风光与梭罗故乡英国已被工业革命破坏的环境相对比，其中表达了作者对于自然、宗教、人生乃至人类整体的很多思考。作者在本书中多次引用梭罗这本书中的句子，下文不再注释。

③ 指约瑟夫·康拉德（Joseph Conrad），19 世纪末至 20 世纪初的英国作家，被认为是英语世界最伟大的作家之一。下文的马洛是指康拉德的中篇小说名著《黑暗之心》中的主角查尔斯·马洛（Charles Marlow）。在这个故事中，马洛在非洲一条原始的河流中乘船逆流而上。

检测其中来自排泄物的肠道菌。不过，我们这次小小的旅程计划要前往运河的下游，远远比他们在这条运河中所去过的地方都要更远。大家都很兴奋，说实话也有点忐忑。

我们是从密歇根湖经由芝加哥河的南方支流进入运河的。现在，引擎正带着我们航向西方，一路经过了化雪剂堆成的连绵山峦、金属碎屑堆成的平顶山、生锈的集装箱堆成的冰碛丘陵。刚刚越过城市边缘后，我们绕过了斯蒂克尼污水处理厂（Stickney plant）的排水管——据说那是世界上最大的排污工程。在"城市生活号"的甲板上，我们看不到斯蒂克尼污水处理厂，但是我们能闻到它。我们的谈话转向了最近的降雨。连日阴雨超过了这个地区水处理系统的承载能力，导致了"合流式排水系统溢流"①。大家在推测，这种溢流会导致什么样的"漂浮物"漂过去。有人想知道我们会不会遇到"芝加哥河白鱼"——当地的俚语，指用过的避孕套。我们的船继续向前行驶。最终，环境卫生和航行运河汇入了另一条运河，名为卡尔-赛格渠（Cal-Sag Channel）。两条水道的交汇处有一个 V 形的公园，以其风景优美的瀑布而闻名。就像我们这一路上所看到的几乎所有东西一样，这个瀑布也是人造的。

---

① "合流式排水系统溢流"（combined sewer overflow）是城市水处理系统中的一种应对措施，让超过污水处理厂处理能力的峰值污水分流出去，直接排入自然河道，以避免破坏污水处理厂的设施，但污水的直排会导致环境污染问题。一种常见的溢流结构是溢水坝，所以才会有下文关于漂浮物的讨论。

如果说芝加哥市是座"巨肩之城"①，那么环境卫生和航行运河或许可以被当作是它特大号的括约肌。在这条运河没有开挖之前，这座城市的污物——人类的排泄物、奶牛的粪便、绵羊的粪便以及来自牲畜院②的腐烂内脏——全都排进了芝加哥河。这些乱七八糟的东西在河道的某些地方积聚了厚厚的一层污物，据说能让一只鸡从这边的河岸走到对面的河岸去，都不会把爪子弄湿。顺着河道，这些污物还漂到了密歇根湖里。这个湖过去是，并且至今仍是这座城市唯一的饮用水来源。于是，伤寒和霍乱的暴发在当时成了家常便饭。

芝加哥环境卫生和航行运河是在 19 世纪末期规划的，于 20 世纪初期开通，从源头上逆转了芝加哥河的流向。它迫使芝加哥河改变流向后，城市的污物不会再流入密歇根湖了，而是离湖而去，流入德斯普兰斯河（Des Plaines River），再汇入伊利诺伊河，然后是密西西比河，最终注入墨西哥湾。《纽约时报》曾以《芝加哥河水如今像个水样了》为题对此进行报道。

对于芝加哥河的逆转是那个时代最大的公共工程项目，也是一个教科书式的案例，代表了当时所谓的"掌控大自然"——那时没带有任何反讽的意味。运河的挖掘耗时七年，也导致了一套全新技术的发明：马森-胡佛输送机（Mason & Hoover Conveyor）

---

① 芝加哥市的别称，语出美国诗人卡尔·桑德伯格（Carl Sandburg）的著名诗作《芝加哥》。
② 牲畜院（stockyards）指芝加哥市的一个区，在 19 世纪下半叶至 20 世纪上半叶汇集了牲畜加工的全产业链条。

和海登里希斜面（Heidenreich Incline），两者合称"芝加哥式土方输送法"。总计有将近 3 300 万立方米的岩石和土壤被挖掘出来。根据一位评论员令人钦佩的计算结果，这些土石足够建造一个 15 米厚且 1.6 公里见方的小岛。这条河塑造了这座城市，而这座城市重塑了这条河。

但是，逆转芝加哥河并不仅仅只是把污物冲到了圣路易斯[①]而已。它还把美国三分之二面积内的水文地理颠倒了过来。这给生态带来了严重的后果，进而给经济带来了严重的后果，这又反过来迫使人们对逆流的河水施行了全新的一轮干预措施。"城市生活号"的这趟旅程就是为此而来的。我们小心前行，但是可能小心得还不够，因为有一次"城市生活号"几乎被两艘宽体驳船挤在中间压扁了。水手们大声叫喊着指挥，一开始是让人听不懂的行话，然后又变成了让人听不得的脏话。

沿着河下游向上走了差不多 50 公里（或者还是沿着河上游向下走了 50 公里?），我们接近了此行的目的地。表明我们已经接近的第一个标志是一个标志牌。这个标志牌跟公路旁的广告牌差不多大，颜色像是塑料柠檬，上面写着："警告！禁止游泳、潜水、钓鱼，或者停泊!"紧接着就出现了第二块标志牌，白颜色的，写着："注意监管你的所有乘客、儿童，或宠物!"几百米后又出现了第三块标志牌，黑樱桃酒那种红色，写着："危险！

---

① 圣路易斯（St. Louis）位于伊利诺伊河和密苏里河两条河流注入密西西比河的交汇处，是上文提到的流路中位于芝加哥下游的第一个大城市。

你已进入电鱼屏障区！触电高危区！"

船上的每个人都拿出了手机或相机。我们给河水拍照，给警示牌拍照，给彼此拍照。有人开玩笑说，我们之中应该有人跳进带电的河水中试试，或者至少把一只手伸进水里，看看会发生什么。六只大蓝鹭（great blue heron）蹦跳着过来领取唾手可得的大餐。它们聚集在一起，翅膀挨着翅膀，站在河岸边，就像是食堂里排队取餐的学生。我们也给它们拍了照。

那人当主宰"全地，并地上所爬的一切昆虫"[1]——这个预言已经变成了铁定的事实。你可以随便挑一块方寸之地，它所讲述的故事都是一样的。人类目前已经直接转化了地球上超过一半的不冻土区域，面积约 7 000 万平方公里，并且间接改变了其余不冻土区域的一半面积。我们已经在世界上绝大多数的主要河流上筑起了大坝，或进行了分流。我们的化肥厂和豆类庄稼固定的氮元素比全部陆地生态系统加在一起固定的还要多。而我们的飞机、汽车、发电厂排放的二氧化碳比火山喷发出来的多了一百多倍。我们现在时常会引发地震。（一场人为诱发地震于 2016 年 9 月 3 日早晨袭击了俄克拉何马州的波尼市，并导致了严重的破坏，远在得梅因市都有震感[2]。）以生物量的角度来看，那些数字

---

[1] 引自《圣经·创世记》1：26。
[2] 得梅因市（Des Moines）位于艾奥瓦州，距波尼市（Pawnee）约 650 公里远，相当于北京与郑州的距离。

更令人目瞪口呆：今天人类的数量已经远远超过了野生哺乳动物，两者之比超过 8：1；如果再算上我们饲养的动物（大部分是奶牛和猪），这个比例就会攀升至 22：1。正如最近发表在《美国国家科学院院刊》（*Proceedings of the National Academy of Sciences*）上的一篇论文指出的："事实上，人类和牲畜的数量已经远远超过了除去鱼类之外的其他所有野生脊椎动物加在一起的数量。"我们已经变成了灭绝的主要推动力，并且可能也是新物种形成的主要推动力。人类的影响力是如此广阔，以至于有观点认为我们已经生活在了一个全新的地质时期——人类世。在这个属于人类的时代，没有哪里能够不被人类踏足，无论是大洋下最深的海沟，还是南极洲冰盖的中央，无不已经印上了我们像星期五①一样的足迹。

从这些巨变之中，我们显然能够得到的一个教训就是"小心你许下的愿望"。大气升温、海洋升温、海洋酸化、海平面上升、冰川消融、沙漠化、富营养化——这些不过是我们这个物种的成功所带来的一些副作用。这些变化都是一个整体过程中的不同组成部分，而这个过程被温和地称为"全球变化"。但实际上，在地球历史上只有为数不多的几个事件可以与之相比，其中最近的一次就是那场在 6 600 万年前终结了恐龙霸权

---

① 指名著《鲁滨逊漂流记》中被鲁滨逊救下的土著人 "星期五"。鲁滨逊最早意识到孤岛上还有其他人类造访，就是因为在沙滩上发现了土著人的脚印，并为此深感恐惧。作者以此隐喻人类的足迹出现在这些地方是一件怪异而令人震惊的事情。

的小行星撞击事件。人类正在制造前所未有的气候、前所未有的生态系统，以及一个前所未有的未来。在当前来看，缩减人类的活动，降低人类的冲击，可能是一个审慎而精明的决定。但是地球上已经有如此之多的人类了——在我写下这句话时已经接近 80 亿人口——我们已经涉足太深，走回头路似乎是不切实际的。

正因为如此，我们面临着一个前所未有的困境。如果对于操控大自然所带来的问题存在一个答案，那么这个答案就会是未来更多的操控。只是，我们现在要管理的并不是一个独立于人类而存在的大自然——或者是想象中如此的大自然。与之相反，新的努力建立在一个已然重塑的地球上，并将螺旋式地重演其自身——算不上是对大自然的操控，而是对大自然的操控的操控。你先是逆转了一条河流，然后你又要给它通电。

美国陆军工兵部队的芝加哥区①总部位于拉萨勒街（LaSalle Street）上的一幢新古典主义建筑内。建筑外有一块铭牌介绍了此地的历史：1883 年全美时间大会在这里召开，使全国钟表完成了同步。② 这件事情包括把几十个地方时区归整为四个时区，于

---

① 美国陆军工兵部队按美国的地域设有八个常设师，其中的五大湖及俄亥俄河师下辖七个区，芝加哥区是其中之一。

② 全美时间大会（General Time Convention）是 1883 年成立的美国铁路业联合会，主要功绩之一是建立了北美地区统一使用的标准时间和时区，解决了当时各地时间不统一给铁路运营带来的麻烦。其标准时间以美国铁路交会的重镇芝加哥的时间为准。下文"有两个中午的一天"即开始实行新时区方案的 1883 年 11 月 18 日。

是导致在很多城镇出现了所谓的"有两个中午的一天"。

自从托马斯·杰斐逊（Thomas Jefferson）总统建立了工兵部队以来，这支部队就常常致力于超大规模的干预行动。他们参与过众多改变世界的工程项目，其中包括巴拿马运河、圣劳伦斯海道（St. Lawrence Seaway）、博纳维尔大坝（Bonneville Dam）和曼哈顿计划。（为了建造原子弹，工兵部队设立了一个新的师，并被称为曼哈顿区，以掩护该计划的真实目的。）作为这个时代的标志之一的事情就是，工兵部队发现他们越来越多地参与到了回环倒退的行动中，或是次生行动中，比如管理芝加哥环境卫生和航行运河上的电鱼屏障。

在我跟朋友那次乘船旅程之后不久的一个上午，我访问了工兵部队的芝加哥办公室，与负责电鱼屏障的工程师进行了交谈，他的名字叫查克·谢伊（Chuck Shea）。我首先注意到的是在接待处柜台旁的石块上固定着的一对巨大的亚洲鲤鱼。像所有的亚洲鲤鱼一样，这两条鱼的眼睛长在了头上靠近底部的位置，所以让它们看起来就像是被上下颠倒安反了一样。这里的动物组合有点古怪，两条塑料鱼被一些小小的塑料蝴蝶围绕着。

"在我当年学习工程的时候从未想象过，自己有一天会在一种鱼身上花费如此之多的时间。"谢伊告诉我说，"但事实上，这是个相当好的聚会谈资。"谢伊是个瘦小的人，头发灰白，戴着细框眼镜，并且显露出一种不自信——源自他要处理的问题是很难用言语来说清楚的。我问他电鱼屏障是如何工作的，然后他就伸出了手，仿佛是要跟我握手似的。

"我们向水道中注入电力。"他解释道，"简单来说，你只要向水中输送足够多的电力，以确保能够获得一个遍布这片区域的电场就行。"

"电场强度从上游向下游是递增的，所以如果说我的手是一条鱼的话，它的鼻子就在这儿，"他继续说道，同时示意着中指的指尖，"而它的尾巴就在这儿。"他指向自己掌根的位置，然后让伸出的这只手摆动起来。

"这里的情况是，鱼游进来后，它的鼻子感受到一个电压，而尾巴感受到另一个电压。这就使得电流能够流过它的身体。是这种流经鱼的身体的电流导致它们触电，甚至被电死。所以，一条大鱼从鼻子到尾巴的电压差就更大。而一条小鱼没有那么长的距离形成大的电压差，所以受到的电击就会更轻。"

他坐回椅子里，把手放回大腿上。"好消息是，亚洲鲤鱼是一种非常大的鱼。它们是头号公敌。"我表示，一个人的身体也相当大。谢伊回应道："人们对于电击的反应是不同的。但不幸的是，这的确有可能是致命的。"

谢伊告诉我，工兵部队是在 1990 年代末期介入电鱼屏障相关事务的，而这是国会推动的结果。他说："当时下达的指令是开放性的：'做点什么都行！'"

交给工兵部队的任务很棘手：让芝加哥环境卫生和航行运河对鱼类而言变得无法通过，但是不会妨碍人类的航行、货物的运

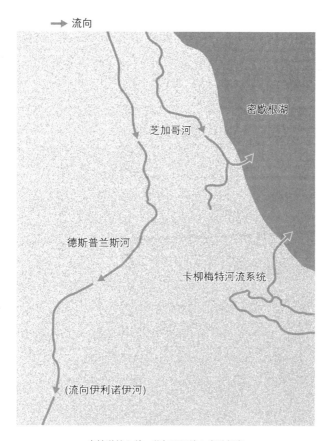

密歇根湖

芝加哥河

德斯普兰斯河

卡柳梅特河流系统

(流向伊利诺伊河)

在被逆转之前，芝加哥河流入密歇根湖

输，以及污物的流动。工兵部队考虑过十多种可能的办法，包括向运河中下毒、用紫外线照射运河、给运河注入臭氧，以及安装巨型过滤网。他们甚至还想过向运河中注入氮气，制造缺氧的环境，而这种环境常常是与未经处理的污水相联系的。（最后这个方案被驳回的部分原因在于其成本——估计每天要花费 25 万美元。)电击方案最终胜出是因为其廉价的成本,以及它似乎是最为人道的选项。任何鱼如果接近屏障,还不等它被电死,就会被电击吓退——至少希望如此。

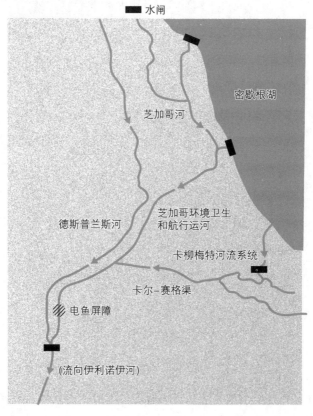

芝加哥环境卫生和航行运河让芝加哥河的流向改为离开密歇根湖的方向

第一道电鱼屏障于 2002 年 4 月 9 日通电。它本应用于对付的物种是一种长着一张蛙脸的入侵物种，黑口新虾虎鱼（round goby）。这种鱼原生于里海，很有侵略性，以其他鱼类的卵为食。它们已经在密歇根湖中安家落户。人们担心它们会利用芝加哥环境卫生和航行运河游出密歇根湖，进入德斯普兰斯河。它们又可以从那里游进伊利诺伊河，继而是密西西比河。但是，正如谢伊对我说的："早在这个项目能够运行之前，黑口新虾虎鱼已经跑到屏障另一边去了。"这就成了一个亡羊补牢的案例。

　　与此同时，其他的入侵者——亚洲鲤鱼——正向着相反的方向运动，逆密西西比河而上，直指芝加哥。如果亚洲鲤鱼穿过运河，人们担心它们会给密歇根湖带来浩劫，进而给苏必利尔湖、休伦湖、伊利湖和安大略湖①也带来浩劫。一位密歇根州的政客警告称，这些鱼可能会"摧毁我们的生活方式"。

　　"亚洲鲤鱼是一种很好的入侵物种。"谢伊告诉我。然后他又自我纠正道："好吧，不是'好的'，只是它们很善于入侵而已。它们很有适应能力，能够在很多不同的环境中繁盛兴旺。这就是为什么它们如此难以对付。"

　　工兵部队后来又在运河上安装了两道新的电鱼屏障，显著地提高了电压。我到访的时候，他们正在把最初的那道屏障替换为更强力的版本。工兵部队还在计划把这场战争升级到新的水平

---

　　① 前文的密歇根湖与这四个湖彼此连通，统称"五大湖"，是美国北部位于美加边境上的重要水系。

上，安装一道能够制造出强大噪声和气泡的屏障。气泡屏障的成本最初预计为 2.75 亿美元，后来又提升至 7.75 亿美元。

"有人开玩笑说，这种屏障是迪斯科屏障。"谢伊说。我突然想到，这是个不错的谈资，他或许已经在某次聚会中用过了。

尽管人们谈论亚洲鲤鱼的时候常常像是在谈论一个单一的物种，但这个术语其实混杂了四种鱼[①]。所有这四种鱼都原生于中国，并被中国人统称为四大家鱼[②]。中国人早在 13 世纪开始就在池塘中混养这四种鱼类。这种实践活动被称为"人类历史上有记录的最早的综合混养模式"。

四大家鱼中的每一种都有自己独特的本领。当它们联合在一起时，就像是神奇四侠一样，几乎是不可阻挡的。草鱼（grass carp, *Ctenopharyngodon idella*）以水生植物为食。鲢鱼（sliver carp, *Hypophthalmichthys molitrix*）和鳙鱼（bighead carp, *Hypophthalmichthys nobilis*）是滤食性动物，它们把水吸进嘴中，然后用鳃中像梳子一样的结构把浮游动物过滤出来。青鱼（black carp, *Mylopharyngodon piceus*）以软体动物为食，比如各种螺类。人们把农作物的碎料投入池塘中，草鱼就会以此为食。草鱼的排泄物会滋养藻类的生长。藻类能够喂养鲢鱼，以及

---

① 实际上美国语境下所说的"亚洲鲤鱼"不仅仅是下文所说的四大家鱼，还包括了其他很多鲤科鱼类，其共同特点是生长迅速，环境适应力强。

② 作者在此处直接使用了中文的"四大家鱼"字样，并进行了翻译解释。

像溞类动物这类微小的水生动物。而后者又恰恰是鳙鱼喜欢的食物。这个系统令中国人可以收获巨大数量的鲤科鱼类，仅在2015年就达到了超过2 000万吨的产量①。

多少带有点人类世常见讽刺意味的是，虽然中国的养殖鲤科鱼类种群爆发，但是野生的鲤科鱼类数量已经严重下降。由于长江上的三峡大坝等工程的兴建，淡水鱼遭遇了洄游产卵方面的困难②。因此，鲤科鱼类同时成为人工操控的工具与人工操控的受害者。

四大家鱼之所以能来到密西西比河，部分的原因是拜《寂静的春天》（*Slient Spring*）所赐——又一个人类世的讽刺。这本书出版之前的暂定名为《操控大自然》，而这正是作者蕾切尔·卡森（Rachel Carson）在书中所谴责的思想。

"'操控大自然'这个说法是从傲慢中孕育而来的，诞生于生物学和哲学的蛮荒时代，彼时人们认定，大自然的存在就是为了给人类提供方便。"她如此写道。除草剂和杀虫剂代表了"穴居人"最糟糕的一类想法，是一根"挥向生命之网的"大棒。

---

① 根据《中国渔业统计年鉴2016》统计数据，上述四大家鱼在2015年的总产量为1 400万吨左右，再加上鲤、鲫、鳊三种同样常见的食用鲤科淡水鱼，总产量约为2 100万吨。需要指出的是，我国食用淡水鱼的高产主要基于现代化的人工饲养方式。为了方便管理，以及对接下游储运营销等环节，通常都是对单一鱼种分别进行养殖，很少还会施行低效的混养模式。

② 我国的三峡大坝等新建的大型水利工程都考虑了鱼类的洄游问题，采取了鱼梯等综合措施来帮助鱼类完成洄游。虽然这些措施的效果有限，但结合其他综合性的生态调度行动，能够有效缓解四大家鱼等野生淡水鱼类的洄游产卵问题。事实上，水利设施并不是导致我国野生淡水鱼物种濒危的主要原因。更严重的威胁反而是来自人工育得到的养殖鲤科物种。这些人工育种的鱼类由于洪涝灾害或人为放生等原因大量进入自然水系，一方面以更强的繁殖和生存能力抢占了野生物种的生存空间和生存资源，另一方面通过与亲缘关系相近的野生物种交配，破坏了野生物种的基因库，促使野生淡水鱼物种逐渐灭绝。

卡森在书中警告：不加选择地使用化学品的行为正在伤害人类、杀死鸟类，并把这个国家的水道变为"死亡之河"。政府部门不应该推广杀虫剂和除草剂，而应该致力于消除这两类化学品，因为有"特别丰富的替代方案"可供选择。卡森尤为推崇的一个替代方案就是让一种生物去对抗另一种生物。举例来说，可以引入一种寄生虫来攻击一种不想要的昆虫。

"在那本书中所说的问题，或者说罪魁祸首，是化学品几乎不受限制的广泛使用，尤其是氯代烃类化合物，比如DDT。"安德鲁·米切尔（Andrew Mitchell）这样告诉我。他是来自阿肯色州一个水产养殖研究中心的生物学家，专门研究亚洲鲤鱼在美国的历史。"所以当时的背景是：我们如何能够去除对于化学品的严重依赖，同时仍能保有某种程度上的操控？这样的想法或许与亚洲鲤鱼的引进有着无比重要的联系。这些鱼就是当时的生物防控措施。"

就在《寂静的春天》出版的一年后，也就是1963年，美国鱼类及野生动物管理局把有记录的第一批亚洲鲤鱼引入了美国。当时的想法是利用这些鱼来控制水草——正如卡森所建议的那样。（像聚藻［Eurasian watermilfoil］——又是一个入侵物种——这样的水草能够彻底堵塞一个湖或池塘，以致船舶无法通航，甚至就连人都游不过去。）引入的鱼是草鱼的鱼苗，只有一指长。它们被放在该局下辖的鱼类养殖实验站进行饲养，实验站位于阿肯色州的斯图加特（Stuttgart）。三年后，实验站的生物学家成功地让其中一条成年草鱼产下了卵。结果就得到了成千上万条一指长的小鱼。几乎是不久之后，有些小鱼逃跑了。这些草鱼的鱼苗一路进入了密西西比河的支流怀特河（White River）。

此后，在1970年代，阿肯色州渔猎委员会为鲢鱼和鳙鱼找到了用武之地。当时《清洁水法》刚刚通过，地方政府处于新标准的达标压力之下。然而很多社区无力负担升级他们的污水处理厂所需的费用。阿肯色州渔猎委员会想到，在处理池中畜养亚洲鲤鱼或许能有所帮助。亚洲鲤鱼能够消耗大量由于氮过盛而生长繁盛的藻类，从而降低处理池的营养负担。在一个研究项目中，鲢鱼被放进了本顿镇（Benton）的污水处理池中，那里是小石城（Little Rock）的城郊地带。那些鱼的确降低了池中的营养负担，但是后来它们也逃跑了。没有人知道它们到底是如何跑掉的，因为没有人在监控它们。

"当时，所有人都在寻找能够清洁环境的方法。"阿肯色州渔猎委员会研究亚洲鲤鱼的生物学家迈克·弗里兹（Mike Freeze）告诉我说，"蕾切尔·卡森写了《寂静的春天》，于是所有人都在担心水里的各种化学品。他们远没有对非本地物种给予同等的关注。这是很不幸的。"

*　　*　　*

这些鱼胡乱堆在一起，血淋淋的。其中大多数是鲢鱼。鱼的数量极多，都是活生生被扔到船上的。我已经花了几个小时的时间，眼看着它们堆积起来。我猜压在最下面的鱼现在应该已经死了，而顶上的那些鱼还在喘着气，徒劳地扑腾着。我想自己应该是感受到了它们那一双双长在低处的眼睛里射来的控诉目光，但是我甚至不知道它们是否能真的看见我，还是说这只是我的一种心理投射。

这是一个闷热难耐的夏日上午，就在我的"城市生活号"之旅过去几周之后。那些喘气的亚洲鲤鱼、三位为伊利诺伊州政府工作的生物学家、几位渔民以及我，我们都漂荡在莫里斯镇（Morris）的一个湖上。这里位于芝加哥西南大约 100 公里远的地方。这个湖没有名字，最初只是个采石坑。为了到访这里，我必须要给拥有此地的公司签署一张免责协议书。协议书上声明的事情包括我没有携带枪械，也不会在此地抽烟，或是使用任何"明火设备"。这张协议书上画出了这个由大坑演变而来的湖的形状，看起来就像一只小孩子画的暴龙。如果暴龙可以有肚脐的话，那么这只暴龙的肚脐位置就是一条人工渠，连接着这个湖与伊利诺伊河。这种设计是专门为亚洲鲤鱼安排的。亚洲鲤鱼需要在流水中繁殖，不然就得注射激素诱导它们繁殖。但是一旦产卵之后，它们就喜欢撤退到和缓的水域进食。

莫里斯镇或许可以被看作是亚洲鲤鱼之战中的葛底斯堡[①]。

---

① 葛底斯堡（Gettysburg）位于美国宾夕法尼亚州，美国南北战争期间最大的战役之一发生在此地，并被命名为葛底斯堡会战。南方军在南北战争初期占据优势，然而北侵至葛底斯堡后，于此次会战中失利，不得不向南撤退。这次会战也成为美国南北战争的转折点。故此，作者用这样一个比喻形容莫里斯在阻挡亚洲鲤鱼向北扩散中的重要地位。

在这个镇子以南，亚洲鲤鱼为数众多；在这个镇子以北，亚洲鲤鱼很少见（不过到底有多么少见仍是存在争议的问题）。人们耗费了极其多的时间、金钱，以及鱼的血肉，努力让事情保持在这个状态下。这些操作被称为"屏障防御"，目的本是防止大型亚洲鲤鱼到达电鱼屏障。如果说电击致死是一道有威慑力的最终保险措施，那么屏障防御就没有必要了。但是我在美国陆军工兵部队中交谈过的每一个人，包括像谢伊这样的军官在内，似乎都不急于看到有致死威力的电击技术投入测试。

"我们的目标是要阻止亚洲鲤鱼进入五大湖。"当我们在采石坑变成的湖上漂荡时，三位生物学家中的一位这样告诉我，"我们不会依赖于电鱼屏障。"

在这天的工作开始后，渔民们布置了数百米的流刺网。现在，他们正分乘三艘铝制小船收网。铲鲴（flathead catfish）或淡水石首鱼（freshwater drum）这些本地生的鱼类如果被渔网捕到，就会被分拣出来，重新扔回湖中。亚洲鲤鱼则会被扔到船中间等死。

在这个无名湖中，亚洲鲤鱼的供给似乎是无穷无尽的。我的衣服上、笔记本上，以及磁带录音机上，都被溅上了血和黏液。渔网只要被拖上船，就会立即重新布放到水中。当渔民需要从船的一头去往另一头时，他们只能从中间那些翻滚着的亚洲鲤鱼当中蹚过去。"当鱼儿哭泣时，又有谁曾听到？"梭罗问道，"它们与我们同属一个时代，这一点总有一些人是不会忘记的。"

令这些鱼在中国成为"四大家鱼"的那些品质，也让它们在美国变得声名狼藉。一条吃得很肥的草鱼可以重达近40公斤。在一天之内，它就能吃掉几乎相当于自己一半体重的食物。它一次可以产下数十万颗卵。偶尔会有鳙鱼长到45公斤重。它们有着突出的额部，看着就像是在生闷气一样。由于缺少一个真正的胃，它们差不多是在不停地进食。

鲢鱼同样贪吃。它们是如此高效的滤食性动物，能把小到直径4微米的浮游生物都给过滤出来，这个直径只有最细的人类头发直径的四分之一。在亚洲鲤鱼所出现的几乎每一个地方，它们都能击败当地的原生鱼类，直到实际上只剩下它们自己为止。正如记者丹·伊甘（Dan Egan）所评论的："鳙鱼和鲢鱼不仅是入侵了生态系统，它们还征服了生态系统。"在伊利诺伊河中，亚洲鲤鱼目前已经占据了鱼类总量的四分之三，在某些水域的占比甚至还要更高。与此同时，它们对于生态的破坏已经超出了鱼类范围。以软体动物为食的青鱼恐怕把已经处于威胁之中的淡水贻贝（freshwater mussel）进一步推向了灭绝的边缘。

"北美洲有着世界上最为多样化的贻贝群体。"美国地质调查局一位专门研究亚洲鲤鱼的生物学家杜安·查普曼（Duane Chapman）告诉我，"其中的许多物种处于危险之中，或是已经灭绝。而现在，我们实质上是把世界上最高效的以软体动物为食的淡水鱼类，大量投入了某些最为濒危的软体动物中间。"

特蕾西·塞德曼（Tracy Seidemann）是我在莫里斯镇遇到

的渔民之一。他穿着一条满是血污的涉水裤，以及一件裁去了袖子的 T 恤衫。我注意到，在他被太阳晒黑的胳膊上文着一条鲤鱼。塞德曼告诉我，这就是一条欧洲鲤鱼（common carp）。欧洲鲤鱼也是入侵物种。它们早在 1880 年代就被从欧洲引入了美国，很可能也曾引发了一场灾难。但是它们已经存在太久了，人们已经变得习惯于它们的存在。"我想，我当时应该文一条亚洲鲤鱼吧。"他说道，耸了耸肩。

塞德曼告诉我，他过去是捕捞牛胭脂鱼（buffalo）的，它们是密西西比河及其支流的原生鱼类。（牛胭脂鱼看起来有点像亚洲鲤鱼，但是两者属于完全不同的科。）当亚洲鲤鱼到来后，牛胭脂鱼的种群数量直线下降。现在，塞德曼的主要收入来源是来自伊利诺伊州自然资源部的杀鱼合同。问他合同金额似乎不太礼貌，但是后来我了解到，这些签了合同的渔民每周能赚 5 000 美元以上。

在那天的工作结束时，塞德曼和其他渔民把他们的船装到了拖车上运去镇子里，船上还载着亚洲鲤鱼。那些鱼现在已经不再活跃，眼睛里了无生气。它们最终被倒进了一辆等在那里的半挂车中。

这一轮屏障防御行动又持续了 3 天才结束。最终的计数结果是 6 404 条鲢鱼、547 条鳙鱼。这些鱼总重超过 22 吨。它们被装在半挂车里运向了西方，最终会被磨成肥料。

密西西比河流域是世界上面积第三大的河流流域，仅次于亚马孙河流域和刚果河流域。它横跨了超过 300 万平方公里的地域，覆盖了美国的 31 个州，以及加拿大的 2 个省的部分地区。该流域的形状有点像是个漏斗，把漏斗嘴伸进了墨西哥湾。

五大湖流域也很广阔，延伸近 80 万平方公里，为北美洲提供了 80％的地表淡水。这个流域的形状像是一只吃得太胖的海马，逐渐流向东方，通过圣劳伦斯河（St. Lawrence River）注入大西洋。

这两个巨大的流域彼此毗邻，但却是不同的水系，至少曾经如此。一条鱼（或是一只软体动物，或是一只甲壳动物）没有任何办法能够爬出一个流域，再爬进另一个。当芝加哥通过挖掘环境卫生与航行运河解决了它的污水问题之后，一道传送门被打开了，两个水系被连接了起来。在 20 世纪的大部分时间里，这不是多大的事情，因为这条运河里满是芝加哥的污物，毒性太强了，不可能让活物通过。随着《清洁水法》的通过，以及在芝加哥河之友这类团体的努力之下，环境改善了，像黑口新虾虎鱼这样的生物开始偷偷摸摸地潜入。

2009 年 12 月，工兵部队关闭了运河上的一道电鱼屏障来进行例行的维护保养工作。距此最近的亚洲鲤鱼据信也在下游二三十公里远的地方。不过，伊利诺伊州自然资源部还是采取了预防措施，向水中施放了 7 600 升的毒药。结果得到了 24 吨的死鱼。在这些混杂的鱼类中，只发现了一条亚洲鲤鱼，是一条半米多长

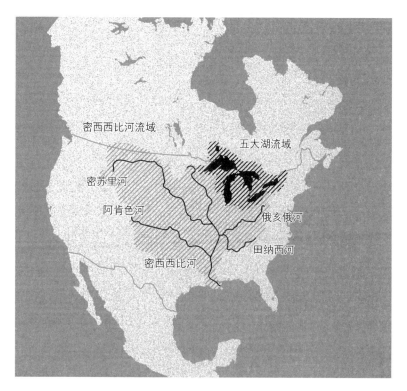

芝加哥河的逆转连通了两个巨大的流域

的鲟鱼。无疑，还有很多死鱼没等被网捞起来就已经沉到了水底。其中会不会有更多的亚洲鲤鱼呢？

邻近各州对于两大流域的连通问题有着十分强烈的反应。有50名国会议员联名签署了一封致工兵部队的信，表达了他们对此的不安。"亚洲鲤鱼对于五大湖区的生态系统造成了无可比拟的巨大威胁。"这封信上写道。密歇根州发起了一次诉讼，要求中断两大流域之间的连接。工兵部队研究了可能的选项，然后在2014年发布了一份232页的报告。

根据工兵部队的评估，重新实现"水文分隔"实际上才是阻止亚洲鲤鱼进入五大湖的最有效的办法。但是根据工兵部队的估计，这项任务将耗时25年，是当初挖掘运河所用时间的三倍，并将花费180亿美元。

我采访过的许多专家都认为这笔钱将会花得物有所值。他们指出，这两个流域都有各自的入侵物种名册，有些是像亚洲鲤鱼一样被有意引入的，但是大多数都是在压舱水中无意间引入的。在密西西比河流域这边的入侵物种包括：尼罗口孵非鲫（Nile tilapia）、秘鲁水草（Peruvian watergrass）、九间始丽鱼（convict cichlid）。在五大湖这边的入侵物种包括海七鳃鳗（sea lamprey）、三刺鱼（threespine stickleback）、四棘刺鱼（fourspine stickleback）、长柱尾突蚤（spiny waterflea）、鱼钩水蚤（fishhook waterflea）、新西兰泥蜗（New Zealand mud snail）、欧洲盘螺（European valve snail）、耳萝卜螺（European ear snail）、岸豌豆蚬（greater European pea clam）、卧豌豆蚬（humpbacked pea clam）、亨氏豌豆蚬（Henslow pea clam）、克氏原螯虾①（red swamp crayfish）、血腥红虾（bloody red shrimp）。要想控制住这些入侵物种，最可靠的途径就是堵上那条运河。

---

① 即我国广泛食用的小龙虾。

但是，所有支持"水文分隔"的人都没说过自己相信这个目标能够达成。要给改造过下水管的芝加哥再一次改造下水管，就意味着要重新规划这座城市的船舶交通线，重新设计座城市的防洪措施，翻新这座城市的污水处理系统。有太多的选民在当前的体系下已经获得了既得利益。"从政治上讲，这事永远不可能发生。"一个团队的领导人如是告诉我，他们曾经努力推动水文分隔的方案，但是最终还是放弃了这个想法。我们很容易想象去再一次改变一条河流——用电也好，用气泡也好，用噪声也好，或是用任何人能想出来的任何办法。与之相比，要去改变河流周边人们的生活则是一件难以想象的事情。

＊　　　＊　　　＊

我第一次被一条亚洲鲤鱼打到，是在伊利诺伊州的渥太华镇（Ottawa）附近。那感觉就像是小腿被人用威浮球棒①抡了一下似的。

让人们真正注意到亚洲鲤鱼的，也就是让它们如字面意思地"跃然"于人们眼前的，正是鲢鱼的跳跃能力。能够引发鲢鱼跃出水面的噪声之一就是舷外引擎的轰鸣。因此，在中西部已经被亚洲鲤鱼占领的水域滑水，已经变成了有着独特风险的一种极限

---

① 这是一种弱化版本的棒球运动，球采用中空的塑料球，球棒也是中空的塑料棒，因此投球和击球的力道都被大大减弱，是青少年学习和练习棒球的一种方式。

运动。观看鲢鱼在空中划过弧线，既是一件美妙的事情，同时又是一件可怕的事情。美妙的在于，这就像是观看一场鱼类的芭蕾舞表演；可怕的在于，这就像是面对一场烧向自己的大火。我在渥太华镇遇到的一位渔民告诉我，他曾经被一条飞起来的亚洲鲤鱼撞得失去了知觉。另一位渔民说，他很久以前就已经数不清自己因为亚洲鲤鱼而受伤的次数了，因为"你差不多每天都会被它们打到"。我曾读到这样一件事，有位女士在开水上摩托的时候被一条亚洲鲤鱼撞了下来，而她之所以能活下来是因为有一个开船经过的人注意到了她的救生衣在水面上浮浮沉沉。在YouTube网站上能找到无数关于亚洲鲤鱼飞越水面的视频，标题类似于"亚洲鲤鱼末世"，或是"来自跳跃的亚洲鲤鱼的攻击"。伊利诺伊州的巴斯镇（Bath）恰好坐落于一段亚洲鲤鱼非常多的河段，那里的人们想到了一个靠鲤鱼跳跃赚钱的法子。他们举办了一个"乡下佬捕鱼锦标赛"，还鼓励大家以角色扮演的装扮出战。比赛的网站上建议："强烈建议穿戴好护具！"

我被打到的那天是在伊利诺伊河上，正和另外一组执行"屏障防御"任务的合同渔民在一起。追随而来的还有其他一些人，其中包括一位名叫帕特里克·米尔斯（Patrick Mills）的教授。他在乔利埃特初级学院教书，那里距离工兵部队想要竖立"迪斯科"噪声-喷水屏障的地方只有几公里远。"乔利埃特（Joliet）像是枪上的枪尖。"他告诉我。他当时戴着一顶乔利埃特初级学院的棒球帽，帽子上夹着一个运动相机。

鲢鱼受惊吓的时候会飞出水面

　　我在伊利诺伊州遇到的人当中，有一部分已经决定投身于对抗亚洲鲤鱼的战争之中，其中就包括米尔斯，但是他们并不都会把做出这样选择的理由告诉我。作为一位受过训练的化学家，米尔斯已经开发了一种带有独特口味的鱼饵，应该能够把亚洲鲤鱼吸引到渔网中。在当地一位糖果制造商的帮助下，他已经制造了一卡车的鱼饵试验品。这东西的大小和形状都跟砖块差不多，主要是用熔化的糖做出来的。米尔斯承认："这有点将就。"

　　这天要进行测试的鱼饵是大蒜味的。我试尝了一块鱼饵的味道，并不令人反感，有点像是大蒜味的果糖。米尔斯告诉我，下一周要测试的味道是茴芹。"茴芹是一种很棒的河流味道。"他说。

米尔斯的工作已经引起了美国地质调查局的兴趣。有一位来自密苏里州哥伦比亚市的生物学家开了 6 个小时的车到这里来，就是为了看看这次测试的结果如何。那位帮忙制造了这些鱼饵的糖果商带着他的妻子也来到了现场。在距离芝加哥近 130 公里的此处，伊利诺伊河变宽了，船舶交通也不拥挤了。一对勇敢的雄鹰在头顶上高高飞过，周围的鱼跳跃着，有时也会掉进船里。大家似乎都处在过节的气氛中，只有渔民们除外。对他们来说，这不过就像是又在办公室干了一天一样。

早前几天，这些渔民已经在这儿布置了几十个折叠捕鱼笼。这东西看起来像是风向袋，作用原理也差不多。（有水流过时，这种鱼笼就会展开撑起来，没有水流时则会塌下来。）这些鱼笼中，有一半放了米尔斯的砖块鱼饵，用网兜拴在鱼笼里。希望得到的结果是，放了鱼饵的鱼笼会吸引到更多的亚洲鲤鱼。渔民们毫不掩饰他们对此的怀疑。其中有一位渔民就向我抱怨了这种鲤鱼糖的味道。我对此感到很奇怪，因为这种糖的味道总比死鱼味要强多了吧。另一位渔民则直接翻起了白眼，觉得这东西是在浪费钱。

"在我看来，这就是个笑话。"渔民中最常发表意见的盖里·肖（Gary Shaw）对米尔斯说道。糖溶化得太快了，他觉得亚洲鲤鱼不可能嗅到其中的味道，也不可能找到鱼饵。米尔斯的反应像是外交辞令："我们有了这些主意，但是只有通过这样的对话，我们才能改进这些主意。"当所有的捕鱼笼都被清空后，渔民们把渔获装上了另一辆半挂卡车。这些鱼同样会最终被做成肥料。

关于如何阻止亚洲鲤鱼进入五大湖的主意可能跟亚洲鲤鱼本身的数量一样多。"我们每天都会接到人们打来的电话。"凯文·艾昂斯（Kevin Irons）告诉我，"我们听过各种各样的点子，从能让鱼都跳进去的驳船到空中飞行的刀子。也有些主意比另一些更成熟一点。"

艾昂斯是伊利诺伊州自然资源部的渔业助理主管。在这个位子上，他的工作时间大部分是在担心亚洲鲤鱼的问题。"我总是犹豫着不要太快否定任何想法，"他第一次与我交谈时在电话中告诉我，"你永远不知道哪一个不起眼的想法就可能激发出火花来。"

就他而言，艾昂斯相信最有希望阻止入侵的方案就是借助某种可以视为生物防控的力量——这么说多少有点贬低的意味。什么物种足够大，又足够贪吃，能给亚洲鲤鱼的数量带来显著的降低呢？

"人类懂得如何过度捕捞。"艾昂斯告诉我，"所以问题就在于：我们如何能够利用这一优势呢？"

几年前，艾昂斯组织过一个活动，目的是鼓励人们爱上亚洲鲤鱼，爱"死"它们。他称之为"鲤鱼节"。我参加了他们的第一次活动，举办地点是在离莫里斯镇不太远的一处州立公园。在公园里供人们向水中释放自带小艇的斜坡附近，有一顶巨大的白色帐篷。在帐篷里，志愿者们在分发各式各样的与入侵物种有关的小玩意儿。我选了一根铅笔，一个冰箱贴，一本题目是《五大湖的入侵者》的口袋书，一块带有"对抗水生入侵者的扩散"字样的小毛巾，以及一张教你如何应对飞行鲤鱼的传单。

这张由伊利诺伊州自然历史调查局印发的传单上建议："把熄火开关①别在衣服上，这样一来，如果你被鱼撞晕了或撞到船下，就能防止船继续行驶了。"有一家把亚洲鲤鱼做成宠物食品的公司免费给了我一包狗咬胶，那样子就像是一条干瘪的蛇。

我看到艾昂斯坐在一张地图旁，图上展示了亚洲鲤鱼如何能够利用芝加哥环境卫生与航行运河溜进密歇根湖。他是个健壮的人，长着稀疏的白发和白胡子，看起来就像是圣诞老人——如果圣诞老人在不工作的时候也会带着个工具箱到处跑的话。

"人们对于五大湖以及它的生态系统很有热情，即使它已经处在了高危之中。"他说，"我们得小心，尽量别说'哦，这个原始的生态系统'，因为它真的已经不再是天然的了。"艾昂斯自己是在艾奥瓦州长大的，以前常在伊利湖中捕鱼。近些年，伊利湖遭遇到了藻华的问题，使得很大面积的湖面变成了一种恶心的绿色。生物学家们担心，要是亚洲鲤鱼设法进入了密歇根湖，又从那里进入了其他几个湖，那么藻华将会为它们提供一顿随便吃的

---

① 摩托艇等单人水上动力载具通常标配此类开关，一般是一根抽绳，末端配有夹子，可以夹在驾驶者的衣服上。一旦由于突然加速等意外，驾驶者落水，夹子带动抽绳向外猛拽，就会让引擎熄火，以防载具在无人状态下继续在水中行驶。

自助餐。大快朵颐的亚洲鲤鱼或许会有助于削减藻类，但是在这个过程中，它们也会替换掉那里的运动鱼①，比如玻璃梭鲈（walleye）和黄鲈（perch）。

"伊利湖是我们有可能观察到的遭受最严重冲击的地方。"艾昂斯说。

当我们交谈时，一个大个子正在帐篷中央切一条鲢鱼。一群人已经围在他周围观看了。

那个人叫克林特·卡特（Clint Carter）。他正对聚集在身边的观众解释着："你看，我要把刀侧过来。"他已经去掉了鱼皮，正在从鱼的侧面切下长条的鱼肉。

"你们可以把这些鱼肉绞碎，然后按自己的方式做成鱼肉馅饼或鱼肉汉堡。"卡特告诉人们，"这种汉堡和三文鱼汉堡放到一起，你是吃不出区别的。"

当然了，亚洲人吃亚洲鲤鱼，已经开心地吃了几百年了。这就是要饲养"四大家鱼"的原因所在，同时也至少是亚洲鲤鱼在1960年代引起美国生物学家注意的部分原因所在。几年前，一队美国科学家访问了上海，想要更多地了解这些鱼。《中国日报》对此进行报道的标题是《亚洲鲤鱼：美国人的毒药，中国人的美食》。

"中国人从古代就已经食用这些美味的鱼了，它们富含营

---

① 也被译为游钓鱼，在美国泛指在休闲、娱乐或以比赛为目的的钓鱼活动中，人们喜爱获取的那些鱼类。

养。"报道中写道。报道所配的照片是一些看起来就很好吃的菜肴，包括奶白鱼汤和配有辣椒的蒸鱼。"在中国文化中，上一道用整鱼做的菜是繁荣兴旺的象征。"报道中说，"在宴席中，最后上一条整鱼是种传统。"

对于美国的亚洲鲤鱼来说，中国明显是一个市场。艾昂斯向我解释说，问题在于，鱼要出口就必须冷冻，而中国人更愿意购买他们那边的新鲜的鱼。而美国人又因为这些鱼的鱼刺而对它们敬而远之。鳙鱼和鲢鱼有两排被称为"肉刺"的小刺。它们的形状就像是字母 Y，所以根本没法把亚洲鲤鱼做成无刺的鱼排。

"人们听到亚洲鲤鱼，那反应就是'咦——'！"艾昂斯说。但是接下来，当他们试着尝过之后，就会改变态度。艾昂斯回忆说，有一年在伊利诺伊州博览会上，自然资源部提供了用亚洲鲤鱼做的玉米狗①。"每个人都喜欢吃。"

卡特在斯普林菲尔德（Springfield）拥有一家鱼市场。他像艾昂斯一样，也是一个食用亚洲鲤鱼的推广者。他告诉我，有个朋友的鼻子被一条跳起来的亚洲鲤鱼打骨折了，不得不做了一个眼科手术。

"我们需要控制它们的数量。"他说，"如果你能数千吨、数万吨地捕捞这种鱼，那就会有所帮助。而要做到这一点，唯一的办法就是创造一种对于它们的需求。"他把刚切下来的那条鱼肉

---

① 源于美国的小吃，是裹着玉米粉炸制的猪肉香肠。

裹上了面包屑，放到油锅里炸了起来。那是一个温暖的夏末，而他此时已然大汗淋漓。当鱼肉炸好之后，他把这些鱼肉分给了周围的人品尝，收获了大家的赞许。

"尝起来像鸡肉。"我听到一个男孩说。

中午那会儿，有个人穿着一身白色的厨师装出现在帐篷里。人们都叫他菲利普大厨，不过他的全名其实是菲利普·帕罗拉（Philippe Parola）。帕罗拉来自巴黎，现在生活在巴吞鲁日市（Baton Rouge），距离伊利诺伊州北部这边有 12 个小时的车程。不过帕罗拉说他这一趟只开了 10 个小时。他跑这么远，就是为了推广自己发明的一道"硬菜"。

帕罗拉抽着一支很粗的雪茄。他也带来了一些宣传品进行发放——那是一件印着亚洲鲤鱼的 T 恤衫，那条鱼抽着很粗的雪茄，眼睛警惕地盯着一个平底煎锅。在 T 恤的背面还印着一行字"拯救我们的河流"。他还带了一个大箱子。箱子一面印着"亚洲鲤鱼解决方案"，下面一行是"打不过它们，就吃了它们！"箱子里装的是像大肉丸一样的鱼蛋糕。

"底下铺一点菠菜，再配一点奶油酱，这就是一道开胃菜。"帕罗拉一边用很浓的法国口音说着，一边把一盘蛋糕传给周围的人，"你放两块这个蛋糕，加上些薯条，再来点混合调味酱，就能到美式橄榄球场去卖啦。你也可以把这蛋糕放在托盘里，作为婚礼上的菜品。所以说，这种产品的呈现方式极其多样化。"

帕罗拉告诉我，他已经把生命中的十年都奉献给了这种蛋糕的研制工作。这十年中的大多数时间都被用来对付这种 Y 形鱼刺的问题。他曾经试过使用专门的消化酶，以及从冰岛进口的高科技除刺机，但这些办法得到的只会是亚洲鲤鱼的肉糊。"每次我尝试着烹调这种肉糊时，它都会变成灰色的，尝起来就像是烟熏肉。"他回忆道。最终，他得出一个结论，这种鱼刺只能手工剔除。但是，由于美国的劳动力贵得离谱，他需要把这项工作外包出去。

他带来鲤鱼节的这些蛋糕是用从路易斯安那州捕到的鱼[①]制成的。这些鱼被冷冻后运到了越南的胡志明市。帕罗拉讲述了接下来会发生的事：亚洲鲤鱼在那里解冻后，会经过处理和真空包装，再重新冷冻起来，放到另一艘集装箱船上运回新奥尔良。为了避开美国人讨厌亚洲鲤鱼的偏见，他还把这些鱼重新包装为"银鳍"，并且注册了商标。

很难说帕罗拉的"银鳍"们从一指长的小鱼变成指间小食的过程中，到底经历了多么遥远的旅程，但我估计至少会是 3 万多公里。而这还没有算上它们的先辈最初来到美国时所经历过的旅程。这真的就是"亚洲鲤鱼解决方案"吗？我对此有所怀疑。不过，当蛋糕传到我这儿的时候，我还是拿了两个。它们是真的好吃。

---

① 帕罗拉所在的巴吞鲁日市就位于路易斯安那州。

2

新奥尔良市的雷克弗朗特机场（Lakefront Airport）坐落于伸入庞恰特雷恩湖（Lake Pontchartrain）中的一片长条形人工半岛上。它的航站楼是一件华丽的装饰风艺术品，落成于1934年。在那个年代，这栋建筑被认为是最前卫的。如今，这个航站楼常被作为婚礼场地出租，而停机坪则用于停放小型飞机。我就是坐在这样的一架小飞机上来到这里的，那是一架四座的"派珀武士"飞机，我坐在副驾的位置上。此时，已经是"鲤鱼节"的几个月之后了。

这架派珀的主人，同时也是它的驾驶员，是一位半退休的律师，很喜欢找理由去飞行。他告诉我，他常常会自告奋勇为不同救助站之间的动物转运提供飞行服务。虽然他没直说，但能听得出来，他最喜欢的乘客是狗。

这架飞机腾空向北，越过湖，然后绕回来飞向新奥尔良市，并在"英国弯"①的位置遇到了密西西比河。这处急转弯让河道几乎是转了个完整的圆圈。此后，我们继续沿着河飞行，而河流本身则蜿蜒着流向了普拉克明兹堂区②（Plaquemines Parish）。

普拉克明兹堂区是路易斯安那州最东南方的尖端。密西西比河流域这个巨大的漏斗就是在这里收窄成为一个细口，而来自芝加哥的污物和漂流物也正是在这里涌进了大海。在地图上看，这个堂区就像是一根肌肉隆起的粗壮手臂，伸进了墨西哥湾，而流动的密西西比河就像是手臂正中的一根血管。在手臂最末端的地方，密西西比河分成了三岔，会让人联想到手指或爪子。因此，这个地区得名"鸟爪"（Bird's Foot）。

从空中看，这个堂区的样子又很不一样。如果说它是一条手臂的话，那也是一条瘦得可怕的手臂。在它超过 100 公里长的大部分地段中，实际上只剩那根血管了。这里的土地只剩下紧贴着河道的那两条狭窄的部分了。

在 600 米的高度上飞行，我能分辨出来两条土地上的房屋、农场和精炼厂，但是看不清在那里面生活和居住的人们。再往前就是开阔的水域了，还有一块块的草泽③。在很多地方，草泽与

---

① 1699 年，法国探险家在密西西比河下游探险时，曾经在此地遇到英国人的船只，并成功命令英国人离开了这条河。这个河湾因此而得名。

② 新奥尔良所在的路易斯安那州是美国唯一采用堂区这种行政区划的州。由于该地区最早是在法国和西班牙统治下的天主教殖民地，所以采用了以教堂来划分的堂区，是政教合一的体现。后在美国购得路易斯安那州时，为了安抚当地民众，保留了原有地方行政系统，所以才让堂区一直沿用至今。堂区的行政级别大致相当于美国其他州的县。

③ 也称草本沼泽，是湿地的一种，其中的植物以草本植物为主。

河道已经交叉联通了。估计这些地方在土地尚且坚固的时候曾经被挖掘过，以获取地下的石油。在有些地方，我能看出来曾经的田地轮廓，如今已经成为方方正正的湖。飞机上方巨大的白色云朵，倒映在飞机下方的黑色池水之中。

普拉克明兹堂区享有一项桂冠——地球上消失最快的地区之一，也只能算是个不太光彩的桂冠。生活在这个堂区的人越来越少，但他们都能指出某块水域曾经是某家的房屋或某个狩猎营地所在的地方。甚至就连十几岁的孩子也是如此。就在几年前，美国国家海洋和大气管理局正式撤销了普拉克明兹堂区的 31 个地名，包括雅坎湾（Bay Jacquin）和枯柏河（Dry Cypress Bayou），因为它们已经不复存在了。

而且，普拉克明兹堂区所发生的一切正在这里的整条海岸线上发生着。自 1930 年代以来，路易斯安那州的面积已经缩减了超过 5 000 平方公里。如果特拉华州或罗得岛州也丧失这么大面积的话，美国就只剩下 49 个州了。每一个半小时，路易斯安那州就又失去了一个美式橄榄球场大小的面积。每过几分钟，路易斯安那州就失去了一个网球场大小的面积。在地图上看，这个州可能仍是一只靴子的样子。不过，现在这只靴子的鞋底已经磨烂了，它缺少的不再只是一个鞋跟了，还缺了鞋底，以及脚背的相当一部分。

有多种因素推动着所谓的"失土危机"。但是其中最为本质的一个原因就是工程奇迹。对于芝加哥地区而言，跳跃的亚洲鲤鱼就是一场人造自然灾难的铁证；而对于新奥尔良周边的堂区来说，下沉的地面就是那铁证。人们竖立起了成千上万公里的河堤、防洪墙和护坡，就是为了控制密西西比河。正如美国陆军工兵部队曾经自豪宣称的那样："我们治理了它，拉直了它，规整了它，禁锢了它。"为了让南路易斯安那不被河流淹没而建立的这个庞大系统，恰恰就是这个地区像一只旧靴子一样正在分崩离析的原因所在。

于是，新一轮的公共工程项目已经在开动了。如果操控是问题所在，那么按照人类世的逻辑，施加更多的操控一定就是解决方案。

如果在普拉克明兹堂区或者是南路易斯安那的任何地点进行挖掘的话，你就会翻出来泥煤。这个地区的土壤密实度曾经被人比作是加热过的果冻一样，千疮百孔。很快，你挖出来的洞中就会注满水。这使得棺材这类东西很难保存在地下。正因为如此，新奥尔良的死人都要存放在墓穴中。如果继续往下挖的话，最终你会碰到沙子和黏土。继续挖，你会碰到更多的沙子和更多的黏土，而这个过程将在几百米的深度内一成不变——甚至在有些地方是数千米的深度。除了那些运到此地用来堆砌堤岸或强化道路的石块之外，在南路易斯安那根本没有岩石。

从某种意义上来讲，沙子和黏土构成的地层也是从别的地方运来的。密西西比河与它的前身已经在此流淌了数百万年，在如此长的时间内，它宽阔的脊背上一直背负着巨量的沉积物。在路易斯安那购地①的时代，密西西比河每年会携带差不多 4 亿吨的沉积物。"众神的事，我了解得不多；但我想，这条河一定是位强壮的棕色神明。" T. S. 艾略特②如此写道。只要这条河高出了它的河岸时——事实上它曾经每年春天都会如此——就会把沉积物撒遍这个平原。一年又一年，一层又一层，黏土和沙子和淤泥堆积起来。就是以这样的方式，这位"强壮的棕色神明"用无数的碎片一点一点地组成了路易斯安那州的海岸线，而这些碎片来自伊利诺伊州、艾奥瓦州、明尼苏达州、密苏里州、阿肯色州和肯塔基州。

由于密西西比河总是在释放沉积物，所以它也总是在移动。当沉积物堆积起来之后，就会阻碍河水流动，于是这条河就会去寻找到达大海的更快路径。这些变化之中最夸张的骤变被称为"冲决"。在过去的 7 000 年间，这条河冲决了 6 次，每一次都会铺下一块新的土地。拉福什堂区（Lafourche Parish）就是查理大帝③当政的时代铺下的一块土地如今所剩下的部分。泰勒博恩堂区（Terrebonne Parish）西部地区是腓尼基人④时代铺就的一

---

① 指 1803 年美国从法国购买得到路易斯安那州的事件。

② T. S. 艾略特（T. S. Eliot），20 世纪重要的美国英国诗人，英语现代诗的旗帜性人物，出生于密西西比河畔的圣路易斯，并在那里度过了青少年时期。上文诗句出自其晚年的重要作品《四个四重奏》中的第三首诗《干赛尔维其斯》。虽然艾略特没有说明过诗中所说的河是哪条河流，但人们普遍相信他指的就是密西西比河。

③ 欧洲中世纪法兰克王国的国王，于 768 年登上王位，800 年在罗马加冕为罗马帝国皇帝，直至 814 年去世。

④ 古地中海东岸的一个民族，活跃于公元前 14、15 世纪。

块三角洲的剩余部分。新奥尔良市所在的这块土地，圣伯纳德（St. Bernard）三角洲，是在金字塔时期①沉积下来的。还有许多更为古老的地块如今已经沉入了水下。密西西比海底扇是一个巨大的扇形区域，由在冰河时代沉积下来的沉积物形成，如今躺在墨西哥湾的海底。它比整个路易斯安那州还要大，有些位置厚达数千米。

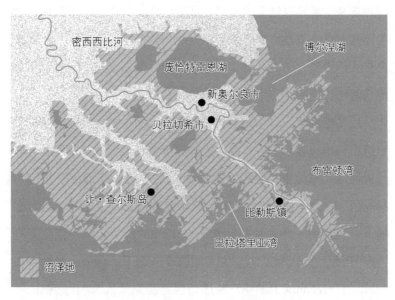

南路易斯安那州的土地大多已经不再是干燥的了

普拉克明兹堂区也是以同样的方式构造出来的。从地质学上来讲，它还是这个家族中的婴儿。它大约是在 1 500 年前开始形

---

① 指大约公元前 2700 年到公元前 1700 年间兴建金字塔的时期。

成的，就在这条河发生了最后一次巨变之后。既然它是最年轻的地块，你可能会认为它也能成为最长寿的一个地块，但事实正相反。三角洲柔软的果冻似的土壤更倾向于失去水分，并随着时间而压紧。最新的地层更湿，会以最快的速度失去土地。所以当一个地块刚刚停止长大的时候，它就开始了下沉。在南路易斯安那，借用鲍勃·迪伦①的一句歌词，任何一个地方"不是忙着出生，就是忙着死去。"

这样一片易变的大地不是一个易于定居的地方。然而，美洲原住民早在这块三角洲形成的时候就已经住在这儿了。就考古学家们目前所能确定的来看，原住民对付这条多变河流的办法就是与之和解。当密西西比河洪水泛滥时，他们就搬到高地上去。当密西西比河改变河道时，他们也改变居住的地点。

法国人到达这个三角洲地区时，曾经咨询过生活在那儿的部族。1700 年冬天，他们在今天普拉克明兹堂区东岸的位置竖立起一座木制的堡垒。皮埃尔·黎·莫因·伊贝维尔（Pierre Le Moyne d'Iberville）是这座堡垒的指挥官。一个贝奥古拉（Bayogoula）部族的向导向他保证，这个位置是干的。无论这是有意撒谎，还只是一个误会（"干"在南路易斯安那是一件相对的事情），这个地方很快就被水淹没了。在第二年冬天，一位到访此处的牧师发现，士兵们要蹚过齐膝深的水才能到达自己住的

---

① 鲍勃·迪伦（Bob Dylan），美国著名歌手、艺术家、作家。下文引用的歌词出自他的一首原创歌曲《没事儿，妈》。

木屋。1707 年，这处堡垒被废弃了。"我看不出定居者们要如何才能在这条河上安家。"伊贝维尔的兄弟，让-巴蒂斯特·黎·莫因·德·边维尔（Jean-Baptiste Le Moyne de Bienville）在给巴黎当局的信中如此解释了撤退的原因。

边维尔并未放弃，尽管他的双脚又湿又冷，但还是于 1718 年建立了新奥尔良。为了向围绕着这座新城市的茫茫波涛表达敬意，它在当时的名字是"新奥尔良岛"（L'Isle de la Nouvelle Orléans）。不出意料，法国人选择把城市建在了这里最高的土地上。与常识相悖的是，这个地点就紧靠在密西西比河边上，位于这条河自身筑就的脊坡上。在洪水期间，沙子和其他沉重的颗粒倾向于最先从水流中沉降出来，建造了所谓的自然河堤。（河堤［Levée］一词在法语中的意思其实就是"升高的"。）

建立一年之后，新奥尔良岛遭遇了它的第一次洪涝灾害。"这个地方淹没在了 15 厘米深的水中。"边维尔写道。然后，它又持续在水中泡了长达 6 个月的时间。法国人这次没有再撤退，而是决定继续挖掘。他们把人工河堤升高到了比天然河堤更高的高度，并开始在污泥中开辟排水渠。这些艰苦劳作中的大部分是由非洲奴隶们承担的。到了 1730 年代，奴隶们建造的河堤已经在密西西比河两岸延伸了近 80 公里长的距离。

这些早期的河堤是用泥土建造的，以木材加固，因而频繁决口。不过，这些河堤所建立的格局却一直延续至今。既然这座城市不会去移动来适应这条河，那么就必须让这条河待在原地不动。每经历一次洪水，这些河堤就会得到改进，建得越来越高，越来越宽，越来越长。到了 1812 年战争①的时候，人造河堤已经延伸达 240 公里以上。

从普拉克明兹堂区上空飞越的几天之后，我发现自己又一次得以俯瞰这个堂区。当时，密西西比河的水位正在快速抬升，有人担心在新奥尔良上游的一条泄洪道的闸门不会正常抬起。如果水位继续升高，而泄洪道未能打开，这座城市和下游的堂区就会被洪水淹没。和我在一起的还有几位工程师，他们也开始紧张起来。我同样有点担心，但只是一点点而已，因为我们眼前的密西西比河只有大约十几厘米宽。

河流研究中心是路易斯安那州立大学在校外的一处研究机构。它就位于巴吞鲁日市，距离真正的密西西比河不太远，是一栋像冰球场一样的建筑。

在这栋建筑的中心是一个 1∶6 000 比例尺的三角洲地区模型，从阿森松堂区（Ascension Parish）的唐纳森维尔（Donaldsonville）一直到鸟爪的尖端。这个模型是用高密度泡沫塑料制作的，加工成了该地区地形的样子，以及在其上的所有附加物——河堤、泄洪道、防洪墙。它有两个篮球场大小，足够坚固，可以让人直接站在上面。但是当这个模型运行的时候，比如我到访的那一天，

① 又称第二次独立战争，是发生在美方同盟与英方同盟之间的一场战争。

在模型上面多走几步都很难。模型上有代表着庞恰特雷恩湖和博尔涅湖（Lake Borgne）的大水坑，不过这两个湖也不是真正的湖，而更应该算作是咸水潟湖。模型上还有更多的水坑，代表着巴拉塔里亚湾（Barataria Bay）和布雷顿湾（Breton Sound），两者都是墨西哥湾的内湾。除此之外，还有更多的水坑，代表着不同的小海湾和死水湾。我脱了鞋，试着从新奥尔良走向海岸。当我到达英国弯的时候，我的双脚已经湿了。我脱下湿透的袜子塞进了口袋里。

这个三角洲模型算是某种呈现未来的立体地形图。它的设计目的是用于模拟土地流失问题和海平面上升问题，并对解决这些问题的策略进行测试。在这个中心的一面墙上有一句醒目的名人名言，出自阿尔博特·爱因斯坦："我们不可能利用我们制造问题时所使用的思维模式来解决这些问题。"

在我去那里访问时，这个模型还很新，仍处于校准之中。校准工作之一就是对一些有着完备记录的过往灾害事件进行模拟，比如 2011 年的洪水。在那年春天，冰雪融水很多，再加上中西部地区连续几周的暴雨，最终导致了创纪录的水位线。为了保护新奥尔良，陆军工兵部队打开了位于这座城市上游约 50 公里处的邦·卡莱泄洪道（Bonnet Carré Spillway）。（这条泄洪道把河水分流导向了庞恰特雷恩湖，当所有的闸门全部打开时，泄洪道中的流量甚至超过了尼亚加拉大瀑布。）在这个模型上，泄洪道的闸门是由连接在铜线上的小块黄铜来代表的。由于在此前的试验中，这些闸门曾经被卡住过，所以现在有一位工程师被派去盯着这些闸门，就坐在旁边的折叠椅上。他看起来像是当代的格列佛，弯腰俯瞰着一个被洪水淹没的小人国。我注意到，他的袜子也湿了。

在这个模型的世界里，时间像空间一样，也被压缩了。在它加快的进程中，一个小时就过了一年，五分钟就过了一个月。在我观察的过程中，时光飞逝，河水持续上升。让工程师们能够放松一下的是，那道微型邦·卡莱泄洪道上的闸门这一次都打开了。河水开始流出密西西比河，进入泄洪道，而新奥尔良则得到了拯救，至少是暂时安全了。

两只分开的大桶为迷你密西西比河提供了水源。其中一个桶提供清水。另一个桶装着小泥河①里的泥，只不过不是真泥。这种模拟沉积物是从法国进口来的，由仔细研磨过的塑料小球组成。直径半毫米的微球代表了大的沙石，而更加微小的塑料球则代表了更小的颗粒。这些沉积物的颜色乌黑，泡沫塑料制成的河床和周围的土地则被刷成了亮白色，两者对比强烈。

在模拟的洪水中，一些微粒沿着泄洪道一路冲进了庞恰特雷恩湖。另一些微粒则沉积在了河床上，在那里形成了微缩版的浅滩和沙洲。大多数微粒嗖嗖地冲过了新奥尔良，绕过了英国弯。模拟沉积物堆积最厚的地方是鸟爪处的水道，以至于这些水道好

---

① 密西西比河有一条支流叫大泥河，而小泥河是大泥河的一条支流。作者此处只是借用了"小泥"这个说法，以比喻这些微型的人造泥土。

像是填满了墨水一样。这些墨色的混合物带着暗黑的漩涡流向墨西哥湾。如果这是真的沉积物的话，它们会在那里消失在大陆架上。

在这儿，路易斯安那州的土地流失困境正以黑白片的形式呈现。在没有泄洪道与闸门的那些日子里，像2011年那样超级潮湿的春天将会使得密西西比河与它的支流都涌过堤岸。洪水将到处肆虐，但是它们也能将数千万吨的沙子和黏土撒在数千平方公里的乡村地区。新的沉积物将会形成新的一层土壤，并通过这样的方式对抗沉降。

拜工程师们的干预所赐，再也不会有决堤了，不会有浩劫了，因此也不会有土地形成了。南路易斯安那的未来就只能被冲进大海里去了。

路易斯安那州立大学的密西西比河模型重建了微缩版的这条河流

＊　　＊　　＊

　　河流研究中心旁边紧挨着的就是路易斯安那州沿海保护与修复局（Coastal Protection and Restoration Authority，CPRA）的总部。CPRA 成立于 2005 年，就在飓风卡特里娜来袭的几个月之后。这场飓风的袭击淹没了新奥尔良，并导致了超过 1 800 人的死亡。这家机构的官方任务就是落实"与本州沿海地区的保护、保持、增强和修复有关的计划"。这话说得很漂亮，但意思其实就是，要阻止这片地区的消失。

　　在巴吞鲁日的时候，有一天我在模型那里遇到了两位来自CPRA 的工程师。在我们交谈的过程中，有人扳动开关打开了天花板上的投影仪。突然之间，普拉克明兹堂区的土地就变成了绿色，而海湾则变成了蓝色。一张新奥尔良的卫星地图亮了起来，位置就在密西西比河与庞恰特雷恩湖之间形似弯头拐杖一样的地域上。这种视觉效果令人炫目，或许也有点令人不安，就像桃乐茜刚刚从深褐色调的堪萨斯州进入了奥兹国时一样。

　　"你能看出来，在普拉克明兹堂区没有多少土地了。"其中一位名叫鲁迪·西蒙尼奥（Rudy Simoneaux）的工程师评论道。他穿着一件绣有 CPRA 徽章的衬衫，在徽章的圆圈里，一边是沼泽草地，另一边则是波涛，两者之间是一道黑色的防洪墙。"当你看到这个模型时，就会意识到我们大家离水有多近，这多少有点吓人。"

西蒙尼奥和他的同事，布拉德·巴斯（Brad Barth），那天正要召集一次公开会议，将于当晚在普拉克明兹堂区举办。所以，当我们对着迷你密西西比河发表了一番赞叹之后，我们就出发去看真家伙了，目的地是比勒斯（Buras），位于鸟爪以北十多公里处的一个小镇。我们首先赶到了普拉克明兹堂区的首府贝拉切希（Belle Chasse），还来得及买几个"穷孩子牡蛎三明治"[①]当午餐。然后我们就继续沿着 23 号州道向南行驶，这也是该堂区西岸唯一的高速公路。我们经过了一家菲利普斯 66 公司[②]的精炼厂，一个柑橘苗圃，以及一些像台球桌一样又绿又平的田地。

普拉克明兹堂区的大部分已经位于海平面以下了，有人说是在"六尺之下"[③]。是防洪堤让这样的结果成为可能的——足足 4 道防洪堤。2 道防洪堤是沿河修建的，每侧岸边一道。另外 2 道防洪堤被称为"后堤"，建在了堂区与墨西哥湾之间，以阻止海水流来。这些防洪堤阻止了水进来，也阻止了水出去。当它们发生决口或被水漫过去的时候，普拉克明兹堂区就填满了水，像是一对十分狭长的浴缸。

普拉克明兹堂区被飓风卡特里娜彻底摧毁时，这个飓风就是在比勒斯地区登陆的。然而在几周之后，这个堂区又遭到了飓风

---

① 在路易斯安那州常见的一种快餐食品，特点是以路易斯安那州本地化的法式面包夹上炸制的牡蛎或海鲜制成，现在在当地的快餐店中也有牛肉或鸡肉等其他选择。

② 一家美国南部的跨国能源公司。

③ 英文中"六尺之下"意指死亡和埋葬，因为埋棺木的坑一般深 6 英尺（约 2 米）。这是个带些幽默色彩的说法。

丽塔的蹂躏——它是墨西哥湾有记录以来最猛烈的风暴。在这两场接踵而至的灾难过去几个月之后，冲上来的渔船仍然堵在 23 号公路上，死掉的奶牛还挂在树上。为了应对预期之中的下一次灾难，这个堂区的公共建筑都矗立在桩子上，看起来那么不真实。别的学校可能会把体育馆或食堂放在一楼，而南普拉克明兹高中的楼下却留出了充足的空间，足够停进去一支半挂卡车的车队。（这所学校的吉祥物是一个打着旋的飓风。）这个堂区的很多房子都用类似的方式升高了。我们经过的一所房子竟然已经被升高到了会令人晕眩的高度。西蒙尼奥估计它下面的桩子得有将近 10 米高。

"洪水真的能到达那个高度。"他评论道。我们当时正开车沿着河边前进，但是位于两道防洪堤之间，所以在很长一段路上看不见密西西比河。每过一会儿，就会有一艘船赫然出现在眼前。从公路这个位置来看，那些船不像是浮在水上，而是浮在空中，就像是齐柏林飞艇一样。

在艾恩顿镇（Ironton）附近，西蒙尼奥下了高速，行驶到一条沙石路上。我们停下车，翻过一些带刺的铁丝，来到一块又脏又乱的地上。那天是个桑拿天，这块地上遍布着小水坑，散发着腐烂的气味。苍蝇在午后厚重的空气中慵懒地嗡嗡飞着。

我们所站的这块土地是一个编号为 BA - 39 的项目。西蒙尼奥解释说，与三角洲其他的地方一样，BA - 39 也来自密西西比河，只不过不是以通常的方式。"想象一下，有一根 2.5 米的巨大钻头在这条河的河底。"他说道。当钻头旋转时，它就会把沙子和泥土挖出来。巨大的柴油泵让这些泥浆涌入一根直径76厘米的钢管。钢管的长度有8千米，从密西西比河的西岸开始，越过河边的防洪堤，从地下穿过23号公路和几个养牛场，再越过后堤，最终到达巴拉塔里亚湾的一个浅盆地中。在那里，污泥越堆越高，之后就会有推土机把污泥推开，铺到周围。

实际上已经无须更多的证据了，BA－39足以证明足够多的管道、泵和柴油能够达到怎样的成就。70多万立方米的沉积物跨越了8公里的旅程，结果创造了——或者准确地说是重新创造了——75.3万平方米的沼泽。这里有洪水所能带来的全部好处，却没有乱七八糟的副作用：淹没的柑橘树，溺水的人们，以及挂在树上的奶牛。"形成土地的过程有几百年之久，而我们只用了一年就完成了。"西蒙尼奥评论道。这个项目的费用是600万美元。我算了一下，这意味着，我们脚下的土地每平方米就值8美元。CPRA的"全面总体规划"（这个标题多少有点重复定义）还要执行更多的这种"建造沼泽"计划，数量达到几十个，每个计划的造价都是百万美元的级别，甚至是千万美元的级别。但是，路易斯安那州被困在了一场与红皇后的赛跑[1]中，而且在这场赛跑中，还要跑得两倍快才能追上对手[2]。为了追上土地流失

---

① "红皇后的赛跑"在英文世界中被广泛用于比喻努力后却毫无进展的情况。典出英国作家刘易斯·卡罗尔的儿童文学名著《爱丽丝镜中奇遇》。在故事中，爱丽丝与国际象棋变的红皇后有一场赛跑比赛，但是爱丽丝无论如何努力跑，还是原地不动。

② 在《爱丽丝镜中奇遇》中，红皇后讥讽爱丽丝跑得太慢，还说她如果能提高到两倍的速度，就能跑动了。

的步伐，路易斯安那州必须每 9 天就快速生成一个 BA‑39。此外，随着钻头停转，泵被关断，管道被运走，这个人造沼泽已经开始脱水并沉降了。根据 CRPA 的预测，再过 10 年，BA‑39 就将再一次沉没消失。

我们在下午 3 点左右到达了比勒斯，在一块广告牌处拐进了镇子里，那块广告牌上写着"卡津钓鱼之旅"①，画面上是跃进空中的鸭子和鱼，就好像是被什么爆炸给吓出来的一样。在一片棕榈树后面，有一座 A 形的木屋，屋后还有一个游泳池。

瑞安·兰勃特（Ryan Lambert）是这座木屋的主人，同时也是一位渔猎向导。他走出来欢迎了我们。"我不想教大家只是去相信那些宣传。"他说道，并解释了自己为什么要自愿来主办晚上的这个会议，"我想让他们自己亲眼看一看。"此时，他已经组织好了一支小小的船队，要带着与会者们去密西西比河上看一看。我这组还包括了一位来自福克斯新闻本地记者站的记者，以及兰勃特自己的一条黑色大狗。

到了水面上之后，气温要比陆地上低了差不多五六摄氏度。微风吹得狗耳朵像旗子一样招展起来。我们遭遇了另一条船留下的尾迹，那个福克斯新闻的记者试图保持肩上摄像机的平稳，结

① 当地一家经营垂钓小屋并提供渔猎相关服务的公司。卡津（Cajun）指在路易斯安那州生活的一个法国后裔族群，有独特的文化。后文提到的卡津法语是这个族群使用的独立进化的特殊法语。

果差点掉下船去。

在普拉克明兹堂区的西岸，防洪堤一路延伸到了鸟爪。与此不同的是，普拉克明兹堂区东岸的防洪堤到了某个地点就半途而废了。如果说普拉克明兹堂区像条手臂一样，那么那个位置正好是这个堂区的胳膊肘。在这个胳膊肘以南，密西西比河常常会漫过堤岸。偶尔，它就会切出一条新的水道，把水和沉积物送往一个新的方向，在这个过程中，新的土地诞生了。

"你眼前看到的一切，曾经都只是一片开阔的水面。"兰勃特在我们经过一大片绿色的时候说道，"如今，这里郁郁葱葱，美不胜收。"他的墨镜像镜子一样倒映出接近傍晚时分已然低垂的太阳，以及颜色像茶一样的这条河。

"看那些新的柳树！"他大声呼喊着，一手掌舵，一手指指点点，"看那些鸟！"福克斯新闻的记者问，这个地方叫什么名字。

"你很难给它取一个地名，因为它没有名字，是全新的，"兰勃特说，"这是世界上最新的土地！"

我们的船在一条条无名的小水道中快速驶入驶出。一条很大的短吻鳄正在一根原木上晒太阳，当我们经过时，它扑通一声钻入水中。"这不美吗？"兰勃特继续说道，"当我来到这里时，我就感觉很棒。当我翻过西岸时，我就感觉想吐。"新生的沼泽有一股刚切割的青草的甜味。在很远的地方，我能看到一个巨型钻井平台的剪影，耸立在墨西哥湾的海平线上。

回到西岸的木屋里，会议快要开始了。房间里架起了一块银幕，而那个房间里本来的装饰品包括一只马鹿的头，一个松鼠的毛绒玩具，还有一些假鱼被布置成了飞溅开来的样子。这里已经聚集了大约 50 人，有的坐在沙发上，其他人则斜倚在墙上，就在鹿头和那些鱼下面。

巴斯播放着幻灯片开始讲话。他深入地解释了这个地区的地质情况：海岸是如何在千年的时间里建立起来的，全是靠着密西西比河的河道跳来跳去形成的一个又一个三角洲。然后，他指出了问题所在：200 万人口如何能够在一块正在沉没的地域上继续生活下去？他指出，土地流失的情况是极其严重的，就发生在他们自己的后院里。普拉克明兹堂区的面积已经收缩了 1 800 多平方公里。

"我们处在一场对抗海平面上升和陆地沉降的攻坚战中。"巴斯说。CPRA 会继续钻河床，继续铺管道。"我们会试着把河里能够清出来的全部沉积物都挖出来，一点也不放过。"他给出了承诺。但是像 BA‐39 这样的项目面临着在规模上完全不对等的挑战："我们需要更大胆一些。"

当密西西比河冲破河堤涌出来的时候，无论这堤岸是自然形成的还是人造的，这种开放处就被叫作一处"决口"。在新奥尔良的大部分历史时期中，这个词就是灾难的代名词。

1735 年，决口导致的一场洪水事实上淹没了整个新奥尔良。当时这座城市由 44 个方形的街区组成。索韦决口发生在 1849 年

5 月，也导致了淹没城市的洪水。一个月后，一位来自《皮卡尤恩日报》（*The Daily Picayune*）的记者在圣查尔斯酒店的穹顶上俯瞰新奥尔良后写道："无数的房子化作了斑点，星罗棋布地点缀在一整片水面上。"1858 年，路易斯安那州的防洪堤上发生了 45 次决口。1874 年是 43 次。1882 年是 284 次。

一幅当时描绘了索韦决口的画作

在后来被称为"1927 年大洪水"的那场灾难中，共报告了226 次决口。洪水淹没了 7 万平方公里的面积，横跨 6 个州。洪水导致超过 50 万人口失去了家园，据估计造成了 5 亿美元的损失（以今天的货币价值来计算超过 70 亿美元），并且制造出了一个非常潮湿的集水区。贝西·史密斯[1]在她创作的歌曲《逆水蓝

① 贝西·史密斯（Bessie Smith），美国蓝调女歌唱家，是爵士乐历史上的重要人物，最早在唱片业取得成功的爵士歌手之一。下文的《逆水蓝调》（*Backwater Blues*）录制于 1927 年，但是多方证据都表明，其创作早于密西西比河的洪水，应该是对 1926 年发生在坎伯兰河（Cumberland River）的一次洪水的记述。

调》中痛惜地表示："我早上醒来之后，发现连门都出不去。"

这次"大洪水"导致国会立法，将密西西比河的防洪问题上升为国家层面的事务，并委托给陆军工兵部队来解决。当时的路易斯安那州资深国会参议员约瑟夫·兰斯代尔（Joseph Ransdell）称 1928 年的《洪水防控法案》为"自从世界出现以来"最重要的一个与水有关的法规。工兵部队延长了防洪堤，在 4 年之内就加长了 400 多公里，并对这些防洪堤进行了加固。（平均来讲，防洪堤被升高了近一米，而体积几乎加了一倍。）工兵部队还添加了新玩意——泄洪道，例如邦·卡莱泄洪道。当这条河进入洪水期之后，泄洪道上的闸门就会被打开，释放堤上所承受的压力。有一首诗赞颂了工兵部队的辛勤付出，诗中这样写道：

> 这项规划是一个工程杰作，
> 由专家打造，如同宏大的浮雕。
> 防洪堤、泄洪道，还有其他改良措施，
> 融为一体，造福民众。

感谢这项"造福民众"的工程，决口的时代被终结了。但是随着洪水的结束，新沉积物的堆积也被终结。路易斯安那州立大学的地理学家唐纳德·戴维斯（Donald Davis）用了一个简洁的表述："密西西比河得到了控制；土地流失了；环境改变了。"

CPRA 为了拯救普拉克明兹堂区而做出的"大胆"规划，就是要在后决口时代里重现决口。这家机构的主体计划需要在密西西比河的防洪堤上打出 8 个巨大的洞道，还要在一条主要支流阿查法拉亚河（Atchafalaya River）的防洪堤上也打 2 个巨大的洞道。开口处将安装闸门，并通过水渠进行引导，而这些水渠本身也要建造防洪堤。CPRA 更愿意将这项努力描绘为某种复原，一种"重建自然沉积过程"的方式。的确如此，但有一个前提：如果给一条河通电也算是自然的话。

沿着人造决口这个思路走得更远的，是一个叫作"中巴拉塔里亚湾沉积物分流道"的项目。这条分流道有 180 米宽，9 米深，由混凝土和铺在格林威治村①的那种碎石建造而成。它将从密西西比河位于比勒斯上游 56 公里处的西岸起始，然后以一种无视水文规律的方式，笔直地向西冲 4 公里，到达巴拉塔里亚湾。当它以最大流量运行时，每秒钟会有 2 000 立方米的水量通过。单以流量来说，它将成为美国第 12 大河。（与之相比，哈得孙河②的平均流量只有每秒 500 多立方米。）人类从未试图建造过任何可以与之比拟的东西。"它是独有的存在。"巴斯告诉我。

目前，这个项目的费用据估计有 14 亿美元。排在它后面的下一个分流道计划是"中布雷顿湾"，用以解决普拉克明兹堂区

---

① 纽约市曼哈顿岛下城区西侧的一个社区，因相对古老的建筑风格和发达的商业街区而闻名。

② 哈得孙河（Hudson River）是主体位于纽约州的重要河流，靠近入海口的河段是纽约州与新泽西州的分界线，因流经曼哈顿岛西侧而闻名。

东岸的问题，费用8亿美元。这两个分流项目的经费应该是来自2010年英国石油漏油事故①的和解款。这次事故向墨西哥湾内注入了超过300万桶原油，毁掉的海岸从得克萨斯一直延伸到佛罗里达。（还有另外8条分流道的计划仍处在早期阶段，还没有找到确定的经费来源。）

许多普拉克明兹堂区的居民像兰勃特一样，欢迎这些分流计划，并视之为这个堂区最后的希望。"关键就是沉积物。"艾伯丁·金布尔（Albertine Kimble）告诉我。这个快言快语的人是这些规划的支持者，也是这个堂区极少数住在防洪堤外的人之一。但是也有很多人反对这些计划。就在比勒斯这次会议的几周之前，普拉克明兹堂区主席曾经上演过一出与CPRA的公开对立，否决了后者在计划建立分流道的地区采集土壤样本的许可。但CPRA还是拿到了这些土壤样本，那是在一位州警的陪同警戒之下才实现的。

在"卡津钓鱼之旅"，巴斯切换着幻灯片，展示中巴拉塔里亚湾分流道会从哪里通过，以及它将会如何进行建设。关于建设过程的一个动画展示了它无比复杂的步骤，包括要移动一条铁路线，重新规划23号公路的路径，以及用漂浮的组件组装出无比巨大的闸门。巴斯解释说，一旦这个工程完成，它将使得CPRA

_____

① 又称墨西哥湾漏油事故，是由于英国石油公司偷工减料，导致的一次深海钻井平台爆炸事故，进而带来了长时间的深海漏油，严重污染了周边自然环境。最终，英国石油公司与美国政府协定了总额208亿美元的和解款，用于支付相关地方政府的赔偿要求，以及美国政府的相关罚款。

可以模拟天然的洪水。当河水的水位升高，夹带了大量的沙子时，闸门就会打开。富含沉积物的河水将呼啸着穿过普拉克明兹堂区，注入巴拉塔里亚湾。在几年之后，足够的沙子和淤泥就会沉降下来，半固定的土地将开始形成。这些分流道将由密西西比河自身来提供动力，而不是使用泵。与 BA－39 这样的项目相比，分流道能年复一年地不停输送沉积物。

"当我们讨论沉积物分流道时，它的主要目的是什么？"巴斯说，"它是为了最大化沉积物，最小化淡水。"

在房间角落里的一个男人举起了手："假设你要建造它了。"他是说中巴拉塔里亚湾项目，"但是会有什么危害呢？"尽管巴斯做出了保证，但是这个人还是担心会有多少淡水被导入海盆，而这又会如何影响娱乐性的捕鱼。"云纹犬牙石首鱼（speckled trout）就会完蛋了。"他如此宣称。

"如果这是一次自然的决口，我绝对赞成。"他说，"但是当我们作为人类进行干预时，结果很少会是好的。这正是我们处在今天所处的这种情况的原因。"

很快，天气就会变得太热了。

这又是一个黏糊糊的日子，我又绕回了新奥尔良去见一位海岸地质学家，名叫艾力克斯·科尔克（Alex Kolker）。科尔克在路易斯安那海洋联合大学任教，有时会在业余时间组织环城自行车骑行活动。更常见的传统游览活动以鬼怪、巫毒、海盗为卖点，与之相反，科尔克的活动强调的是水文。他之前同意带着我进行一次这样的骑行，不过也提醒我需要很早就出发。到了中午，街道上就变成桑拿房了。

"这座城市大体上是沿河而建的。"科尔克评论道。此时我们已经从花园区出发，城市听起来还在沉睡之中。"简单来说是因为高地靠近河边，而低地都是古老的沼泽或草泽。"我们向北骑行去往约瑟芬街（Josephine Street），远离密西西比河，一路是难以察觉的下坡路。高耸的大厦让位于连排房，每栋房子的状态各不相同，或者翻新过，或者破败不堪。

科尔克在一个巨大的地洞处刹住了车。这个洞已经用沥青进行了修补，但是这块补丁上又出现了一个新的地洞。"沉陷正在不同的尺度上发生着。"他说，"有大尺度上的，古老的草泽正在下降。同时，也有更小尺度上的事件，比如这里。"又往前骑了不远，我们面前有个检修井的井盖，从街道上耸立出来，就像个炮楼似的。

"这个检修井可能是锚定在了什么东西上，所以没有下沉，或者至少是下沉得没有周围的地面那么快。"科尔克解释道。旁边的一块牌子上写着"疏散通道"。

为了吸引游客，新奥尔良有一些阳光的描述，比如被称为"新月之城"，对应于它修建时所倚赖的这条河的曲线；或者是"大轻松"，对应它那种慵懒的氛围。而这里的居民对这座城市有一个不那么积极乐观的称谓，叫它"碗"。到了今天，这只碗的大部分已经处在了海平面的高度，或是位于海平面之下了，有些地方甚至比海平面低了 4.5 米。当你身处这座城市中的时候，难以想象这一整片地区正在你脚下沉降，然而事实的确如此。最近一项依靠卫星数据进行的研究发现，新奥尔良有些地区几乎每十年间下降 15 厘米。"这是地球上沉降最快的地方之一。"科尔克评论道。

我们又停下了几次，对着不同的洼地和凹陷发出感叹："那有一个沉降洞！"接下来，我们到达了墨尔波墨涅泵站（Melpomene Pumping Station）。此时，我们已经身处布罗德穆尔。这是一个低地中的社区，有时也被称为弗拉德穆尔。①泵站的门锁着，但是透过窗户我能看到一排像放倒的火箭一样的设备。它们是伍德螺杆泵，以其发明者 A. 鲍德温·伍德（A. Baldwin Wood）的名字命名。伍德在 1920 年为他的发明申请了专利，那正是人类对自身的工程伟力有着夸张自信的一个时代。

那年 5 月《新闻报》（Item）上的一篇头版文章这样写道："新奥尔良的排水问题是一个很严重的问题。为了应对这个问题，新奥尔良已经建立了这个世界上最宏大的排水系统。"

"人类每天都在超越大自然。"那篇文章宣称，"人类把密西西比这条大河赶了回去，让它去往它本不该去的地方。"

在 1920 年，新奥尔良有 6 个泵站，其中就包括墨尔波墨涅。这让"古老的沼泽"被排掉了水，转变为全新的社区，比如湖景

---

① 布罗德穆尔（Broadmoor）直译是"宽广的沼泽"，而弗拉德穆尔（Floodmoor）直译是"洪水沼泽"。

社区（Lakeview）和让蒂伊社区（Gentilly）。今天，新奥尔良有24个泵站，总共有120台泵在工作。当有暴风雨的时候，雨水像是进入了漏斗一样，被导入这仿佛威尼斯般纵横交错的水渠中。然后，这些水会沿着水渠流入庞恰特雷恩湖。如果没有这套系统，城市的大部分地区都将很快变得无法居住。

但是，新奥尔良世界级的排水系统也像它世界级的防洪堤系统一样，是某种特洛伊木马式的解决方案。由于沼泽的土壤在脱水过程中会压紧，从这片土地上将水抽走恰恰恶化了这里亟须解决的问题。泵出去的水越多，这座城市下沉得越快。这座城市下沉得越多，就需要泵出去越多的水。

"泵水就是这个问题的主体。"科尔克在我们重新骑上洒有汗迹的自行车上时告诉我，"它加速了沉降，所以它就成为了一个正反馈循环。"

当我们继续骑行时，谈话的主题换成了飓风卡特里娜。科尔克是在那次风暴的18个月之后才搬到新奥尔良的。他回忆说，在那之后的几年时间里，很多建筑边上仍旧还能清晰地看到"浴缸环"——那是洪水留下的全市性的污渍。

"咱们现在进入的区域曾经泡在1.5到2.5米深的水里。"他告诉我。

飓风卡特里娜是一个罕见的巨大风暴，但是它所造成的情况还远远不是最糟糕的场景。当这个飓风在2005年8月29日清晨旋转着向北前进时，它的风眼经过了这座城市的东边。这意味着，最强大的风力也经过了城市东边，扫过了像韦夫兰（Waveland）和帕斯克里斯蒂安（Pass Christian）这些位于密西西比州的小镇。简单来说，新奥尔良市似乎是逃过了一劫。

但是飓风把水赶进了这座城市东侧一个由水渠构成的网络之中。这些水渠包括工业运河（Industrial Canal）、湾区海岸内水道（Gulf Intracoastal Waterway）①，以及密西西比河-海湾排水道（Mississippi River-Gulf Outlet，更为人们熟知的名字是"Mr. Go"）。挖掘这些水道的原因是为了航运，为了在河与海之间提供一条捷径。在早上 7:45 左右，工业运河的防洪堤失效了，一道 6 米高的水墙冲向了下九选区。在这个以黑人为主的社区中，至少有 72 人被夺走了生命。

水也涌进了庞恰特雷恩湖。而当飓风向内陆推进时，这部分水被推向了南边，从湖中涌出，进入了城市的排水系统。那效果就像是把一个游泳池里的水都排出来，再送进一间客厅一样。很快，洪水在 17 街运河和伦敦大道运河中形成的水墙也拍了下来。第二天，这只"碗"80％的地区都淹在了水下。

早在风暴到来之前，数十万人已经撤离了新奥尔良。城市被淹没后，不清楚他们何时才能回到家园，或者是否应该回去。《对于重建沉没的新奥尔良市的反对案》是《写字板》（*Slate*）

---

① 原文为 Gulf Intercoastal Waterway，疑为作者笔误。

杂志在飓风一周之后的一篇头条文章的标题。

"是时候来勇敢地面对一些地质学上的事实，并启动一项仔细规划的新奥尔良弃城行动了。"《华盛顿邮报》的一篇评论文章如此宣称。作为临时的补救措施，这篇评论文章的作者，地球物理学家和灾难管理专家克劳斯·雅克布（Klaus Jacob）建议，新奥尔良市的一部分可以被转变为"一座船屋之城"。这样一来，就可以允许密西西比河重新发洪水了，"把新的沉积物填到这只'碗'里"。（雅克布在 2011 年又发出警告，称纽约市的地铁系统会在一场巨大的风暴中被洪水淹没。这个预言在第二年就被飓风桑迪实现了。）

一个由新奥尔良市市长委任的顾问团建议，只有这座城市最高的地区可以重新定居，也就是沿河地带以及在让蒂伊和梅泰里脊（Metairie Ridge）之上的地区。接下来就应该开启一项公共规划的进程，以确定哪些低地社区可以重新居住，而哪些必须放弃。

关于让城市的部分地区恢复为水面的一些计划被提了出来，然后又一个接一个地被否决了。撤退或许在地球物理学上是合理的，但是在政治上是完全没有希望的。而工兵部队又一次接到要求他们加强防洪堤的任务，用以抵抗风暴造成的来自海湾方向的浪涌。在这座城市以南，工兵部队树立起了世界上最大的泵站，它属于一座造价 11 亿美元的巨大设施，名为西端综合体①。在东

---

① 西端综合体（West Closure Complex）全称是"湾区海岸内水道西端综合体"，是前文提到的湾区海岸内水道最西端的综合水利设施。

面，工兵部队修建了博尔涅湖湖涌屏障（Lake Borgne Surge Barrier），一道几乎有 3 公里多长、1.7 米厚的混凝土墙，造价 13 亿美元。工兵部队还用一道 290 米宽的石坝塞住了密西西比河-海湾排水道，并在这些排水道与庞恰特雷恩湖之间安装了一些巨大的闸门和水泵。在 17 街运河下的水泵，设计能力是每秒排出 340 立方米的水量，这个流量比台伯河①还大。

这些仿佛是来自法老时代的人造建筑，让这座城市在最近的几次风暴中得以保持不被淹没。从某个角度上来看，相比卡特里娜来袭的时候，现在的新奥尔良似乎在本质上得到了更好的保护。但是，从一个角度来看似乎是防御措施，从另一个角度来看则可能是陷阱。

"你得让海岸重新得到填充才行。"新奥尔良的前副市长杰夫·赫伯特（Jeff Hebert）告诉我，"因为如果海岸没了，新奥尔良也就没了。"由于决口时代的终结，南方的土地流失已经让这座城市与海湾之间的距离缩短了 30 多公里。据估计，风暴在陆地上每前进 5 公里，它引发的浪涌就会降低 30 厘米。如果真是这样，那么新奥尔良所面对的威胁就已经增高了近 2 米。

"尽管你可以用一把叉子把大自然赶走。"贺拉斯②在公元前 20 年写道，"然而她总是很快就会回来，并且在你意识到之前，她就会耀武扬威地击碎你那不可理喻的藐视。"

---

① 台伯河（Tiber River）是意大利第三大河，位于意大利中部。
② 贺拉斯（Horace），古罗马著名诗人和翻译家。

我们的沉降之旅接近尾声了，科尔克和我骑车穿过了法国区。虽然此时还是比较早的时间，那里的街道上已经满是手里举着饮料的游客了。在乌登堡公园（Woldenberg Park），我们登上了防洪堤的顶端，俯瞰奔涌流向阿尔及尔社区（Algiers）方向的密西西比河。

我问科尔克对未来怎么看。"海平面将继续上升。"他说。为普拉克明兹堂区制订的分流道计划能够为这座城市南边的草泽补回去一些土地。像 BA - 39 这样的比较保守的低级别计划也能做到这样的事情。"但是，我认为那些得不到恢复的地区将会越来越频繁地遭遇洪水。湿地的流失将会持续下去。"科尔克预测，这座曾经名为新奥尔良岛的城市在未来的岁月中将会"看起来越来越像是一个岛。"

泰勒博恩堂区的让·查尔斯岛（Isle de Jean Charles）位于新奥尔良以西 80 公里远的地方，也比新奥尔良的时代要落后几十年。要到这个岛上，需要经过水中一段单车道的狭窄堤道，而这条路曾经是在陆地上的。如今，如果来的时间合适，你都能坐在自己的车里钓鱼。

"在春天，只要刮南风的时候，这条路上总是会有水。"博伊欧·比利奥特（Boyo Billiot）告诉我。我们当时站在他长大的那所房子的后院里，如今他的妈妈还住在这所房子里。房子立在近 4 米高的桩子上，比我们高得多。几面美国国旗从门廊里伸出来，迎风招展。当时是冬天，猎鹿季节眼看就要结束了。比利奥特穿着迷彩服。他的手机响个不停，那是打猎的朋友给他发来的信息，问他在哪儿。

比利奥特是个身宽体胖的人，嗓音沙哑，留着黑白相间的山羊胡。他能将自己的祖先一直追溯到让·查尔斯·纳昆（Jean Charles Naquin），这个人在 1800 年代早期给了这个岛名字。（这位与岛同名的让·查尔斯是海盗让·拉菲特［Jean Lafitte］的同伙。）纳昆有个儿子，名叫让·马里（Jean Marie）。他娶了一位原住民妻子，并在他父亲与他断绝了父子关系之后逃到了这座岛上。让·马里的孩子相继与三个部族的后代结了婚，分别是比洛克西族（Biloxi）、齐提马杀族（Chitimacha）和乔克托族（Choctaw）。他们的孩子大多留在了岛上，在这里，他们形成了属于他们自己的一个联结紧密、自给自足的社会。

"他们生活了一年又一年，甚至没人知道竟然有人生活在这里。"比利奥特告诉我，"在经济大萧条的时候，这儿的人都不知道这事情，因为它根本就没影响到这里的人。"

比利奥特于 1950 年代在让·查尔斯岛上长大，讲一种卡津法语和乔克托语混合的语言。"从岛这头到那头，大家都彼此认识。"他回忆道。这里的人们仍旧以捕鱼、捉牡蛎、下陷阱为生。他的父亲曾经有一条捕虾船，并把它直接停在了房子跟前。在那个时候，有一条小河道跟岛的长度差不多，人们在河道里捉螃蟹。那条路当时刚建好，但没什么用处，因为岛上有自己的杂货店。

今天，杂货店都没有了。岛上只剩下了40座房子，大多用桩子抬升了起来，而且其中很多都已经被废弃了。从比利奥特还是个孩子时一直到现在，让·查尔斯岛已经从90平方公里缩小到了1.3平方公里，丢掉了98%的面积。

导致这个岛消失的原因全是那些常见的原因。它是一块古老三角洲的一部分，其土壤正在压紧。海平面正在上升。在20世纪早期，洪水防控措施让它失去了自己主要的新沉积物来源。然后，石油工业又来了。它们挖掘了穿过湿地的运河。这些运河带来了咸水，而随着盐度的上升，芦苇和草泽中的草类植物都死掉了。这些植物的死亡导致运河变宽了，让更多的咸水流了进来，进而导致了更多的死亡，以及更宽的河道。

"这差不多像是我们以前使用录像机的时候，你会按住快进键不放，直到你在电影里想看的那个地方。"比利奥特的女儿尚泰尔·科马尔代尔（Chantel Comardelle）告诉我。她当时坐在这所抬高的房子的厨房里，和比利奥特的妈妈在一起（科马尔代尔叫她"玛曼"，法语中的"妈妈"）。墙上挂着家族的照片。"那些运河按下了这个问题的快进键。"

1980年代那两次接踵而至的飓风带来了洪水，把比利奥特和科马尔代尔当时住的房车给冲走了。在那之后，他们和家里其他的直系亲属都搬出了这个岛。接下来的每一次风暴过后，这里就会又丢失一块土地，就会有更多的家庭离开。在2000年代初期，环绕着让·查尔斯岛残存的部分竖立起了一道防洪堤。这使得人们曾经在其中钓鱼或捕蟹的那条小水道变成了一条狭窄的死水。在堤内，土地的流失减缓了。在堤外，以及公路两边，情况只是变得更糟了。

即便到了这步田地，还是可以采取某些措施来留住让·查尔斯岛仅存的部分。有一项针对巨型飓风的防护系统规划当时正在草拟规划，这个称为"从莫甘扎（Morganza）到墨西哥湾"的项目有可能扩展一些，把这个岛囊括进来。但是针对这个问题，工兵部队建议不要增加额外的施工量了。建设扩展的部分将给这个项目数十亿美元的造价上再增加1亿美元，而保护下来的只是1.2平方公里的泡水地面。用那么多的钱，你能在像芝加哥这样的地方买到5倍大的土地。

这个岛上的居民们，以及已经搬离此处的家人们，实际上就是比洛克西-齐提马杀-乔克托部族的让·查尔斯岛族群的全部成员了。科马尔代尔是这个族群的秘书，比利奥特是副酋长，而他的一位叔叔是这个族群的酋长。先是这条路，最后是这个岛本身，都将被冲走——没有人会阻止这件事情的发生。当这一点变得清晰之后，人们开始拟定一个计划，要把整个社区搬到内陆去。族群为建设工作的第一阶段向联邦政府申请了5 000万美元，并于2016年得到了批准。然而在我到访这个岛时，那笔钱已经被州里的政治问题给锁死了，而且没有人知道接下来会发生什么。

当我穿行于那些空置的房子之间时，看着那些"不得入内"的警告牌，我能够理解这个岛"有计划拆除"背后的经济逻辑。但与此同时，其中的不公同样刺目。比洛克西族和乔克托族的祖先土地①位于更远的东方。当他们被从那里赶出来之后，才来到了路易斯安那州。让·查尔斯岛族群之所以能够一直平静地生活在这个岛上，只不过是因为这里太过闭塞，在经济上与任何其他人都无关，没有什么利益可图。挖掘石油水渠时，这个族群什么都没说；规划"从莫甘扎到墨西哥湾"时，这个族群也什么都没说。当年，控制密西西比河的行动将他们排除在外。而今，人们正在引入新形态的控制来对抗旧有控制产生的后果，而他们再一次被排除在外。

"多多少少有点难以想象，不会再有人生活在这里了。"比利奥特告诉我，"但我是看着它逐渐被侵蚀掉的。"

从远处看，旧河控制辅助设施（Old River Control Auxiliary Structure）看起来就像是一排在耳朵的位置联结在一起的狮身人面像。这个设施有 134 米长，30 米高。当你靠得足够近了，就会发现，狮身人面像的头部其实是起重机，而腰腿部则是钢闸。如果说只有一项宏伟工程能够代表几个世纪以来试图掌控密西西比河的努力，让它"去往它本不该去的地方"，那可能就是这座

---

① 与原住民文化有关一个概念，主要指原住民部落继承自祖先的土地，以及这片土地上的一切，相当于属于一个原住民部落的"国家"概念。

辅助设施了。与防洪堤或泄洪道不同，那些东西建立起来是为了阻止这条河发洪水，而这座设施的建立是为了让时间停止。

旧河控制辅助设施坐落在一个宽广的平原上，位于巴吞鲁日上游130公里的地方。大约500年前，就在这附近，密西西比河的河道发生了一次弯折，制造出了"毛球"状的水道——这不仅是个比喻，也是个水文学上的正式科学名词。这道蜿蜒的水道引着密西西比河远赴西方，远到注入了阿查法拉亚河。当时，阿查法拉亚河还是红河的岔流，而红河本身又是密西西比河的支流。阿查法拉亚河比密西西比河最后的几百公里要短得多，也陡得多。此处如同探戈一样纠缠的河道为宽阔的密西西比河中的河水提供了一个选择：它们既可以沿着原来的河道经过新奥尔良和鸟

旧河控制辅助设施

爪流进墨西哥湾，或者也可以改换道路，选择阿查法拉亚河所提供的捷径。密西西比河要做的选择很简单，直到 1800 年代中期，阿查法拉亚河上发生了严重的原木堵塞问题，木头密到可以让你走着过河，这才让这道选择题变得复杂了。但是一旦这些堵塞的原木被用硝酸甘油炸药等各种手段清除之后，越来越多的水开始流出密西西比河的干流。随着阿查法拉亚河的流量不断增加，它也变得越来越宽，越来越深。

按照事情正常的发展来说，阿查法拉亚河应该不断变宽变深，直到最终完全取代下密西西比河。这将让被抛在低处的新奥尔良变得干涸，也使得沿着河边成长起来的工业变得根本没有价值了，比如精炼厂、谷仓、集装箱港口，以及化工厂。这样一个最终结局被认为是不可想象的，于是在 1950 年代，工兵部队出手了。他们堵住了之前的蜿蜒水道，也就是所谓的"旧河"，又挖了两条有闸门控制的巨大水渠。这条河的选择现在要受人类的摆布，而它的流量也被保持在了恒定的范围内，如同它永远留在了艾森豪威尔的时代一样。

早在亲眼见到这座辅助设施的很久之前，我就已经在约翰·麦克菲（John McPhee）那篇经典的《阿查法拉亚河》中读到过它了，那是关于一群暗黑喜剧演员的道德寓言。在麦克菲的讲述中，工兵部队付出了真心，以及数百万吨的混凝土，来阻止密西西比河的分崩离析，并且自信已经取得了成功。

"工兵部队能让密西西比河去到工兵部队希望它去的任何地

方。"一位将军如此断言道。那是在 1973 年，洪水①在这里浅浅扫过之后，旧河控制设施几乎就要失去控制的时候。麦克菲以钦佩的笔调赞扬着工兵部队的刚毅、决绝，甚至是天才，但是这篇文章中涌动着的却是一股强大的逆流。工兵部队是不是在跟自己开玩笑呢？我们所有人是不是都在跟自己开玩笑呢？

"阿查法拉亚，"麦克菲写道，"如今这个词出现在脑海中，多多少少会让人联想到人类为了对抗自然伟力所做过的任何抗争——无论是英雄式的还是唯利是图的，无论是鲁莽的还是深思熟虑的，或是为了与地球开战，或是为了取得未被给予的，或是为了打垮有破坏力的敌人，或是为了围住奥林匹斯山的山脚，要求并期待着众神的投降。"

我在冬末一个美好的周日下午来到了旧河控制辅助设施。工兵部队的办公室藏在一道令人生畏的铁围栏后面，看起来像是没有人。但是当我按下车道旁的一个门铃时，对讲器噼啪作响，一位名叫乔·哈维（Joe Harvey）的资源专家来到了门口。他穿得就像是要去钓鱼一样，把裤腿塞进了绿色的橡胶靴里。哈维带我出去，来到了一处瞭望台上，俯视着整个辅助设施和它的出水渠。

水渠里的水打着旋，我们聊到了这些河流的历史。"在 1900年，红河和密西西比河总共有大约 10％的流量会顺着阿查法拉

---

① 指密西西比河在 1973 年的大洪水，导致旧河控制设施的一部分被摧毁，此后调整设计，才修建了文中所说的辅助设施。

亚河流向南方。"哈维解释道，"在 1930 年，这个比例是 20％。到了 1950 年，这个比例是 30％。"就是这样的发展趋势促使工兵部队介入了这件事。

"我们现在还保持着七三开的分流比。"哈维说。每天，工程师们都会测量红河和密西西比河中的流量，并据此调节闸门。就在我到访的这天，他们让大约每秒 1 100 立方米的流量通过了这里。

"从这里到密西西比河的河口有大约 507 公里。"他继续说道，"而从这里到阿查法拉亚河的河口有大约 225 公里，也就是大概一半的距离。所以这条河会想要走这条路。但是如果真这样的话……"他的音调低了下来。

出水渠中，有两个人正在一条小摩托艇上钓鱼，我问哈维他们可能会钓到什么鱼。"哦，我们这儿有密西西比河中有的所有鱼。"他说，"当然了，现在全都是亚洲鲤鱼，这可不太妙。"

"他们还在努力把这些鱼阻止在五大湖以外。"他补充道，"在这儿它们几乎到处都是。"

麦克菲把《阿查法拉亚河》放到了他于 1989 年出版的书《操控大自然》（*The Control of Nature*）中。在那之后又发生了很多事情，让"操控"的含义变得复杂了，更不用说"自然"的含义了。路易斯安那三角洲现在常常被水文学家称为是一个"人类—自然耦联系统"（coupled human and natural system），或是缩写为 CHANS。这是个丑陋的词，又一个像"毛球"一样糟糕的科学名词。但是，也没有什么更简单的方式来描述我们所创造的这场"探戈"了。一条被治理了、被拉直了、被规整了、被禁锢了的密西西比河仍旧能施展如同神明一样的伟力，尽管它已经不再全然是一条河流了。很难说如今究竟是谁占据着奥林匹斯山，如果还有谁在那儿的话。

二

深　入　荒　野

1

当威廉·刘易斯·曼利（William Lewis Manly）爬上一处山口时，再过几周就是 1849 年的圣诞节了。他伫立在山口极目远眺，望着"一个人所能见过的最壮阔的荒野景致"。曼利当时所站的地方位于今天的内华达州西南部，离斯特灵山（Mount Stirling）不远。他想象着自己在密歇根州家中的父母，此时在桌子上摆满了"丰盛的面包和豆子"。相比之下，他自己的处境却是"腹中空空，喉咙干渴"。当他下山时，太阳正要落山，而他的思绪也变得愈发沮丧。根据曼利后来回忆，他当时开始抽泣，原因在于"我相信我能够看到自己的未来，而那个结局不堪细想"。

由于一系列不幸的错误决定，曼利发现自己还在沙漠中徘徊。3 个月前，他和差不多 500 名在盐湖城集结起来的淘金者一起，计划前往位于加利福尼亚州北部的黄金王国。他们到达盐湖的时间太晚了，错过了可以翻过内华达山脉的时节，没法再走这条最短的捷径。为了避免被大雪困住，他们只得折向南方，沿着一条适合车队行进的道路前往洛杉矶。在路上走了几周之后，他们遇上了另一群淘金者，领头的是一个讲话很快的纽约佬，名叫奥森·K. 史密斯（Orson K. Smith）。史密斯手里有一张粗糙的地图，他宣称这张地图上标着一条不一样的道路，能够更快到达西部。曼利这群淘金者中的大部分人都决定跟着史密斯走，只不过他们在几天之后发现面前横亘着一道马车根本不可能穿越的深邃峡谷，于是不得不走回头路。连史密斯自己在此后不久也折返回来了。但是曼利和其他几十人仍旧沿着那条虚幻的捷径坚持前行。

他们很快发现，这道峡谷只是他们面临的困难之中最不要紧的。为了绕过峡谷，他们走进了这块大陆上最不适合人类生存的地域之一——一片恐怕从未有白人踏足过的遍布着石块的戈壁。（一个世纪之后，这里的大部分地区被用于开展核试验。）水在那里极度匮乏，即便能找到，常常也是咸得难以下咽。那里也没有能够喂牛的草料，牛都变得无精打采，形销骨立。根据曼利的记录，当他们杀了一头牛来吃的时候，发现它的骨头里充满的不是骨髓，而是血色的液体，"像是烂掉了一样"。

与曼利同行的人当中有他的朋友，以及这个朋友的妻子和三个孩子。曼利的任务有点像是一名侦察兵，走在车队前面探察情况。他带回营地的消息总是极度令人沮丧，以致过了一段时间之后，他的朋友请求他不要再说了，因为那位朋友的妻子再也接受不了这些现实了。当这支队伍接近"死亡谷"（Death Valley）时，面对这片在地图上根本没有标出来的沙漠，人们的情绪变得极其低落。在曼利落泪几天之后的一个夜晚，当大家围坐在营火边的时候，有一个人形容这个地方就像是"造物主的垃圾场"，他"在创造了世界之后，把无用的糟粕都留在了这儿"。另一个人说这里肯定就是"罗得的妻子被变成盐柱的地方"[①]，只不过那根盐柱"碎成了粉，撒在了这片地方"。

就在死亡谷边上，人们的精神短暂地振奋了一次。在一处岩架上，他们偶然发现了一个岩洞，洞中有一池温暖洁净的清水。几个男人直接冲进了池中，其中一个人在自己的日记中写道，他"享受了一次极度神清气爽的沐浴"。曼利看向池水中，注意到了某些奇怪之处。这池水被岩石和沙子环绕着，离其他水体有几公里之远，然而池中却有鱼在游动。几十年后，他还会想起这些微小的"小鱼"，每一条"也就三厘米长"。

淘金者们偶然撞见的这个岩洞如今被称为"恶魔洞"（Devils Hole），而那些小鱼就被称为"魔鳉"（Devils Hole pupfish），学

---

① 指《圣经·创世记》中记述的故事。罗得是亚伯拉罕的侄子。在天使带领罗得一家逃离上帝将要毁灭的两座罪恶之城时，罗得的妻子没有听从天使的叮嘱，在逃跑过程中回头看了一眼，立即就变成了一根盐柱。

名 *Cyprinodon diabolis*。正如曼利所描述的，魔鳉差不多是三厘米长。它们通体是宝石蓝色，长着深黑色的眼睛，头的比例相对身体来说有些大。魔鳉最易于通过一种缺失来分辨——它们不具备其他鳉鱼都有的盆腔鳍。

恶魔洞是如何获得这种小鱼的呢？就像一位生态学家所说，这是一个"美丽的不解之谜"。这个岩洞在地质学上来看很诡异，它是一个通往迷宫一样的巨大地下蓄水层的入口，那个蓄水层位于地下深处，储藏着从更新世遗留下来的水。这种鱼的祖先似乎不太可能穿过蓄水层游过来，所以鱼类学家们最靠谱的猜想是：魔鳉是在这片地区更湿润的某个历史时期被冲进恶魔洞的。这个水池长 18 米，宽 2.5 米，构成了魔鳉全部的栖息地。据信，这是所有脊椎动物的栖息地中范围最小的一个。

我第一次知道恶魔洞，还要谢谢那里发生的一次犯罪。在 2016 年一个温暖的夜晚，三个明显已经喝醉的男人翻过了围绕着洞口的铁丝网。其中一个人用枪打掉了监控摄像头，然后脱掉衣服泡进了池水中，只留下他的内裤漂在水面上。另一个人则在洞里吐了。第二天，人们发现有一条魔鳉死了，于是对它做了尸检。这引发了一项重罪指控。最终，警方公布了当时的监控录像，我看了一遍又一遍。在一个镜头中，这几个人开着一辆全地形车颠簸着来到了铁丝网前。接下来，在一个水下摄像头的视角中，能够模模糊糊地看到两只脚走在一块岩石上，搅起很多气泡。

这起犯罪的每一个细节都激起了我的好奇心：从鱼的尸检，到县监狱在安保方面的警示意义，再到被困在莫哈韦沙漠^①中的这种小鱼。我开始阅读一些相关资料，碰巧发现了曼利的回忆录《49 年^②的死亡谷》（*Death Valley in '49*）。我了解到，沙漠鱼类是物种非常丰富且差异化的一类生物。沙漠鱼类委员会每年都会在墨西哥北部或美国西部的某处召开一次会议。通常，这些会议的手册会有 40 多页。鳉鱼之所以有这样的名字，是因为它们的雄性在为了领地而争斗时，很像是小狗之间在打闹。^③ 仅在死亡谷这一个地区，就曾经生活着 11 个种或亚种的鳉鱼。其中一种现在已经灭绝了，另一种也被认为已经灭绝了，而其余的都在濒危之中。魔鳉可能是这世界上最为罕见的一种鱼。为了保护它，人们构建了一个与真实的水池一模一样的复制品，甚至复制了泡澡裸男被拍到时所站的那块岩石——这有点像是鱼类的"西部世界"^④。与此同时，有一股来自内华达核试验场的放射性水流正悄悄地流向这个岩洞。我读得越多，就思考得越多。我真的应该去看看恶魔洞。

恶魔洞中鳉鱼的数量每年都会进行四次计数。进行计数的是

---

① 莫哈韦沙漠（Mojave）位于美国加利福尼亚州东南部和内华达州西南部，死亡谷和恶魔洞就在该沙漠中。

② 曼利历险的 1849 年，正是加利福尼亚淘金潮爆发的年份。像曼利这样的淘金者后来在美国被称为"49 人"（forty-niner）。

③ 原文指的是鳉鱼的英文名字 pupfish，与小狗的英文 puppy 有关。

④ 指从 2016 年开始在 HBO 播出的美国科幻剧《西部世界》，描写了一个以未来科技维持的伪西部世界。

由生物学家组成的团队，他们来自美国国家公园管理局、美国鱼类与野生动物管理局，以及内华达州野生动物管理部。这些部门为了魔鳉的未来而通力合作（有时也会争吵）。我花了些时间来安排行程，正赶上夏季这次普查，当地气温41℃。

我与那个团队在内华达州的帕伦普镇（Pahrump）会合，这里是距离岩洞最近的一个镇子。帕伦普有一条主街，街边排列着烟花店、大型超市以及赌场。从那里到恶魔洞有45分钟的车程，一路上或是沙漠灌木，或是空无一物。

在曼利那时候，这个岩洞很难被注意到，除非你直接摔倒在洞口上。今天，拜那道3米高的顶上带刺的铁丝网所赐，你根本不可能错过它。其中有一位生物学家用钥匙打开了铁丝网的门。门后是一段又陡又滑的小路。尽管烈日炎炎，洞底却处在阴影中。即便是在盛夏，这个池塘每天接受阳光直射的时间也只有几个小时而已。

有一些生物学家搬运着一些金属的脚手架组件，并用它们搭起了一个伸展台。其他人则拎着潜水用的气瓶。领导整件工作的人是凯文·威尔逊（Kevin Wilson），一名来自国家公园管理局的生态学家。威尔逊成年之后的大部分人生都在与魔鳉打交道，多多少少被当成是恶魔洞的"主任"。（尽管恶魔洞并不在死亡谷中，而是在葬礼山［Funeral Mountains］另一侧的苦涩峡谷［Amargosa Valley］中，但是为了把恶魔洞管理起来，它还是被当作了死亡谷国家公园的一部分。）就在我到达之前，威尔逊刚刚在《高地新闻》(*High Country News*) 一篇关于闯入事件的后续报道中成为主角。主要是通过他的努力，那个光着身子泡进水里的家伙才被判入狱。（那个呕吐的家伙被判缓刑。）记者把威尔逊塑造成了一位英雄，一位执着的沙漠可伦坡①。不过，报道中也把威尔逊描写成了一个大腹便便、不苟言笑的人。威尔逊此时还在为这些描写而郁闷。他还特意转向侧面，好让我看看他的肚子到底大不大。

"这是大腹便便吗？"他问道。我提出，描述为"啤酒肚"或许更好一些。正常情况下，威尔逊也应该在那些准备要下潜的人当中，但是他最近没能通过某些体检项目。这就制造了更多玩笑的主题。

当所有装备都运进来并组装好之后，另一位国家公园管理局的生物学家杰夫·果尔德施坦因 (Jeff Goldstein) 讲了安全注意事项。任何人如果受了伤就得用直升机送出去，但直升机需要45分钟甚至更长的时间才能到达。"所以小心点。"他说道。接下来，他做了个"民意调查"：这次能数出多少条鳉鱼来？

"我想是 148 条。"威尔逊猜道。同样来自国家公园管理局的安布尔·肖道恩 (Ambre Chaudoin) 猜是 140 条。来自鱼类与野生动物管理局的奥林·费尔巴哈 (Olin Feuerbacher) 和詹妮·古姆 (Jenny Gumm) 分别猜是 160 条和 177 条。来自内华

---

① 美国知名电视电影《神探可伦坡》中的主角。

从水下向上看的恶魔洞

达州政府的布兰登·森杰（Brandon Senger）猜是 155 条。我后来才知道，肖道恩和费尔巴哈是夫妻。费尔巴哈告诉我，最早是他搞起这种预测活动的。威尔逊做了个干呕的动作。

恶魔洞里的这个水池很像是个都市里的游泳池，一头浅，一头深。实际上，深的那头真的很深。根据国家公园管理局的数据，它的深度"超过150 米"。具体超过了多少只能靠猜，因为没有人曾经触底，并能活着回来告诉我们答案。在 1965 年，有两位年轻的潜水者来此探险，却再也没有浮上水面。人们认为他们两人的尸体至今仍在水底的某处。在较浅的一头有一长条倾斜的石灰石，被称为"岩架"，位于水面之下约 30 厘米深的地方。这里就是小鱼们喜欢产卵的地方，也是它们能找到最多食物的地方。

佩戴好面罩，背上氧气瓶，穿着短裤 T 恤的果尔德施坦因和森杰猛地钻进水里。几秒之内，他们就消失在了黑暗之中。与此同时，肖道恩、费尔巴哈和古姆四肢着地趴在了伸展台上，数着岩架上的鱼。当他们喊出数字时，威尔逊会把数字记在一张特殊的表格上。

一旦岩架上的计数结束，大家都退回到阴影之下，等着潜下水的人重新浮上水面。一些躲在岩缝中的小猫头鹰发出尖锐的叫声。太阳从岩洞的西侧缓缓落下。"保持水分。"威尔逊劝道。我注意到水池中环绕着像浴缸一样的环状波纹，于是问肖道恩是怎么回事。她向我解释道，这是月亮引力的作用。我们身下的蓄水层的体量太大了，以至于产生了潮汐的效应。

虽然魔鳉只生活在水池的上层区域，很少会出现在 23 米以下的水中，但是下方蓄水层的巨大体量还是塑造了它们。在沙漠中，日夜温差极大，冬夏温差也极大。在地热的加持下，洞中的水却能一整年保持 34℃ 的恒温，相应地也保持着很低的氧溶解度。这种高温低氧的条件本应是致命的。魔鳉已经以某种方式进化出了应对这种情况的办法。但重点在于，它们也只能应对这种情况。目前认为，这种巨大的环境压力是它们失去了盆腔鳍的原因——生产额外的附肢只不过是能量的浪费。

最终，两名潜水者头灯的亮光出现了，像探照灯一样往复划过池水。果尔德施坦因和森杰自己浮出了水面。森杰拿着一块潜水手写板，上面布满了一列列的数字。

威尔逊声称："那块板子上有通往宇宙的钥匙。"

大家都沿着岩石小路爬回了洞外，穿过铁丝网的大门，来到了停车场。森杰读出了手写板上的数字。威尔逊把数字与岩架上的计数加在一起，得到了总的结果：195 条。这比上一次计数时

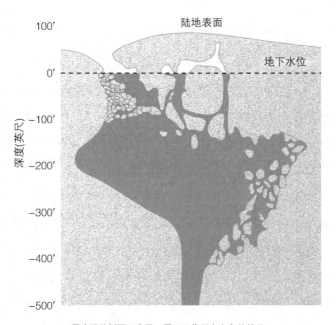

100′

陆地表面

地下水位

0′

深度（英尺）

−100′

−200′

−300′

−400′

−500′

恶魔洞的剖面示意图，展示了位于左上角的峡谷

多了60多条，也比任何一个人敢于猜测的数目还要多。大家彼此击掌庆祝。果尔德施坦因还跳了"一小段快乐之舞"——他是这么说的。

"如果鱼的数量很多，我们大家就都赢了。"他总结道。

晚些时候，我也算了算。恶魔洞中的所有鳉鱼加在一起只有大约一百克重。这比麦当劳的一个麦香鱼汉堡的重量还要稍微轻一点。

当淘金者们向着金矿出发时，他们希望，只要自己有着坚定的目标就永远不会饿肚子。曼利在他 14 岁时就得到了自己的第一支来复枪。父亲庄重地告诉他，这支枪"既适合发射子弹，也适合发射霰弹"。曼利很快就成为杀戮的熟手，他每次带回家的鸽子、火鸡和鹿也是一家人餐桌上颇受欢迎的调剂。二十出头的时候，曼利狩猎的范围已经到达了威斯康星州。在一次三天的狩猎旅程中，他杀了四头熊。他吃了太多的熊肉，以至于接下来吐了一整天。后来他曾写道："只要我手里有枪和弹药，我就能猎杀足够多的猎物活下去。"1849 年，曼利与他的同伴一路狩猎前往了盐湖城。他放倒的一头加拿大马鹿[①]重达 200 多千克，做出了"最高级的食物，美食家也无法拒绝"。

天下没有吃不完的粮仓。就在曼利横跨这块大陆，一路吃向西部时，他恰恰是在让这句话成为现实。在 1850 年代，新英格兰地区的驼鹿、美洲狮、河狸以及貂熊逐渐被人类消灭，梭罗为此感到心痛："这难道不正是那个我所熟知的残破的不完美的自然吗？"曾经到处都是火鸡的树林到了 1860 年代已经看不到火鸡的影子了。东方马鹿[②]曾经遍布在从大西洋沿岸直至密西西比州的广大地区，但是到了 1870 年代就消失不见了。差不多同一时期，旅鸽也被消灭了，而它们的鸽群在天空中曾经一眼望不到

---

① 指 elk，曾被认为是欧洲马鹿的一个亚种，后根据基因组比对重新定义为独立物种，命名为 "加拿大马鹿"，学名 *Cervus canadensis*，广泛生活在亚洲东部和北美洲。曾被长时间错误地译为麋鹿，但实际上与原生于我国的麋鹿（即 "四不像"）不是同一个物种。

② 指 eastern elk，学名 *Cervus canadensis canadensis*，是加拿大马鹿已经灭绝的一个亚种。

头，甚至能遮蔽太阳。旅鸽最后一次大规模的筑巢事件发生在1882年，而这也是对于它们的最后一次大屠杀。

"对于美洲野牛①这个物种而言，在1870年之前的任何一个历史时期中去计算它们的数量，其难易程度就如同是去数或去估计一座森林中的叶子数目。"威廉·霍纳迪（William Hornaday）曾如是写道。他担任过史密森学会的首席动物标本制作师，后来还担任过布朗克斯动物园②的园长。到了1889年，根据霍纳迪的估算，"未受保护的野生的"美洲野牛的数量已经下降到了不足650头。他预计，在几年之内，"这种就我们目前所知数量最为众多的哺乳动物，却连一根能够标志着它们曾经存在过的骨头都留不下来"。

早在旧石器时代，人类就已经把众多物种推向了灭亡：真猛犸象（woolly mammoth）、披毛犀（woolly rhino）、乳齿象（mastodon）、雕齿兽（glyptodon），以及北美骆驼（North American camel）。之后，当波利尼西亚人（Polynesian）在太平洋上的岛屿上定居的时候，他们消灭掉了恐鸟（moa）和异嘴鸭（moa-nalo）。（异嘴鸭是生活在夏威夷的一种像鹅一样的鸭子。）当欧洲人到达印度洋上的岛屿时，他们对很多种动物做了同样的事情，其中就包括渡渡鸟（dodo）、红秧鸡（red rail）、马斯卡林

---

① 原文buffalo，即水牛，但下文提到1889年种群数量时原文是bison，即美洲野牛。实际上在北美地区被称为buffalo的牛科动物与欧亚大陆上生活的水牛在亲缘关系上很远，此处说的应该是美洲野牛。

② 布朗克斯动物园（Bronx Zoo）位于纽约市的布朗克斯区。

瓣蹼鹬（Mascarene coot）、罗德里格斯渡渡鸟（Rodrigues solitaire）、留尼汪鹮（Réunion ibis）。

在 19 世纪发生的事情的不同之处在于，暴行的发展速度太快了。如果说更早时期的那些损失是逐渐发生的，发展速度慢到那些参与者们都不知道正在发生什么，那么像铁路和连发步枪这些技术的问世让灭绝成了一种很容易就能观察到的现象。在美国已经可以实时观察到生物的消失，其实世界各地皆是如此。"一个物种哀悼另一个物种的灭亡，这可是太阳底下的一件新鲜事。"奥尔多·利奥波德（Aldo Leopold）在一篇悼念旅鸽之逝的文章中这样写道。

在 20 世纪，生物多样性的危机最终为人们所知的时候，已经大大加速。现在的灭绝速率要比所谓的"背景速率"高出了数百倍，或许是数千倍，而背景速率是在绝大多数地质时期中的物种灭绝速率。我们失去的物种遍布各个大陆、各个大洋，以及各个物种类别。除了已经正式被归类为"濒危"的物种之外，还有数不清的其他物种正在朝着这个方向前进。美国鸟类学家们建立了一个"正在快速减少的常见鸟类"的名单，其中包括了我们如此熟悉的烟囱雨燕（chimney swift）、原野春雀（field sparrow）以及银鸥（herring gull）。即使是长久以来被认为"抗灭绝"的昆虫之中，也出现了数量的骤降。整个生态系统都在遭受威胁，而已经出现的问题又在助长新问题的出现。

仿造的恶魔洞与真岩洞的直线距离大概有 1.6 公里。它被罩在一个没有任何标记的，像机库一样的建筑里。通往建筑的入口处挂着两块骗人的牌子。一块写着"注意：进入此处需要佩戴个人防护装备"，另一块写着"警告！一氧化二氢：高度警惕！"

我第一次到访的时候，曾问起两块牌子的事情。他们告诉我，牌子是用来吓唬那些政治热情高涨，但对化学一无所知的抗议者的，以防他们想要闯进来捣毁这里。（一氧化二氢是水的一个搞笑名字。）在被允许进入之前，我必须要踏进一桶像尿一样的液体中，但那实际上是消毒剂。

在建筑内部，墙上排布着钢梁、塑料管道和电线。一条混凝土浇筑的步道围绕着一个下沉的水池，池体也是水泥做的。这地方的布置就像是一个工厂车间。事实上，它让我想起了有一次参观核电站时看到过的乏燃料池。不过，这个仿造岩洞的打造方式是为了"迷惑可怜鱼儿迷离的眼睛"[①]，而不是我的眼睛。

要复制一个没人能够触到底的水池显然是不可能的。这个仿制品较深的一头只有不到 7 米深。然而在所有其他方面，它都非常接近那个真实的岩洞。因为恶魔洞里的池水几乎总是处在阴影中，所以这个复制品有一个带天窗的屋顶，会根据季节的情况来开闭。因为那个岩洞中的水温是恒定的 34℃，所以复制时就有了一套后备的加热系统。这里也有一个同样在浅水中的岩架，是

---

① 作者在此引用了英国古代诗人约翰·多恩（John Donne）的诗作《诱饵》中的一句诗。

用一种聚苯乙烯泡沫塑料制成的，表面覆盖着玻璃纤维，在水中的深度也与真实的岩架一致。（对真实岩架的激光扫描数据被用于制造这个复制品。）

被引入这处副本的不只是魔鳉，还有恶魔洞中大部分的食物链。在聚苯乙烯泡沫岩架的上方，漂浮着一团团的浅绿色藻类，品种与石灰石岩架上的一致。在水中游动着与恶魔洞中同样物种的微型无脊椎动物：一种来自 *Tryonia* 属的蜗牛，一些被称为桡足亚纲的甲壳动物，不同种类的介形纲甲壳动物，还有几种甲虫。

水池中的环境被持续监测着。比如说，要是 pH 值或水平面开始下降，工作人员就会收到自动发出的警告。当发生严重的数值变化时，系统就会自动拨出警报电话。在这个设施工作的费尔巴哈，已经不止一次不得不在大半夜从位于帕伦普镇的家中开车过来。

建造这个复制品的计划始于 2006 年。那年春天对于魔鳉来说是惨淡的，普查的结果达到了有记录以来最低的 38 条。"大家可不仅仅只是有一点担心而已。"费尔巴哈告诉我。当这个造价450 万美元的设施还在建设时，魔鳉的数量有所回升。然后，在2013 年又发生了一次暴跌。那年的春季普查得到的结果是 35 条魔鳉，而这个设施当时仍处于测试阶段，只得紧急投入运行。"我们接到了一个来自高层的电话，问我们：'如果要在 3 个月内准备好，你们还需要些什么？'"费尔巴哈回忆道。

在岩洞中，魔鳉能活差不多一年；在这个水池中，它们能坚持两倍长的时间。我去的时候，"恶魔洞二代"已经运行 6 年了，里面有大约 50 条成年鳉鱼。取决于你看问题的不同角度，可能会对此有不同的感受：这可以是很多魔鳉，比它们 2013 年时在地球上的种群总数量还多了 15 条；或者也可以不是很多。除了费尔巴哈之外，这个设施还有另外三名全职雇员，相当于每 13 条鱼就有一名养鱼人。这里魔鳉的数量当然要比鱼类与野生动物管理局期望的数字低。费尔巴哈认为原因可能在于一种甲虫。

这种甲虫①属于 *Neoclypedodytes* 属，是与其他来自恶魔洞的无脊椎动物一起带过来的。它们在这个混凝土版本中如鱼得水，繁殖速度比在野外快了很多。在这个过程中，不知什么时候，它们发展出了对于幼年魔鳉的食欲。有一天，费尔巴哈正在观看一台特殊的红外线摄像头拍到的录像，这种摄像头是用于拍摄魔鳉仔稚鱼②的。结果他看到那种甲虫之中的一只，只有罂粟籽那么大，开始了一次攻击。

"那多少有点像是一只狗在追踪气味，"他回忆道，"它开始围着这条仔稚鱼绕圈，一圈比一圈小，接着就突然冲入水中，把仔稚鱼撕成了两半。"（这有点像是一只西班牙猎犬追踪一头驼鹿的过程，更强化了关于狗的比喻。）为了让这种甲虫的数量在控

---

① 指 *Neoclypeodytes cinctellus*，一种龙虱科 *Neoclypedodytes* 属的昆虫，尚无正式中文译名。

② 指卵生鱼类在卵刚刚孵化后的阶段，与成年鱼的形态有显著差别，还要经过变态过程才能成长为与成年鱼形态接近的幼鱼。仔稚鱼通常还带着卵黄囊，也不具备行动能力，只能像浮游生物一样随波逐流，所以成了昆虫和其他很多小型动物的食物。

制范围内，工作人员开始设置吸引它们的捕虫器。清空这些捕虫器时，要先要用一道细密的滤网过滤，然后用镊子或移液器把这些微小的昆虫一个个挑出来。我看着两位工作人员弯腰做这项任务，用了一个小时左右，而这项工作每天都要重复。我突然意识到，毁掉一个生态系统比运行一个生态系统要容易得多——这不是我第一次意识到这一点了。

关于人类世是从什么时候开始的，如果你问不同的人，会得到不同的答案。地层学家们喜欢清晰明确，他们倾向于将开始时间定在1950年代初期。当美国和苏联为了核武器霸权而开展军备竞赛时，地表核试验变得常规化。这些核试验留下了差不多算是永久性的标记——地层中放射性颗粒的一个尖锐峰值。这些放射性颗粒中的一部分有着长达数万年的半衰期。

魔鳉的麻烦也可以追溯到这一时期，而两者之间并不是一种巧合。在1952年1月，哈利·S. 杜鲁门（Harry S. Truman）总统将恶魔洞纳入了死亡谷国家公园之内。在关于此事的公告中，杜鲁门称其目标是要保护这种生活在"非凡的地下水池"中而非"世界上其他地方"的"特有沙漠鱼类"。那年春天，美国国防部在恶魔洞以北约80公里处的内华达试验场引爆了8颗核弹。第二年春天，他们又引爆了11颗核弹。那些蘑菇云从拉斯维加就能看到，甚至变成了当地吸引游客的景观。

进入50年代之后，引爆的核弹更多了。一位名叫乔治·斯温克（George Swink）的开发商开始购买恶魔洞周边的地块。他的计划是要在空地上建起一座新的城镇，为试验场的工人们提供住房。最终他买下了差不多 20 平方公里的土地，并开始打井，其中一口井就在离恶魔洞 250 米远的地方。

斯温克的计划并没有顺利执行。在 1960 年代中期，他的土地被转卖给了另一名开发商，弗朗西斯·卡帕特（Francis Cappaert）。卡帕特的梦想是要让沙漠上开满苜蓿花。当他开始从蓄水层中抽水时，恶魔洞中的水位开始下降。到了 1969 年底，水位已经下降了 20 厘米。到了次年秋天，水位又下降了 25 厘米。每一次水位下降都让那个浅处的岩架暴露出了更大的面积。在 1970 年底，魔鳉的产卵区域已经缩小到了一间狭长厨房的面积。此时，一位来自内华达大学的生物学家想出了一个主意，要建一个假的岩架给小鱼们繁殖用。这个岩架是用木材和泡沫塑料制成的，安装在了水池较深的那一头。由于较深的一头能够接收到的光照比浅的那头少，所以国家公园管理局搞了一排 150 瓦的灯泡来抹平差距。（最终，那个假岩架被发生在 2 000 多公里之外的阿拉斯加的一场地震给毁掉了。这是因为下面的蓄水层太大了，以致恶魔洞中发生了被称为地震潮［seismic seich］的现象——实际上就是微型海啸。）

与此同时，为了建立一个备份种群，有几十条魔鳉被从岩洞中转移了出来。一些被带往了恶魔洞西边的盐谷（Saline Valley），一些被带往了死亡谷中的葡萄藤泉（Grapevine

拯救那些鳉鱼

Spring），第三组被送到了恶魔洞附近的炼狱泉（Purgatory
Spring），第四组则被送给了加利福尼亚州立大学弗雷斯诺分校
的一位教授，他计划要在一个鱼缸中饲养这些鱼。所有这些试图
为魔鳉建立避难种群的早期努力都以失败而告终。

到了 1972 年，岩架已有超过四分之三的部分暴露在水面外，
联邦政府决定起诉卡帕特企业，除此别无他法。司法部的律师们
主张：当杜鲁门总统将恶魔洞划入国家公园时，他无疑也保护了
足够供魔鳉存活的水。这个"美国政府诉卡帕特"的案子最终打
到了美国最高法院。在这个案件不断上诉的过程中，它也割裂了
内华达人。一部分人将这些鱼视为一个标志，代表了沙漠中脆弱
的美。其他人则视之为政府管辖过度的代表。当时在汽车的保险
杠上出现了"救救那些鳉鱼"的贴纸。紧接着就出现了对立的贴
纸，写着"杀死那些鳉鱼"。

杀死那些鳉鱼

卡帕特最终输掉了这个案子。（小鱼们在那天取得了9：0的胜利[1]。）从那以后的几十年间，他的土地逐步被鱼类与野生动物管理局取得，并转变成了灰草甸国家野生动物保护区的一部分。在这个保护区内有一些野餐桌，一些步道，以及一个游客中心。在这里售卖的纪念品当中就有一个魔鳉的毛绒玩具，看起来就像是个愤怒的气球。在游客中心外的两块牌子上介绍道，卡帕特的土地中包括了两个原住民部族的祖先土地，分别是南派尤特人（Nuwuvi）和西肖松尼人（Newe）。在女洗手间中（或许男洗手间中也有），有块牌子上写着爱德华·阿比（Edward Abbey）在《沙漠独行》（*Desert Solitaire*）中的一段话。虽然这本书记录了阿比在犹他州的拱门国家公园（Arches National Park）当巡逻

---

① 美国宪法没有规定最高法院大法官的数量，但通常由9名大法官组成，通过他们的投票结果来决定案件的判决结果。9：0意味着9位大法官都在这个案件中支持了美国政府保护魔鳉的立场。

队员时的事情，但他其实是在一个妓院的酒吧里写出了书中大部分的章节，而这个妓院离恶魔洞只有几公里远。"水，水，水"，他写道：

> 沙漠中并不缺水，水量反而恰到好处。水与石头的完美比例，水与沙子的完美比例，确保了动植物之间，或是家庭之间、城镇之间、城市之间有着宽广的、自由的、开放的、充足的空间。这就使得荒芜的西部与这个国家中的任何其他地方都是如此不同。这里不缺水，除非你试图要在根本不该出现城市的地方建立城市。

管理假恶魔洞的人是詹妮·古姆。她在游客中心里有一间办公室，位于建筑当中游客止步的区域。有一天上午，我去她的办公室找她攀谈。古姆刚刚从得克萨斯搬到内华达，作为一名受过训练的行为生态学家，她在言谈间洋溢着对新工作的热情。

"恶魔洞是如此特别的一个地方。"她告诉我，"像我们那天潜入水池深处那样的经历，我问过大家：'这种事会变得不再新鲜吗？'对我来说，它还没有。而且我不认为它会很快发生变化。"

古姆掏出手机，展示着一颗魔鳉卵的照片。前一天晚上，假恶魔洞的一名工作人员从水池中取回了这颗卵。"到今天应该能听到心跳了。"她说道，"你应该能看得到。"这张照片是在一台显微镜的目镜上用手机拍摄的，照片中的卵看起来就像是一个玻璃珠子。

许多鱼一次就会产数以千计的卵，比如鲢鱼。这使得养殖它们成为可能。而魔鳉每次只会产下一颗针尖大小的卵。而且这些卵常常还会被魔鳉自己给吃掉。

我们乘坐古姆的卡车来到了恶魔洞二代，在魔鳉的育儿室里找到了费尔巴哈。这间房间里满是一排排的玻璃缸、杂乱的设备，以及流水发出的汩汩声。费尔巴哈找到了那枚卵，就漂在属于它自己的一个小小塑料皿中。他把卵放到了显微镜下。

当这个恶魔洞复制品于 2013 年匆匆投入使用的时候，最初面临的挑战之一就是如何能够给它找到足够的"住客"。当时这颗星球上的魔鳉只剩下 35 条了，国家公园管理局不愿意冒险再损失任何魔鳉用于繁殖，甚至就连交出任何一颗卵都极不情愿。在几个月的争论与分析之后，国家公园管理局最终允许鱼类与野生动物管理局在繁殖季之外的时段收集魔鳉的卵，因为在非繁殖季，魔鳉卵在恶魔洞中的存活率总是很低。第一个夏天，他们只收集了 1 颗卵，它最后也死了。在接下来的冬天里，收集了 42 颗卵，其中 29 颗被成功地培养到了成年期。

显微镜下的这颗卵证明，尽管存在着甲虫问题，魔鳉仍旧在水池中繁殖着。这个卵是在一张小小的垫子上被采集来的，而这张垫子就是为了收集卵而特意放到岩架上的。这张垫子看起来就像是一块粗糙的长绒地毯。"这是个好兆头。"古姆说，"希望还有其他产在垫子周围的卵并没有被吃掉。"

这颗卵确实发育出了心跳。它还发育出了淡紫色的漩涡，那是初期的色素细胞。看着这颗微小卵粒中微小的心脏在搏动，这让我想起了我自己孩子的第一张超声图片，以及阿比写的另一句话："地球上所有的生命都是同宗同源的。"

古姆告诉我，她试着每天都花一些时间在水池边，仅仅只是看着那些鱼。那天下午，我跟她一起去看鱼了。魔鳉的脾气相当冲，不过是以它们自己的方式。我看到有两条鱼在较深的那头玩在一起，或许也可能是在打情骂俏。它们身上装饰着蓝色的条纹，亮得就像是在发光一样。只见两条鱼绕着彼此以一致的节奏划圈。然后，这场双鱼芭蕾中断了，其中一条鱼突然冲开去，留下一道虹彩。

生态学家克里斯托弗·诺门特（Christopher Norment）在参观了真正的恶魔洞之后这样写道："看着一小群鳉鱼在一个小小的沙漠水池中划过一道弧线，这就是在发现某种生机勃勃的奇迹。"当设施内开始注水并消毒时，我在想，这里也是如此。但是，凝视着水池中的那些鱼，我又感到了困惑：这算哪门子奇迹？

如人们常常能观察到的那样，自然——或者至少是这个概念——是与文化纠缠在一起的。技术、艺术、意识——在这些能够站在自然对立面的事物出现之前，只存在"自然"，那这个分类也就没有什么实际用处了。同样有可能正确的是，当"自然"

被发明出来的时候，文化早已深陷其中。两万年前，狼被驯化了。结果是产生了一个新的物种（或者从某种意义上来说是一个亚种），同时还产生了两个新的分类："驯化的"与"野生的"。随着小麦在约一万年前被驯化，植物世界分裂了。有些植物变成了"农作物"，其他则是"杂草"。在人类世的新世界中，这种分裂不断增多。

让我们思考一下"共人动物"（synanthrope）吧。这是一类还没有被驯化的动物，然而无论出于什么原因，却异常地适应在农场中或是大城市中的生活。共人动物（这个词来自希腊语的 *syn*，意思是"一起"，以及 *anthropos*，意思是"人"）包括浣熊、短嘴鸦（American crow）、褐鼠（Norway rat）、亚洲鲤鱼、家鼠，以及一二十种蟑螂。郊狼（coyote）从人类的干扰中获益，但仍会避开人类活动密集的地区，所以被戏称为"厌恶人类的共人动物"。在植物学上，"次生固有植物"（apophyte）是指在人类进入一个地区之后繁盛起来的当地原生植物；"人为引进植物"（anthropophyte）是指被人类引进某地区后繁盛起来的植物。人为引进植物又可以被进一步划分为"古引进植物"（archaeophyte）和"新引进植物"（kenophyte），前者是在欧洲人到达新世界之前已经被古人类扩散开的植物，后者则是在此之后扩散开的植物。

当然，对应每一种随着人类活动而繁盛起来的物种，就会有多得多的其他物种衰败，从而造成了对另一张术语表的需求——

一张令人感到无望的术语表。国际自然保护联盟（International Union for Conservation of Nature，IUCN）维护着一个所谓的"红色名录"。根据其规则，当一个物种在近一个世纪内消失的概率估算为十分之一以上时，就会被归类为"易危"（vulnerable）。当一个物种的个体数量在十年间或三代内（取两者中时间跨度更长者）下降了50％以上时，就会被归类为"濒危"（endangered）。在同样的时间周期内，如果一个物种失去了80％以上的个体，就会被归类为"极危"（critically endangered）。在 IUCN 的体系中，一种植物或动物可能会被直白地标注为"灭绝"（extinct），或者可能被标注为"野外灭绝"（extinct in the wild），或者也可能是"可能灭绝"（possibly extinct）。"可能灭绝"的物种是指，在"平衡各方面证据"的基础上，这个物种似乎有可能已经消失了，但还未得到确证。当前列为"可能灭绝"的数百种动物中包括：对马管鼻蝠（gloomy tube-nosed bat）、沃尔德伦红疣猴（Miss Waldron's red colobus）、艾玛巨鼠（Emma's giant rat），以及新喀毛腿夜鹰（New Caledonian nightjar）。包括毛岛蜜雀（po'ouli，一种原生于毛伊岛上的胖乎乎的管舌鸟）在内的一些物种再也不会在地球上行走（或蹦跳）了，但是却以细胞的形式保存在液氮中，得以继续存在下去。（目前还没有一个术语被指定用于描述这种像是按下了暂停键一样的独特状态。）

理解生物多样性危机的一种办法就是直接接受它。毕竟，生命的历史曾经被两类灭绝事件中断过数次——大型的，以及超级大型的。将白垩纪带向终结的那次撞击，清除了地球上全部物种的75%左右。没有人曾经为它们哭泣，而最终，新的物种进化出现，并取代了它们的位置。但是，无论出于怎样的理由——热爱生命也好，在乎上帝的造物也罢，或者是由于令人屏息的恐惧——人们都讨厌成为那颗小行星。于是，我们已经创造了另一类动物。它们曾是被我们推到悬崖边缘的生命，但是又被突然拉了回来。对于这些生物，用于描述的术语是"保护依赖性的"（conservation-reliant），不过也可以被称为是"斯德哥尔摩物种"①，因为它们彻底依赖于自己的迫害者。

魔鳉就是一种典型的斯德哥尔摩物种。当岩洞中的水位在60年代后期下降时，由国家公园管理局安装的假岩架和灯泡让这些鱼得以活了下来。当法院叫停了岩洞附近的水泵之后，洞内的水位开始缓缓回升，但是下面的蓄水层从未彻底复原。今天，洞内的水位仍比它本来该有的状态低了30厘米。结果就是，水池中的生态系统发生了偏移，食物链网被破坏了。自2006年起，公园管理局开始给恶魔洞发送补充性的"餐食"，包括丰年虫（brine shrimp）和仙女虾（fairy shrimp）——专供鱼类的外卖。

至于数百立方米的庇护池中的那些魔鳉，如果没有古姆、费尔巴哈，以及其他几位"鱼语者"②的服侍，它们连几个月都活

---

① 套用了斯德哥尔摩综合征（又称人质情结）的概念，指受迫害者同情加害者，对其产生认同、同情，甚至帮助加害者的一种情结。由于在瑞典斯德哥尔摩的一次人质劫持事件中被发现而得名。
② 套用了美国著名小说、电影《马语者》的名称，该故事的主角是驯马师，有着能听懂马的语言的天赋。作者用这一表述来说明这些工作人员极度了解他们饲养的魔鳉。

不过去。这个水池中的条件本应尽可能地模仿自然，唯有一个方面除外，那也是导致恶魔洞如此脆弱的一个方面：这个复制品是人类的干扰所无法触及的，因为它本身就是人类的造物。

现在有多少个物种像魔鳉一样是"保护依赖性的"？并没有这方面的确切统计。这个数字最少也有数千之多。至于它们所依赖的帮助形式同样是众多的。除了提供食物和人工养殖之外，其中还包括：双重繁殖①、保育-放归②、围场（enclosure）、受控燃烧（managed burned）、螯合作用③、引导迁徙（guided migration）、手工授粉、人工授精、躲避天敌的训练，以及条件性味道厌恶④。每一年，这张列表都在变长。"老一辈有老一辈的活法，新一辈有新一辈的活法。"梭罗如是说。

＊　　　＊　　　＊

灰草甸国家野生动物保护区面积近 100 平方公里，接近纽约市布朗克斯区的大小。在这里生活着 26 个本地独有物种，都是你不可能在世界上任何其他地方找得到的。根据我在游客中心拿

---

① 双重繁殖（double-clutching）指人为移走产卵动物的一批卵后，它们可能在同一繁殖季内产下新的一批卵，从而在短时间内提高了后代可能的数量。

② 保育-放归（headstarting）指将保护物种的幼仔人工养大后再放归自然，降低了各种幼年死亡事件的发生率，提高了放归后的存活率。

③ 螯合作用（chelation）指通过螯合剂有效结合金属离子的特点，来从水体中清除对生物有毒害的重金属盐的污染。

④ 条件性味道厌恶（conditioned taste aversion）指通过条件反射的训练，让动物对于特定物品的味道产生厌恶，防止它们食用这些物品造成伤害。

的一本小册子上介绍的，这里是"美国境内独有生物聚集度最高的地方，也是整个北美洲排名第二的地方"。

这样严酷的环境应该会导致物种差异化——这是标准的达尔文主义①。在一个沙漠中，种群之间会在物理空间上被隔离，进而产生生殖隔离，就像在群岛上所发生的情况一样。因此，莫哈韦沙漠中的鱼类与隔壁大盆地沙漠（Great Basin Desert）中的鱼类就像是加拉帕戈斯群岛上的达尔文雀②一样，各自占据着在"沙之海"中属于它们自己的那一方"水之岛"。

毫无疑问，很多这样的"岛屿"早在有人费心去记录其中存活的生物之前就已经干涸了。玛丽·奥斯汀（Mary Austin）在1903年评论道："在西部，每一条还算显著的溪流，最终的结局都是变成一条灌溉渠。"有一些生物苟延残喘的时间足够长，足以让自己的灭绝被记录了下来，其中就包括：高膜刺鲅（Pahranagat spinedace，于1938年最后一次采集到样本）、迪氏吻鲅（Las Vegas dace，于1940年最后一次被观察到）、默氏裸腹鳉（Ash Meadows poolfish，于1948年最后一次被观察到）、小孔裸腹鳉（Raycraft Ranch poolfish，于1953年最后一次被观察到）以及秀丽鳉（Tecopa pupfish，于1970年消失）。

---

① 在英语中，达尔文主义与进化论基本是等价的概念。作者在此使用"达尔文主义"的表述，更强调这种情况与当年达尔文在加拉帕戈斯群岛（the Galápagos）观察到的情况的可比性。

② 原文为 finch，按上下文意思指的应是达尔文在加拉帕戈斯群岛上发现的鸟类，后被命名为 Darwin's finch，即达尔文雀。但实际上这些鸟与 finch 即燕雀的亲缘关系很远，而与生活在南美洲的唐纳雀（tanager）有着最近的亲缘关系。

另一种沙漠鳉鱼，欧文鳉（Owens pupfish），也曾被认为已经灭绝了，只不过又在 1964 年被重新发现了。到了 1969 年，它只是勉强苟延残喘地活在一个娱乐室大小的池塘中。然而出于某种没有人能够解释的原因，那个池塘进一步缩小成了一个水坑。有人向加利福尼亚州鱼类与猎物管理部的一名生物学家菲尔·皮斯特（Phil Pister）发出了警报。皮斯特立刻冲到了现场——那是一个被称为鱼蜕（Fish Slough）的地方。皮斯特收集了那里剩下的全部欧文鳉，想要把它们移到附近的一处泉水中。所有鱼装在了两只桶里。

"我清楚地记得自己很怕它们会死掉。"他后来写道，"走了差不多 50 米时，我突然意识到，自己手里拿着的是一个脊椎动物物种仅存的全部。"皮斯特在此后的几十年间都在为了拯救欧文鳉和魔鳉而工作着。人们常常会问他：为什么他要在这些不重要的动物身上花这么多时间？

"鳉鱼有什么好的？"人们会这样问。

"你有什么好的？"皮斯特会这样回应。

在莫哈韦沙漠，我去看了尽可能多的不同鱼类，采用的是"跳岛战术"[①]，名副其实。在一个距离恶魔洞不太远的池塘中生活着异鳉（Ash Meadows Amargosa pupfish，*Cyprinodon nevadensis*

---

① 指美军在二战中制订的对日作战战术，有取舍地攻占一部分被日军占领的岛屿，放弃另一些岛屿，避免无谓的消耗，同时取得迅速的推进，就仿佛在岛屿间跳跃一样。因为作者在前文中将沙漠里隔离开的水池比作群岛中的岛屿，所以才有此一说。

mionectes）。环绕这个池塘的是光秃秃的景致，让我想起了曼利的不幸遭遇。仅仅只是从公路上走下来这一两百米的距离，我就在想：即便是在今天，一个人也可能死在莫哈韦沙漠，而且没有人会注意到。异鳉看起来就像是比较苍白的魔鳉。它们此时正在围着彼此转圈——跟魔鳉一样，不是在调情就是在打架。反正我是区分不出来的。

在五十公里之外的加利福尼亚州小镇肖肖尼（Shoshone），生活着另一个亚种，肃氏鳉（Shoshone pupfish，*Cyprinodon nevadensis shoshone*）。像欧文鳉一样，肃氏鳉曾经被认为已经灭绝了，然后又被重新发现了，地点是在环绕一个房车营地的管路中。苏珊·索雷尔斯（Susan Sorrells）是这个营地的老板，同时还拥有这个镇上唯一的一家旅馆和唯一的一家商店。在不同政府部门的帮助下，她已经为肃氏鳉建立了一套水池。事实证明，肃氏鳉的适应能力要比它们在恶魔洞中的表亲强得多。

"它们从灭绝走向了繁荣。"索雷尔斯对我说。这里的热泉系统为肃氏鳉生活的池塘提供用水，同时也为这里的游泳池提供用水。有一天下午，我泡在那个游泳池中解暑，旁边还有个一脸胡子的男人。当他转过身时，我被他背上的文身搞得很不安，那是两个巨大的纳粹十字。

帕伦普镇曾经也有属于它自己的一种鱼，偏嘴裸腹鳉（Pahrump poolfish）。它们现在还存活着，但不幸的是，并不在帕伦普镇。这种鱼原始的栖息地是一个由泉水提供水源的池塘，然而有人或有意或无意地向池塘中引入了金鱼。金鱼繁荣起来了，而鳉鱼却衰败了。在 60 年代，抽取地下水的行为令这里的糟糕情况变得更糟。1971 年，就在这个池塘眼看快要彻底干涸时，内华达大学的一位名叫吉姆·迪肯（Jim Deacon）的生物学家开展了一场生死关头的救援。与皮斯特一样，迪肯用桶携带着仅存的鳉鱼离开了这个池塘。他设法拯救了 32 条这种鳉鱼，或者至少故事里是这样讲的。

自从被拯救之后，偏嘴裸腹鳉就过着水生流民的生活，从一个池塘流浪到另一个——或者说实际上是被桶拎来拎去的。内华达州野生动物管理部的生物学家凯文·瓜达卢普（Kevin Guadalupe）是这些鳉鱼的摩西。我是在他的办公室里与他会面的。这间位于拉斯维加斯的办公室里挂着一张海报，展示了内华达州原产的 40 种鱼。"那上面几乎所有鱼都处在危险之中。"他望着那张海报说道。当他递给我名片时，我注意到上面有一张松子大小的鳉鱼图画。

偏嘴裸腹鳉本身有大约 5 厘米长，身上有着黑色与黄色交错的条纹，鳍的颜色发黄。像魔鳉一样，它们也是在一个严酷的环境中进化而来的，而且本应是那个环境中的顶级掠食者。瓜达卢普的一大部分工作是要尽力防止这种鳉鱼碰到某种真正的掠食者。随着人们把越来越多的物种带入沙漠，新的紧急情况不断增多。

"很多时候我们都在跑来跑去，快要被逼疯了。"瓜达卢普告诉我。在距离帕伦普镇大约 80 公里的斯普灵山牧场州立公园（Spring Mountain Ranch State Park），我们看到了一个湖的湖底，而那里曾经是大约一万条偏嘴裸腹鳉的家园。（这个牧场曾经属于霍华德·休斯①，他买下这个牧场是因为过度疑心拉斯维加斯酒店套房中的细菌，不肯再住在那里。）人们曾经把自己鱼缸里的东西都倒进这个湖里，结果造成了无法处理的掠食关系，实际上这里的鳉鱼已经被消灭了。为了能把其他引入的物种都除掉——当然了，偏嘴裸腹鳉本身也是被移植来的——这个湖被彻底抽干了。它那红色黏土的湖底如今已经龟裂，曝晒在烈日之下。正如环境历史学家 J. R. 麦尼尔（J. R. McNeill）曾经改述马克斯的话评论的："人们建造了他们自己的生物圈，但是建造的方式却无法令他们满意。"

在距离帕伦普镇 60 多公里的沙漠国家野生动物保护区，我们参观了另一个遭受"围攻"的池塘。

"那儿有一只。"瓜达卢普一边说，一边指着一些污泥下面，那里有个东西像是一只小小的龙虾探出了头。它是一只克氏原螯虾。这种虾原产于墨西哥湾沿岸地区，从墨西哥一直到佛罗里达狭地②。它们如今的生活范围已经扩大了很多，因为人们喜欢食

---

① 霍华德·休斯（Howard Hughes），美国著名商人，飞行家，航空工程师，因在航空业取得的成功积累了巨额财富，在美国很多领域都有着巨大的影响力。晚年多病，于是出资成立了霍华德·休斯医学研究所（Howard Hughes Medical Institute），至今仍是美国生物医学领域最主要的资助机构之一。

② 指佛罗里达州除去佛罗里达半岛以外的地区，即该州西北部位于墨西哥湾沿岸的狭长地带。

用这种虾。不过对这些虾而言，鳉鱼才是它们喜欢的食物。为了能让鳉鱼有机会活下去，瓜达卢普草草搭了一些假的礁石，以便它们产卵。这些礁石是用光滑的塑料圆柱体搭的，顶上伸出一丛丛的人造草。瓜达卢普希望，由于这些圆柱体非常光滑，任何饥饿的克氏原鳌虾都爬不上来。

我们去的最后一处偏嘴裸腹鳉保护地是位于拉斯维加斯的一处公园。当我们到那儿的时候差不多是中午时分，气温有一万摄氏度高，没有哪个头脑正常的人会在这会儿跑到户外来。

那一晚是我在内华达州的最后一晚，我住在拉斯维加斯大道上的巴黎酒店，房间正好能看到埃菲尔铁塔。很拉斯维加斯的是，这座仿造的铁塔是从一个游泳池上耸立起来的。泳池里的水蓝得像汽车防冻液一样。在泳池附近的某个地方有个音响系统推送出澎湃的音浪，穿过七楼这里的密封窗户直达我耳中，节奏沉闷地搏动着。我真的想要喝上一杯。但是我无法让自己下去大堂，经过那些法式的看门人、法式的厕所、法式的前台，找一个假的法国酒吧。我想起了那些在假洞穴中的魔鳉。我不知道这是否就是它们在自己更黑暗的那个时期所感受到的？

2

露丝·盖茨（Ruth Gates）是在看电视的时候爱上海洋的。她还在上小学的时候，就会坐在电视前面聚精会神地观看《雅克·库斯托的海底世界》（*The Undersea World of Jacques Cousteau*）。那些颜色，那些形状，那些各不相同的生存策略——对她而言，波涛之下的生命似乎比波涛之上的要更精彩。除了她从这个电视节目中学到的知识之外，她对海洋了解得并不多，但她决定以后要成为一位海洋生物学家。

"尽管库斯托是在电视里面，但他展示海洋的方式是独特的，没有任何其他人能够与之相比。"她告诉我。

盖茨是在英格兰长大的，去了纽卡斯尔大学完成学业。那里的海洋科学课程是以北海（North Sea）为背景进行教学的。她上了一门关于珊瑚的课，并又一次深陷其中。她的教授解释说，珊瑚是微小的动物，而它们的细胞里甚至还生活着更微小的植物。盖茨困惑于这样的事情怎么可能实现。"我实在想不透这是怎么回事。"她说。1985 年，她搬到了牙买加去研究珊瑚和它们的共生生物。

对于从事这项工作来说，这是一个令人兴奋的时代。分子生物学上的新技术令我们可以在最为详尽的水平上去检视一种生命。但这也是一个令人烦恼的时代。加勒比海的珊瑚礁正在死去。有一些是因为人类的开发，另一些则是由于过度捕捞和污染。该地区最主要的筑礁珊瑚，鹿角珊瑚（staghorn coral）和马鹿角珊瑚（elkhorn coral），正在被一种称为白化病的疾病摧毁。（两者现在都被列为极危。）在 1980 年代过后，覆盖加勒比海的珊瑚中有一半都消失了。

盖茨后来在加利福尼亚大学洛杉矶分校继续她的研究，之后又去了夏威夷大学。在此期间，珊瑚礁的前景越来越不乐观。气候变化已经把海洋温度推升到了很多物种都无法忍受的程度。在 1998 年，海水温度曲线上的一个尖锐峰值导致了一场全球性的白化事件，杀死了全世界 15％的珊瑚。另一次全球性白化事件发生在 2010 年。然后，在 2014 年又发生了一次，海洋热浪袭来之后几乎持续了 3 年都没有减弱。

与升温带来的危险伴随而来的，是对于海洋化学的深远影响。珊瑚能够在碱性环境中繁荣，但是化石燃料带来的排放正让海水变得越来越酸。一组研究人员计算发现，排放增长的情况再持续几十年，就会造成珊瑚礁"停止增长，开始消融"。另一个研究组则预测：到了 21 世纪中叶，去大堡礁这种地方的游客什么别的也看不到，只剩下"礁岸的断壁残垣正在被快速地侵蚀殆尽"。盖茨无法让自己回去牙买加，因为关于那个地方她所热爱的一切，已经有如此之多都已经消失不见了。

但是，用盖茨自己的话来说，她是一个"半满玻璃杯型的人"。她注意到某些已经因为死亡而被放弃的珊瑚礁又起死回生了。其中就包括了她所熟知的一些珊瑚礁。万一是有什么特质让这些珊瑚比其他的珊瑚更坚韧呢？万一这些特质能够被鉴定出来呢？于是，对于一名海洋生物学家来说，或许总还有些事情可做，而不是只能袖手旁观。如果有可能培育出更强壮的珊瑚，就有可能重塑全世界的珊瑚礁，让它们能够在酸化和气候变化之中挺过来。

盖茨把她的想法写下来，参加了一个叫作"海洋挑战"的比赛。她获胜了。比赛的 1 万美元奖金几乎都不够一个研究实验室用来买移液器①。不过，为比赛提供资助的基金会邀请她提交一份更详细的研究方案。这一次，她收到了 400 万美元的经费。关于此事的新闻故事中称，盖茨和她的同事正在计划构建"超级珊瑚"。盖茨欣然接受了这个说法。她的一名研究生还画了一个标

---

① 用于在生物学实验中移动精确体积的液体，并避免交叉污染，是细胞生物学、生物化学、分子生物学等现代生物学实验所必备的实验器材，通常每名实验人员都需要配备 3—5 支不同量程范围的移液器。

志：一个分枝的珊瑚上面有一个大大的红色字母"S"，以人类的主观视角来看，就在珊瑚身上或许可以称为胸口的位置。

我与盖茨是在 2016 年春天结识的。这大约是在她得到超级珊瑚经费的一年以后。而在那之前不久，她刚刚被任命为夏威夷海洋生物学研究所（Hawaii Institute of Marine Biology）的所长。这家研究所自己占据了一个小岛，名叫椰子岛（Moku o Loʻe），就位于瓦胡岛（Oahu）的卡内奥赫湾（Kāneʻohe Bay）中。（如果你曾经看过情景喜剧《吉利根的岛》［*Gilligan's Island*］的话，你就在片头中见过椰子岛了。）没有什么公共交通方式能够前往椰子岛。访客们直接到码头去，而研究所的船夫会在那儿等他们，并把他们送去岛上。

当我下船时，盖茨正好来欢迎我，于是我们一起走去了她的办公室。盖茨的办公室很空旷，四壁雪白，窗外可以眺望这个海湾，再向远处望则是一个军事基地——夏威夷海军陆战队基地。（在珍珠港事件的攻击发起前的几分钟，这里也遭到了日本人的轰炸。）盖茨解释道，卡内奥赫湾就是启发她制订超级珊瑚计划的地方。在 20 世纪的大部分时间里，这里都被当成了下水道排污的地方。到了 1970 年代，这里的珊瑚礁大多已经被毁了。海草接管了这里，海湾中的海水变成了一种令人不寒而栗的亮绿色。但接下来，一个专门处理下水道污物的工厂建成启用了。不久之后，州政府与大自然保护协会以及夏威夷大学共同合作，发明出一个奇妙的装置。这东西基本上是艘装备了巨大真空吸管的船，能从海底吸除海草。渐渐地，珊瑚礁开始复苏。现在海湾中有 50 多个所谓的小块珊瑚礁。

"卡内奥赫湾是一个绝佳的例子，在一个高度破坏的环境中，个体仍旧坚持着。"盖茨说，"如果你想想那些存活下来的珊瑚，它们肯定是最顽强的基因型。所以说，杀不死你的让你更强大。"

我最后与盖茨在椰子岛上待了一个星期。有一天，我们通过一台巨大的激光扫描显微镜观察了珊瑚。盖茨让我看到了那种当她还是学生时就一直感到像谜一样的共生关系。我能看到，就在珊瑚微小的细胞中，安然地居住着那些更小的共生生物。另一天，我们一起去浮潜。当时已经是 2014 年开始的海洋热浪的第二年了，海湾中的许多珊瑚群落都是幽灵一般的白色。盖茨说，它们之中的大多数不会存活下来。但是还有另外一些仍然是色彩缤纷的：褐色、棕色，或是微微的绿色。这些珊瑚都活得很好。"看到这些珊瑚有这么强的韧性，真是令人感到鼓舞。"她告诉我。

还有一天，我们去看了一些户外的水缸组成的阵列，饲养着从海湾里采集上来的珊瑚，缸中的环境受到了精确的控制。这项工作的目标不是像鳉鱼的水池那样为珊瑚提供最佳的生存环境，反而多多少少是在做相反的事情：这些珊瑚被放到了精确计量的生存压力之中进行饲养。那些生长繁盛的，或者至少存活了下来的，就会进行杂交育种，而它们的后代就会被扔回水箱中接受更大压力的考验。人们希望那些接受压力选择的珊瑚经历了一种

"辅助进化"。于是，这样的珊瑚就能够被用于接种未来的礁石。

"我是个现实主义者。"盖茨有一次这样告诉我，"我无法继续寄希望于咱们这颗星球不会再发生剧烈的改变。它已经改变了。"人们或者能够"辅助"珊瑚去应对自己带来的这些改变，或者也能看着它们去死。在她的观点来看，其他的办法都是一厢情愿。"很多人想要退回到某种状态中去。"她说，"他们认为，如果我们停止做某件事，也许珊瑚礁就会回到它曾经的样子。"

"我实际上是个未来主义者。"她在另一次对话中说，"我们这个项目是在承认：未来已来，而在那个未来中，自然不再是完全自然的。"

盖茨是一个如此有魅力的人。即便我来椰子岛的时候带了一个记满疑问的本子，但是我却感觉被她启发了。有几次，当她结束了在研究所一天的工作之后，我们出去共进晚餐。而聊到最后，我们俩的关系已经从"一名记者与她的采访对象"变成了某种接近友谊的存在。当我正在安排再次造访盖茨，看看超级珊瑚的进展如何时，她却写信告诉我她快死了。只不过盖茨不是这样说的。她说的是自己的大脑出了问题，所以她要去墨西哥接受治疗，无论这是什么病，她都会战胜它。

像露丝·盖茨一样，查尔斯·达尔文也曾被珊瑚所困扰。他第一次遇到珊瑚礁是在 1835 年。当时，他正随"小猎犬号"从加拉帕戈斯群岛向大溪地航行，在甲板上看见了"奇怪的环形珊瑚礁"耸立在开阔海域中——我们今天称之为环礁。达尔文知道珊瑚是一种动物，而珊瑚礁是它们制造出来的。然而，这里珊瑚礁的形态还是让他很困惑。"这些低矮、中空的珊瑚岛从广阔的大洋中突兀地耸立出来，显得如此不协调。"他如此写道。达尔文感到困惑：这样的情况怎么可能出现呢？

达尔文花了数年时间来仔细思考这个谜题。它成了达尔文第一篇主要的科学著作《珊瑚礁的结构与分布》（*The Structure and Distribution of Coral Reefs*）的主题。他想到的解释在当时引起了争议，但是今天已经被认为是正确的：在每个环礁的中心沉睡着一座死火山。珊瑚曾经把自己附着在了火山的侧面，而当火山喷发完毕并缓慢下沉之后，珊瑚礁不断向上生长，朝向阳光。达尔文评论道，一个环礁某种意义上就是一座逝去岛屿的纪念碑，"是由无数微小的建筑师建成的"。

就在达尔文发表那篇珊瑚礁专著的同一个月——1842 年 5 月，他第一次起草出了那个关于进化的革命性思想的框架，而这个概念在他的时代被称为"演变"（transmutation）。这张草稿是用铅笔写的，用他的一本传记中的话说就是总计"35 个对开页的潦草的只言片语"。达尔文把这篇文字放到了一个抽屉中。在 1844 年，他把这篇文字拓展成了 230 页，只不过又一次将手稿藏了起来。他不愿意将他的想法公之于众的理由很多，其中之一就是几乎没有任何证据。

达尔文确信，进化是观察不到的。这个过程发生得太缓慢，不可能在一个人类的一生中观察到，甚至是几代人也不可能。他最终写道："我们看不到这种进行之中的缓慢改变，除非时间之手能够标记出岁月之间的间隔。"那么，他怎么才能证明自己的理论呢？

达尔文偶然发现的解决办法是鸽子。在维多利亚时代的英格兰，花式鸽子可是很重要的。（维多利亚女王自己就有花式鸽子。）当时有花式鸽子俱乐部，花式鸽子演出，以及花式鸽子诗作。"在月桂友好的怜悯阴影之下/鸽棚的领袖卧倒休憩。"这是作者为心爱的鸽子作的一首颂歌，那鸽子活到了12岁大。鸽子发烧友喜欢的不同品种多达几十种，包括：扇尾鸽，鸽如其名，有着夸张的扇形尾羽排列；筋斗鸽，能够在飞行中翻后空翻；修女鸽，看起来就像是戴着轮状皱领一样；巴巴里鸽，有块像是某种编织物的东西环绕着眼睛；凸胸鸽，当它们的嗉囊充气之后，就像是吞了一个气球。

一只嗉囊充气的凸胸鸽

达尔文在他的后院建立了一座鸟舍，用他的鸟来做各种实验性的杂交，例如修女鸽与筋斗鸽，巴巴里鸽与扇尾鸽。他把这些鸟的尸体煮了来获取骨架。他在书上写道：这项任务会让他"严重地干呕"。当他在 1859 年最终决定出版《物种起源》（*On the Origin of Species*）的时候，鸽子们趾高气扬地出现在了书页上。

"我保留了每一个我能买到或得到的品种。"他在开篇第一章中写道，"我联合了一些知名的发烧友，并被允许加入了两个伦敦鸽子俱乐部。"

对于达尔文来说，修女鸽和扇尾鸽和筋斗鸽和巴巴里鸽为演变提供了尽管间接但却关键性的支撑。仅仅只是选择用哪些鸽子来繁育后代，鸽子的育种者们就已经开发出了彼此几乎完全不同的品系。"如果无力的人类能用他手中的人工选择权来这样做"，达尔文推测道，那么在"自然的选择之力"下可能产生的"改变的量是没有限制的"。

在《物种起源》出版一个半世纪之后，达尔文这种类比的论证方法仍然是令人信服的，不过要想保持这些论述成立，已经变得一年比一年更难。"无力的人类"正在改变气候，这是在向生物施加强大的选择压力。像这样的"全球性改变"还有无数的其他形式：去森林化、栖息地碎片化、引入掠食者、引入病原体、光污染、空气污染、水体污染、除草剂、杀虫剂和灭鼠剂。在《自然的终结》①之后，你要怎么称呼"自然选择"？

---

① 《自然的终结》（*The End of Nature*）是美国著名环保人士、记者比尔·麦克基本（Bill McKibben）于 1989 年出版的一本环保书。

麦德琳·范诺本（Madeleine van Oppen）与露丝·盖茨于2005年在一个学术会议上相遇了。范诺本是荷兰人，但是当时她已经在澳大利亚生活了快十年了。这两个女人的性格正相反，盖茨有多外放，范诺本就有多矜持。然而，她们立刻就发现彼此很合得来。范诺本开启自己科学事业的时间点也是在新的分子工具出现之后，而且她也是很快就发现了这些工具的力量。两个人开始定期进行跨时区的通话，并且一起撰写了几篇论文。然后，在2011年，盖茨邀请范诺本去参加了一次在圣芭芭拉举办的学术会议。也就是在那里，她们发现两人都对珊瑚用以应对环境压力的机制非常感兴趣。这能否以某种方式用于帮助它们对抗气候变化呢？

"我们聊了很多关于'辅助进化'这个想法的事情。"范诺本告诉我，"我们差不多是一起想出了这个说法。"盖茨向"海洋挑战"提交的申请是与范诺本联合撰写的。文中约定，如果赢得比赛，一半经费给夏威夷，一半经费给澳大利亚。

我在盖茨去世约一年之后去拜访了范诺本。我们是在她位于墨尔本大学的办公室会面的。这座建筑曾经是这所大学的植物学大楼，去她的办公室要经过一条有着彩色玻璃窗的走廊，玻璃上描绘的是本地的兰花。我们的对话很快就转向了盖茨。

"她太有趣了，能量满满。"范诺本阴沉着脸说，"我仍旧不敢相信她已经走了。这真的让我意识到了生命有多么脆弱。"

在我去过夏威夷之后，超级珊瑚项目有所进展，而珊瑚的危机同样有所发展。2014 年在夏威夷开始的热浪于 2016 年到达了大堡礁，制造了又一次的全球白化事件。到了次年它结束的时候，大堡礁超过 90％的珊瑚都受到了影响，死亡的珊瑚则达到了一半。快速生长的物种尤其深受打击，它们遭遇的崩溃被研究者们称为"灾难性的"。澳大利亚的詹姆斯·库克大学的一位珊瑚生物学家特里·休斯（Terry Hughes）对于破坏的程度进行了一次空中调查，并把结果拿给他的学生们看。"然后我们都流下

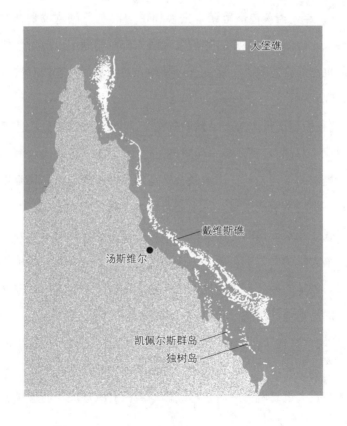

了眼泪。"他在社交媒体上说。

在一场白化事件中，崩溃的是珊瑚与其共生藻类之间的关系。当水体温度升高时，藻类开足马力，开始释放出危险水平的氧自由基。为了自我保护，珊瑚将自己体内的藻类排出了体外，结果就是，变成了白色。如果热浪能够及时中断，珊瑚能够吸引新的共生藻类，从而复原。如果热浪持续的时间过长，它们就会被饿死。

我去拜访范诺本那天，她跟自己实验室的学生和博士后有一次组会。他们都来自联合国安理会国家：澳大利亚、法国、德国、中国、以色列，以及新西兰。范诺本绕过了桌子，询问进展情况。大多数人报告了他们在一种微生物或另一种微生物的研究工作中遇到的麻烦，而范诺本在大多数时候只是任由他们抱怨个不停。"这很奇怪。"她终于对一位博士后说道。这家伙的困难似乎尤其莫名其妙。

至少就范诺本和她的团队来看，珊瑚礁社区的成员中没有谁小到无法制造变化，最起码都会有这样的潜力。伴随珊瑚的某些细菌似乎尤其擅长清除氧自由基。这个研究组正在探索的一个想法就是看看有没有可能施加一种相当于海洋益生菌的微生物，来让珊瑚有更强的抗白化能力。珊瑚的共生藻类也同样可以被操纵。世界上存在着数千种不同的这类共生藻，其中有一些似乎有着更好的热忍耐力。或许有可能诱骗珊瑚释放一些适应力不那么强的共生藻，再摄入一些更坚韧的种群。这有点像是骗一个十几岁的孩子去寻找更合适的朋友。又或者，这些共生藻本身也可以接受"辅助进化"。范诺本的一位博士后已经花了几年时间来培养一个共生藻的变种，学名是 *Cladocopium goreaui*。培养所用的环境基本就是珊瑚礁未来所会遭遇的环境。（当他把他的 *Cladocopium goreaui* 展示给我看时，我本以为会很惊艳。然而它们看起来真的就像是飘在罐子里的小片云朵。）据推测，能够在这种粗暴对待下挺过来的 *Cladocopium goreaui* 会具备能够让它们更好应对高温压力的遗传变异。或许用这种适应力更强的物种去"感染"珊瑚，就能帮助它们经受住更高的温度。

"所有的气候模型都表明，到了本世纪中后期，极端的热浪对于世界上的大多数珊瑚来说都会成为每年一度的事件。"范诺本告诉我，"恢复的速率没有快到能够应对这种情况的程度。所以我确实认为我们需要出手干预并帮助它们。"

"希望这个世界能很快理智起来，开始切实减少温室气体。"她继续说道，"或者也许能有什么神奇的科技发明，能够解决这个问题。谁又知道会发生什么呢？但我们得争取时间。所以，我把辅助进化看作是填补空缺的手段，它能成为一座桥梁，连接今天与我们真正控制住气候变化的那天，或是但愿能够逆转的那天。"

澳大利亚国家海洋模拟器宣传自己是"世界上最先进的研究型海洋馆"。它位于澳大利亚东部的汤斯维尔市（Townsivlle）

附近，在墨尔本以北约 2 400 多公里处。范诺本团队的一些成员就在这个设施里工作，他们正在规划一项辅助进化的实验。于是，我在参观了范诺本的实验室之后，向北飞往了汤斯维尔。

当时是 11 月中旬，澳大利亚有大片的地区正在遭遇火灾。新闻上充斥着相关的报道：最后时刻才逃出生天；毛被烧焦的考拉；烟云笼罩了悉尼，以致正常的呼吸就相当于每天吸一包烟。开车离开机场，我注意到路边一片片最近才燃烧过的土地，以及一个广告牌，上面画着熊熊燃烧的炼狱，配文在问："你准备好应对灾害了吗？"我路过了一座锌精炼厂，一座铜精炼厂，一些芒果种植园，以及一个野生动物园，打着可以喂鳄鱼的广告。高速公路的路肩上随意堆着一些死去的小袋鼠——在地球背面①常会被车轧死的动物。

海洋模拟器坐落于伸进珊瑚海中的一小块陆岬上。如果不是因为它的建筑上缺少窗户的话，肯定会有很美的海景。设施中的光照是由计算机控制的 LED 面板来提供的，通过编程来模拟太阳与月亮的循环。建筑内的大部分地方都给了水缸。这些水缸都在腰部的高度，就像是大商场里的展示柜。与盖茨在椰子岛的实验室一样，海洋模拟器中的水体环境也可以调控，从而制造出精确计量的生存压力。在有些水缸中，pH 值和温度都被设定为模

---

① 原文 antipodal 意为"对跖点的"，即地球两侧连线经过地心的两个地点。在英语世界中常常把澳大利亚和新西兰直接称为对跖点，这是一种站在英国视角上看待世界的认知，也即处在相对于英国的"地球背面"。

拟 2020 年的珊瑚海中的条件。另一些模拟的是 2050 年更热的海洋，还有一些则是预计会出现在本世纪末期的更为严酷的环境条件。

当我到达时已经是下午较晚的时候了，这地方几乎没什么人。我在水缸之间随便转了转，还把鼻子伸到了水里。单个的珊瑚个体有个不讨好的名字叫作"水螅型珊瑚虫"①，它们太小了，很难用肉眼直接观察到。即便只有一个小孩子的拳头大小的一块珊瑚，也是数以千计的水螅型珊瑚虫的家园，它们彼此相连，形成了薄薄一层活的组织。（一个群落中坚硬的部分是碳酸钙，是由珊瑚不停分泌出来的。）在海洋模拟器中，一个又一个水缸都

一个柔枝轴孔珊瑚的群落，大堡礁上常见的一种珊瑚

---

① 水螅型（polyp）是腔肠类动物门的两种主要形态之一，另一种是水母型（medusa）。腔肠动物门的物种生活史中可能有水螅型和水母型的世代交替，但珊瑚纲只有水螅型。

被一种分枝形状的物种占据了，名叫柔枝轴孔珊瑚（*Acropora tenuis*）。它生长得很快，所以更容易研究。这种珊瑚形成的群落看起来就像是微缩的松林。

在日落时分，海洋模拟器内部和外部都来了越来越多的人。为了不干扰到光照规则，每个人都戴着特殊的染成红色的头灯，发出血红色的光晕。这颜色似乎也很应景，因为人们聚集而来就是为了看到一场性的狂欢，至少大家希望如此。

珊瑚的性事是一种罕见而惊人的奇景。在大堡礁，它一年只发生一次，在11月或12月的某次满月之后不久。在性事的过程中，数百万的水螅型珊瑚虫会同时释放出微小的像珠子似的配子[①]束，这被称为集体排卵。这些配子束同时包含着精子和卵子，浮到水面之后就会散开。大部分的配子会变成鱼类的食物，或是漂远。幸运的配子遇到性别相反的配子，就会产生珊瑚的胚胎。

只要保持着正确的环境条件，在水缸中培养的珊瑚也会与它们在海洋中的亲戚们同步排卵。对于范诺本的团队来说，排卵提供了一个关键性的机遇，让他们得以推动进化。他们的计划是要找到正在排卵的珊瑚，舀起排出的配子束，然后像那些鸽子发烧友一样，有选择地进行配对。有一组人希望能够让从比较温暖的北部区域采集来的柔枝轴孔珊瑚与从南部采集来的柔枝轴孔珊瑚进行交配。第二组人计划让轴孔珊瑚属中完全不同的物种进行杂

---

① 配子是有性生殖过程中产生的生殖细胞，即卵子和精子的统称。

交，来产生杂交后代。这些非自然交配所产生的后代中的一部分可能会比它们的父母更有韧性——至少计划如此。

那天晚上，研究人员们在水缸之间转了几个小时。"这将是个重要的夜晚。"其中一位站着观看的科学家告诉我，"我能感觉得到。"在准备排卵的阶段，每一只水螅型珊瑚虫都会鼓起一个小肿块，使得整个珊瑚群落看起来就像是起了鸡皮疙瘩似的。这被称为"预备"。在我们看热闹时，有几个群落已经预备了。紧接着，或许是出于矜持，或许是出于焦虑，它们又退回去了。慢慢地，大家放弃了，开始逐渐离开，回去睡觉。海洋模拟器备有宿舍，就是为了应对这种熬夜的情况。但是这些房间已经满了，所以我走出建筑去往停车场，准备开车回汤斯维尔。在穿过暗夜时，我能听到树林里的果蝠发出的尖锐叫声。有人向我保证，接下来的一夜将是那个重要的夜晚。

大堡礁并不是一块珊瑚礁，而是珊瑚礁的集合，总共有多达3 000块珊瑚礁。它横跨了35万平方公里的面积，比意大利的国土面积还大。我不知道地球上还有什么地方，或是地方的集合，可以比大堡礁更壮观。我曾经在大堡礁南端一座微型岛屿上的科考站待过一周时间，就在南回归线上。在那个叫作独树岛的小岛周围浮潜时，我看到了各种各样匪夷所思的珊瑚：分枝的，成簇的，像大脑的，像盘子的，还有形状像扇子、像花、像羽毛、像手指的。我还看到了鲨鱼、海豚、鳐、海龟、海参、眼中充满惊恐的章鱼、长着邪魅唇边的巨型贝类，以及色彩比彩笔还要多的鱼类。

在一块健康的珊瑚礁上所能发现的物种数量，可能比你在地球上同样大小的任何其他空间——包括亚马孙雨林——所能找到的物种都要多。研究者们曾经拆开一块珊瑚礁，数出了超过 8 000 只藏身其间的生物，从属于 200 多个物种。通过使用基因测序技术，另一组研究者单就能够找到的甲壳纲动物进行了计数。在来自大堡礁最北端的一块篮球大小的珊瑚中，他们找到了超过 200 个物种的甲壳纲动物，大部分都是虾蟹。而在来自大堡礁南端的一块近似大小的珊瑚中，他们鉴定出了差不多 230 个物种的甲壳纲动物。据估计，全世界范围内的珊瑚礁为 100 万至 900 万个物种提供了家园。不过，那些开展甲壳纲动物研究的科学家们得出的结论是：即便是估计值的上限很可能也是大大低估了。他们写道："珊瑚礁的多样性"有可能"远远没有被探知到"。

如果相对于其周围的环境来看，这种多样性就更加非凡了。珊瑚礁只存在于沿着赤道的一个带状区域，从北纬 30 度到南纬 30 度。在这些纬度，水体顶层与底层之间的混合不太多，像氮和磷等关键营养的供给不足。（热带的海水总是清澈得令人惊讶，其原因就在于很少有生物能够在其中生存。）珊瑚礁是如何在如此艰苦的条件下支撑了如此之高的多样性？这是一个长久以来令科学家们感到困惑的问题，被称为"达尔文悖论"。人们提出来的最佳答案是：珊瑚礁的居民们发展出了一套终极循环系统——一种生物的垃圾却变成了它邻居的宝藏。"在珊瑚之城中，没有无用之物。"一位曾与库斯托一起工作的海洋生物学家理查德·C. 墨菲（Richard C. Murphy）写道，"每种生物的副产品都是另一种生物的资源。"

既然没有人知道究竟有多少种生物依赖于珊瑚礁，也就没有人敢说珊瑚礁的崩溃会威胁到多少种生物。不过很清楚的是，这个数字非常巨大。据估计，每四种海洋生物中就有一种，至少会在珊瑚礁度过其生命中的一部分时光。根据澳大利亚国立大学的一位生态学家罗杰·布拉德伯里（Roger Bradbury）的看法，如果这些珊瑚礁结构消失的话，海洋看起来将会很像是在寒武纪之前的样子。那是远在 5 亿年前的时候，甚至早在甲壳纲动物进化出现之前。"那会是一个黏滑的世界。"他评论道。

大堡礁是作为一处国家公园进行管理的，管理者是大堡礁海洋公园管理局（the Great Barrier Reef Marine Park Authority），缩写是比较尴尬的 GBRMPA（读作 gabrumpa）①。在我去澳大利亚的几个月前，GBRMPA 发布了一份"展望报告"，是其每 5 年都要发布一次的评估报告。管理局在这份报告中称，大堡礁的长期前景从此前设定的"糟糕"下调为"非常糟糕"。

---

① gab 有唠叨的意思，rump 则有臀部的意思，所以作者说这个缩写有点尴尬。

就在 GBRMPA 发布这份令人沮丧的评估报告时,澳大利亚政府批准了一个庞大的新煤矿,就在海洋模拟器以南几小时车程的地方。这座矿常被形容为"百万吨级矿"。人们期望,大部分从这里挖出来的煤能够通过一个港口运往印度。这个叫作阿博特角(Abbot Point)的港口就在大堡礁附近。正如很多时事评论员指出的,拯救珊瑚与开采更多的煤炭是很难协调一致的两种行为。《滚石》杂志对此的评语是"全世界最疯狂的能源项目"。

碰巧,GBRMPA 的总部也位于汤斯维尔,在一座空了一半的购物中心里。在这座城市的第二天,我走去了这个购物中心,与管理局的首席科学家大卫·瓦亨费尔德(David Wachenfeld)进行了交谈。

"如果我们在 30 年前就对气候变化采取了强有力的行动的话,我不认为咱们还会有今天这次对话。"瓦亨费尔德告诉我。他穿着一件深蓝色的马球衫,上面绣着澳大利亚联邦的国徽。这个图案的一个特征就是一只袋鼠注视着一只鸸鹋。"我们此时更有可能进行的对话是:只要我们保护好这个海洋公园,我们认为大堡礁就能够照看好它自己。"

他说,以当下的情况来看,需要采取更为积极的干涉手段才行。GBRMPA 与不同的大学和研究机构协调一致,正计划花费至少 1 亿澳元(约 7 000 万美元)来研究如何能够站在大堡礁的立场上进行干预。这之中包括:部署水下机器人为损毁的礁石重新播种;开发某种超薄的薄膜来遮蔽珊瑚礁;将深海的海水泵到表层，来为珊瑚解暑；以及点亮云层。最后这个可能的方案是要把微小的盐水滴喷撒到空中，来制造某种人工雾。根据理论研究，盐雾会更利于形成浅色的云彩，它能够把太阳光反射回太空，抵消全球变暖。

瓦亨费尔德告诉我，这些新科技可能不得不进行协同部署，比如一台机器人可能要在由薄膜或人造雾遮蔽的礁石上播种通过基因强化的珊瑚幼体。"有各种各样想象力令人惊叹的创新。"他说道。

＊　　　＊　　　＊

那天晚上，我开车回到了海洋模拟器。在停车场附近，我注意到有一家子野猪正在拱土。这几只共人生物全都膘肥体胖，似乎有着用不完的时间。渐渐地，学生和研究人员都从宿舍过来了。当模拟的太阳落下了模拟的海面，红色的灯光让这地方活跃起来。那些光源往复穿行于暗夜之中，如同萤火虫一般。

前一晚的每一个人都回来了。除了范诺本的团队，我还认出了另外两组人。其中一组的计划是把珊瑚的配子冷冻起来，作为对抗末世灾难的保险措施；另一组要对珊瑚的胚胎进行基因改造。这里也有一些我不认识的新面孔。有一个拍电影的团队是从悉尼飞来的。（我突然想到，如果说我们其他这些人都是珊瑚窥淫癖，那么这些搞电影的人就是拍色情片的。）

保罗·哈迪斯蒂（Paul Hardisty）是管理这个海洋模拟器的研究所的所长。他也来观看这场大戏了。哈迪斯蒂是加拿大人，个子很高，长胳膊长腿，有点牛仔的感觉。我向他询问了珊瑚礁的未来。他立刻就悲壮起来，但又有着雄心壮志。

"我们在这儿谈论的不是珊瑚花园。"哈迪斯蒂告诉我，"我们谈论的是大型的、工业规模的，甚至是所有珊瑚礁规模的干预措施。的确，万事开头难，但我们得出的结论是，只要能够汇聚全世界最棒的头脑通力合作，这事儿是有可能实现的。"为了助力相关的研究，海洋模拟器将会进一步扩展。哈迪斯蒂说，如果我几年后再来，它将是现在规模的两倍大。

"不会只是一颗银弹①而已。"他继续说道，"那将会是不同技术的组合，比如将点亮的云层与辅助进化相结合。我们将会需要工程化的措施，因为我们期望能够快速进行部署，以造成真正的改变。我们还会需要借助大型制药公司的技术力量，因为我们必须搞出来大规模递送的机制。我不知道，也许我们将使用一种小球。"

红色的灯光突然来到我们面前，又晃动着离开。"认为我们什么都不需要做就能生存下去的想法是傲慢而自大的。"哈迪斯蒂说，"我们来自这颗星球。得了，我有点太哲学了。现在我必须得回家去看一场曲棍球比赛了。"

---

① 在西方传说中，银弹能够有效对抗狼人和吸血鬼等邪物，一颗就够。在此是比喻某种单一使用就能奏效的办法。

当我们等待着珊瑚酝酿情绪的时候，没什么太多的事情可做。站在黑暗之中，我发现自己也"有点哲学"了。当然，哈迪斯蒂是对的。如果你想象着把大堡礁推向毁灭的深渊却不会遭受任何后果的惩罚，这的确是一种自大的想法。但是，想象着"所有珊瑚礁规模的干预措施"难道就不是另一种形式的自大吗？

当达尔文将"人工"选择与"自然"选择相并列的时候，他从来没有怀疑过谁更强大。鸽子发烧友们已经做到了一些令人吃惊的事情，他们杂交出来的变种是如此的多样化，恐怕在很多人看来都像是完全不同的鸟类。（达尔文意识到，所有的变种，从扇尾鸽到凸胸鸽，都是一个单一物种——原鸽［rock pigeon, *Columba livia*］的后代。）与之类似，狗的发烧友育种得到了灰狗和柯基犬，斗牛犬和西班牙猎犬。这张列表还能一直继续下去：畜棚里的羊，果园里的梨树，围栏里的玉米——全都是一代代专注育种的结晶。

但是，在更宏大的图景中来看，人工选择不过是在边缘的修修补补而已。自然选择虽然无情，但是有着近乎无限的耐心，所以才能造就生命那不可思议的多样性。在《物种起源》常常被引用的最后那一段中，达尔文如同施用魔法一般变出了一道"交相掩映的河岸，覆盖着许多种类的纷繁植物，群鸟在灌木丛中歌唱，各种昆虫飞掠而过，蠕虫们则在潮湿的泥土中爬行"。所有这些"精巧构建的生命形式，彼此是如此的不同，又以一种如此复杂的方式彼此依赖"，而它们全都是由同一种无意识的、非人类的力量制造出来的。

"在这样一种看待生命的视角中存在着某种伟大。"达尔文再一次向他的读者们保证。在他的想象中，读者们在阅读了 490 页之后很可能仍然心存疑虑。从那些在原始的软泥中踉跄打转的最简单的生物开始，"无数最美丽的、最神奇的生命形式已经进化出来了，并仍在进化之中"。

大堡礁或许可以被想象成终极的"交相掩映的河岸"。数千万年的进化才造就了它，结果就是，其中一块拳头大小的珊瑚中的生命密度都深不可测，挤满了"以一种如此复杂的方式彼此依赖"的不同生物，以至于生物学家或许永远都不能完全掌握其中的关联。而大堡礁仍在不停进化之中——至少今天仍是如此。

我在澳大利亚与之交谈的每一个人都明白，由于大堡礁的巨大，其保护工作超越了我们以现实的甚至是不现实的角度，所能期望达到的程度。就算凑合着解决其十分之一的部分，都意味着要给瑞士国土面积大小的区域进行遮蔽或是机器人播种。争议之处在于，这样得到的最多也就是个减配版——某种"差不多堡礁"。

"如果我们能把珊瑚礁的寿命延长二十年、三十年，有可能刚好可以给这个世界足够的时间在控制排放方面有所作为，也就有可能保住一部分功能尚存的珊瑚礁，而非失去一切。"哈迪斯蒂告诉我，"我想说，我们现在要讨论这样的问题真让人难过。但现实已走到了这一步。"

我在海洋模拟器待的第二晚结果也是白等一场。有几个群落进入了预备状态，但只释放了很少的配子束，一位研究人员称之为"涓流"。接下来的一晚仍是如此，于是我才又一次出发去往海洋模拟器。

不过现在，我知道了应该期望看到怎样的场景。在日落时分，研究人员会戴上头灯，穿行在水缸之间。如果他们注意到一个珊瑚群落进入了预备状态，就会把这个群落从共用的水缸中取出来，放到一个单独的桶中。在集体排卵的夜晚，有如此之多的柔枝轴孔珊瑚群落进入预备状态，以至于都没办法走路了，因为会有一排排的桶码放在地板上。有一些群落是从一个叫作凯佩尔斯群岛（Keppels）的区域采集来的，位于大堡礁很南边的地方。还有一些来自戴维斯礁（Davies Reef），在北边数百公里远的地方。在自然界中的集体排卵中，距离如此之远的群落是不可能交

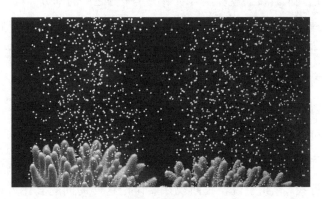

正在排卵的珊瑚释放出了像珠子一样的配子束，里面包含了卵子和精子

配的。不过，这里的实验的根本之处就不是让事情自然发生。

一位名叫凯特·奎格利（Kate Quigley）的博士后负责管理配种的工作，以及管理着一个大多由本科生志愿者组成的团队。她把红色的头灯戴在了脖子上，就像是一个发光的护身符。奎格利已经铺开了数十个塑料容器，如果一切顺利的话，其中就会发生跨珊瑚礁的杂交。她解释说，在这些容器中形成的胚胎将会被转移到小水缸中接受高温压力的考验。那些存活下来的将会接受不同种类的共生藻的接种，其中包括一些我在墨尔本见过的从实验室里进化出来的共生藻品种。而后，它们还会被投入到更严酷的压力中去。

"我们确实想要把它们逼到极限。"奎格利告诉我，"我们真的是在寻找强者中的强者。"

在我去独树岛的旅程中，曾经很幸运地在一次集体排卵中进行过浮潜。那场景就像是阿尔卑斯山上的暴风雪，只不过是上下颠倒的。即使是在一个桶里，排卵的过程也是令人惊叹的。一开始，只是几只水螅型珊瑚虫在释放它们的配子束，接下来其他的水螅型珊瑚虫也加入进来，就好像接收到了某种神秘的信号一样。无数配子束抵抗着重力，从水中浮起来。在水面上，它们形成了玫瑰色的浮层。

"这是自然界的奇迹之一。"我听到基因编辑团队的一位科学家喃喃自语道。

当一个又一个群落释放之后，奎格利把她的志愿者们召集起来分配工作。她给了每个学生一只碗和一个细筛网。她用移液器从桶中取出了配子束，并把它们分配到了这些筛子中。在外面那些珊瑚礁上，配子束会在海浪中解体；在海洋模拟器中，海浪的工作只能以手工代替。奎格利教学生们如何使劲摇晃筛网，直到里面的配子束释放出配子。精子会掉进碗里，而卵子更大，就会留在筛网中。

学生们极其专注地摇晃着筛网。那些卵子看起来像是一颗颗粉红色的胡椒。那些成碗的精子看起来就像是，嗯，你想象的样子。

"如果你愿意的话，我可以要你的精子。"我听见有个年轻的女生喊道。

"好的，拿一碗我的精子吧。"一个年轻的男生回应道。

"这是唯一一个可以安全地说出这些话的地方。"另一个学生评论道。

奎格利已经在一个本子上画好了她想要做的杂交。在她的指导下，这些学生们把不同地区的珊瑚的精子和卵子混到了一起。这项工作一直持续到了深夜，直到每一个孤独的珊瑚都找到了伴侣。

3

奥丁在北欧神话中是一位极为强大的神祇，但同时也是个骗子。他只有一只眼睛，另一只眼睛被他用来换取了智慧。他的神力众多，比如唤醒亡者，平息风暴，治愈病患，以及令他的敌人失明。他还常常把自己变成一只动物：变成蛇的时候，他就获得了作诗的天赋，并且无意之间把这种神力传给了人类。

在加利福尼亚州奥克兰市的奥丁，是一家销售基因工程实验用品的公司。这家公司的创始人约西亚·扎纳（Joisah Zayner）把自己浓密的头发染成了金色，还在身上打了好几个洞，以及一个似乎是在提醒自己的文身："创造美的东西"。他拥有生物物理学的博士学位，并且是个很出名的叛逆者。他做了很多前卫的事情，比如让自己的皮肤变得能够生产一种荧光蛋白；在一项 DIY 的排泄物移植中吃下了一个朋友的大便；以及试图让自己的一个基因失效，以便让自己能长出更大的肱二头肌。（他承认，在最后这件事情上的努力以失败告终。）扎纳称自己为"基因设计师"，并说他的目标是让人们想在业余时间改造生命的时候，就可以获得所需的资源。

奥丁提供的产品从写着"黑掉地球生物"的 3 美元小酒杯一直到一种"基因工程家庭实验室套装"。后者价格为 1 849 美元，包括了一台离心机，一个聚合酶链式反应①仪，以及一个凝胶电泳②盒。我选择了介于两者之间的东西："细菌 CRISPR 与荧光酵母套组"，花了我 209 美元。这个产品装在一个硬纸板的盒子里，表面印着公司的标志：一棵扭曲的树被一条双螺旋环绕着。我相信，那棵树代表的是"世界之树"。在北欧神话中，这棵树的主干就从宇宙的中心穿过。

在盒子里，我发现了各式各样的实验室工具：移液器用的吸头③，带盖培养皿，一次性手套，还有一些小管，里面含有大肠杆菌（$E.\ coli$），以及我对它的基因组进行重排时所需的所有试剂。大肠杆菌被我放到了冰箱的冷藏室里，就在黄油旁边。其他的小管都放到了冰箱冷冻室里，跟冰激凌放在同一格。

基因工程到今天已经是人到中年了。第一种经过基因工程改

---

① 即我们常以缩写称呼的 PCR，是所有分子生物学实验的基础。

② 电泳是核酸或蛋白质等生物分子的一种可视化检测手段，根据不同大小或不同带电量的分子在电场作用下的迁移速率不同来分离它们，从而让研究人员可以观察混合物中各种分子的大概组成情况。

③ 插在移液器管口处的长锥形塑料尖管，尖端开口，用于吸取液体，用后即弃，以保证液体之间不会交叉污染。

造的细菌是在 1973 年被制造出来的。很快，1974 年就有了一种经过基因工程改造的小鼠。基因工程改造的烟草出现在 1983 年。第一种被批准可供人们食用的基因工程食品是"佳味番茄"（Flavr Savr tomato），批准于 1994 年。但是这种番茄很令人失望，几年之后就停产了。基因工程改造的玉米和大豆是在差不多同一时期开发出来的。与佳味番茄相反的是，这两种作物在美国已经差不多到处都是了。

在过去的十来年间，感谢 CRISPR 技术，基因工程也经历了它自己的转化。CRISPR 是一套技术的统称，其中大多是从细菌中借来的。有了这种技术之后，研究人员或是生物黑客们需要操纵 DNA 的时候就变得容易多了。（这个缩写的全称是"规律间隔成簇短回文重复序列"［clustered regularly interspaced short palindromic repeats］。）CRISPR 让使用者可以在 DNA 上剪一刀，然后就会让这个受到影响的序列功能被关闭掉，或者把它替换成一段新的序列。

由此而带来的可能性几乎是无限的。来自加利福尼亚大学伯克利分校的詹尼弗·道德纳（Jennifer Doudna）教授是 CRISPR 的开发者之一。她对这项技术的评价是：我们现在有了"一种方法，能够以我们希望的任何方式来重写那个真正的生命分子"。有了 CRISPR，生物学家们已经创造了许多生命体，其中包括：没有嗅觉的蚂蚁；像超级英雄一样肌肉膨大的猎兔犬；能够抵抗猪流感的猪；有睡眠失调问题的猕猴；不含咖啡因的咖啡豆；不产卵的三文鱼；永远不发胖的小鼠；以及一种细菌——它的基因里编码了一系列图片，而这些图片是埃德沃德·迈布里奇（Eadweard Muybridge）那段著名的赛马奔跑影像中的每一帧画面①。几年前，中国科学家贺建奎宣称，他已经创造了世界上第一例 CRISPR 编辑的人类——两名双胞胎女婴。据他所说，这些女孩的基因经过了轻微的调整，以使她们获得对艾滋病毒的抵抗力。然而事实是否果真如此，这一点至今仍不清楚。

我在遗传学方面几乎没有任何经验，自从高中之后再也没有做过需要动手的实验室工作。然而，按照奥丁那个盒子里面的说明一步步做，我用了一个周末的时间竟然就能创造出一种新的生物。首先，我在一个带盖培养皿中培养了一个大肠杆菌的菌斑。然后，我把不同的蛋白质加到上面，还有一点我存在冷冻室里的设计 DNA。这个过程会把细菌基因组中的一个"字母"换掉：把一个 A（腺嘌呤）换成一个 C（胞嘧啶）。拜这一改变所赐，我这种新的改进型大肠杆菌真的就能藐视链霉素了——要知道，这可是一种强力的抗生素。在自家厨房里制造具有抗药性的大肠杆菌，这事儿感觉有点吓人，但它也的确有成就感。事实上，这种成就感太强了，以至于我决定开始做套组里的下一个项目：在酵母中插入一个水母基因，从而让它发光。

---

① 迈布里奇开创性地发明了一套复杂的装置，用多个相机拍摄了在赛道上高速奔跑的赛马和骑手的动态图片，影响了后世的电影等影像拍摄技术。因此，这段由多张照片组成的赛马影像极为经典。

坐落于吉朗市（Geelong）的澳大利亚动物健康实验室（Australia Animal Health Laboratory）是世界上最先进的高等级生物安全实验室之一。它位于两道大门之后，其中第二道大门是被设计用来阻止卡车炸弹的。有人告诉我，它的浇筑混凝土墙足够厚实，能够经受住一架飞机的撞击。在这个设施内部有 520 个气闸门，以及四个安全等级。"如果是在僵尸世界末日中，你肯定会想要躲到这儿来。"这里的一位工作人员告诉我。在最高的安全级别，生物安全 4 级区域，有一些管子中存放着这颗星球上最凶险的一部分动物传播病原体，其中就包括埃博拉。（这个实验室在电影《传染病》[Contagion] 上映后小小地火了一把。）那些在生物安全 4 级实验室中工作的研究人员不能把他们自己的衣服穿进实验室，而且在离开之前必须要冲最少 3 分钟的澡。而这家设施中的动物则根本不可能出得去。"它们能出去的唯一一条路就是通过焚化炉。"这里的一位雇员就是这样跟我说的。

吉朗位于墨尔本西南方向约一小时车程的地方。在拜访范诺本的那趟旅程中，我也到这家实验室去看了看。它的缩写是 AAHL（发音是 "maul" 这个词的韵脚）。我听说了这里正在进行的一场基因编辑实验，并对此非常感兴趣。人们为一项生物防控计划所付出的努力跑偏了，结果导致澳大利亚受到了一种名为海蟾蜍（cane toad）的巨型蟾蜍的困扰。AAHL 的研究者们还是希望再用另一种生物防控技术来解决这场灾难，这倒是回归了人类世的逻辑。在这个计划中就包括了利用 CRISPR 技术对海蟾蝾的基因组进行编辑。

一位名叫马克·蒂泽德（Mark Tizard）的生物化学家负责这个项目。他同意带我到处看一看。蒂泽德身形瘦小，发际边缘都已花白，蓝色的双眼炯炯有神。就像我在澳大利亚遇到的很多科学家一样，他也不是澳大利亚人，而是来自英国伦敦。

在研究两栖动物之前，蒂泽德主要是做家禽研究的。几年前，他和AAHL的一些同事将一个水母的基因插入了母鸡体内。这个基因跟我计划要插入酵母的那个基因很类似，编码了一个荧光蛋白。一只鸡有了这个基因之后，就会在紫外线的照射之下发出诡异的绿光。接下来，蒂泽德找到了一种办法，能够在插入荧光蛋白基因之后，确保它能够"传儿不传女"。结果就是，当一只母鸡产下的蛋还在孵化之中时，我们就能从荧光发光的情况来判断蛋中胚胎的性别。

蒂泽德知道，很多人都被基因改造的生物给吓到了。他们觉得食用基因改造生物这件事情很恶心，而把基因改造生物释放到大自然中则是很可恶的。虽然蒂泽德不是像扎纳那样的叛逆者，但他同样认为这些人对于基因改造的看法完全错了。

"我们有能发绿光的鸡。"蒂泽德告诉我，"所以会有学校组织学生来参观，当他们看到绿色的鸡时，你可以想象，有的孩子就会说：'哦，这太酷了！要是我吃了这种鸡，我也会变绿吗？'而我大概就会说：'你已经吃过鸡了，对不对？你长出羽毛和喙了吗？'"

无论如何，据蒂泽德说，当下如果还要去担心一两个基因的事情，已经为时晚矣。"如果你去看看澳大利亚原生的环境，你会看到桉树、考拉、笑翠鸟（kookaburra）等生物。"他说，"但如果让我来看，作为一名科学家，我看到的是桉树基因组的多重拷贝、考拉基因组的多重拷贝等等。而这些基因组正在彼此相互作用。然后，完全是在突然之间，嘭！你把一个外来的基因组扔了进去——海蟾蜍的基因组。它以前从没有在这里出现过，而它与所有其他这些基因组的相互作用是灾难性的。它把其他这些基因组全给干掉了。"

"人们看不到的一点是，这已经是一个在基因上改造过的环境了。"他继续说道。入侵物种把整个基因组加入了它本不属于的环境，也就改变了环境。相对而言，基因工程所改变的不过是这里或那里的一两段 DNA 而已。

"我们所做的事情，最多只会是在海蟾蜍的两万个基因上可能再增加十个基因，而这些基因本不属于海蟾蜍。但是这多出来的十个基因会破坏其余的基因，从而把它们从生态系统中清除出去，恢复原有的平衡。"蒂泽德说，"人们对于分子生物学最典型的评价是：你们是在扮演上帝吗？好吧，不是。我们是在应用我们对于生物学过程的理解，来看看是否有可能让一个受到损伤的系统好起来。"

海蟾蜍的学名是 *Rhinella marina*，身上长着棕色的斑点，四肢粗壮，皮肤上有很多鼓包。对于它们的描述总是不可避免地强调其大小。"海蟾蜍是一种硕大的、长疣的蟾蜍。"美国鱼类与野生动物管理局是这样标注的。"较大的个体坐在公路上很容易被误当成是大石块。"美国地质调查局如此评论。有记录的最大的海蟾蜍长达 38 厘米，几乎有 2.7 公斤重，相当于一只胖乎乎的吉娃娃了。有一只名叫贝特·戴维斯（Bette Davis）的海蟾蜍于 1980 年代生活在布里斯班市（Brisbane）的昆士兰博物馆，长达 24 厘米，也差不多有这么宽，跟一个晚餐用的餐盘大小相仿。海蟾蜍几乎能吃下任何可以放得进它们那张超级大嘴里的东西，包括老鼠、狗粮以及其他海蟾蜍。

海蟾蜍原本生活在南美洲、中美洲以及美国得克萨斯州最最南端的地区。在 1800 年代中期，它们被进口到了加勒比地区。这样做的目的是想让它们参加对抗甲虫幼虫的战争，这种虫子像瘟疫一样毁掉了当地的经济作物——甘蔗。（甘蔗本身也是一种人为引入的物种，它原产于新几内亚。）海蟾蜍从加勒比地区被运到了夏威夷，又从夏威夷被运到了澳大利亚。1935 年，102 只海蟾蜍在檀香山被装上了一艘轮船。其中 101 只撑过了整个旅程，来到了位于澳大利亚东北海岸甘蔗种植区的一个研究所中。在一年之内，它们就产下了超过 150 万颗卵。孵化出来的幼蟾被有意释放到了该地区的河流和池塘中。

存在疑问的是，这些海蟾蜍或许从未对甘蔗有过什么益处。甲虫幼虫生活的枝杈离地面太高了，像大石块一样的两栖动物根本够不着那么高的地方。但这并不会让海蟾蜍们担心。它们发现了充足的其他可以食用的东西，并且继续产下了更多的幼蟾，多得可以装满一辆辆卡车。从昆士兰海岸边窄窄的一条地带，它们向北扩张进入了约克角半岛（Cape York Peninsula），向南扩张进入了新南威尔士州（New South Wales）。在 1980 年代的某个时间点，它们进入了北领地①。2005 年，它们到达了一个叫作中间点（Middle Point）的地点，位于北领地的西部地区，离达尔文市不远。

在海蟾蜍扩散的一路上，一些奇异的事情发生了。在入侵的早期，海蟾蜍前进的速度是大约每年不到 10 公里。二三十年后，它们的移动速度达到了每年近 20 公里。当它们到达中间点时，它们已经提速到了接近每年 50 公里。当研究人员对入侵前锋线的海蟾蜍进行测量时，他们知道了原因何在。在前锋线上的海蟾蜍的腿，要比后面昆士兰地区的同伴的腿更长，而且这一特征是可遗传的。《北领地新闻报》（*Northern Territory News*）在其头版报道了这个故事，标题是《超级蟾蜍》（*Super Toad*）。文章的配图是一张经过加工的照片，上面是一只披着披风的海蟾蜍。"它们已经入侵了北领地，而现在这些讨厌的海蟾蜍正在进化。"这篇报道叹息道。看起来这与达尔文的想法相反，进化能够被实时观察到。

---

① 北领地（Northern Territory）是澳大利亚联邦中北部的一个自治领地。下文提到的达尔文市是该领地的首府。

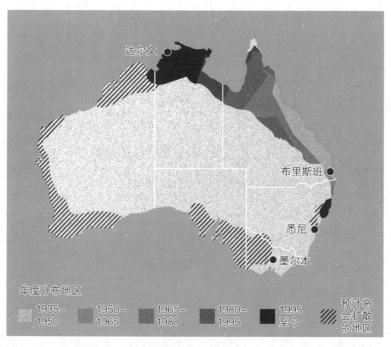

年度分布地区

1935–1950　　1950–1965　　1965–1980　　1980–1995　　1995至今　　预计将会扩散的地区

自从海蟾蜍被引入澳大利亚以来，它们已经横跨这个国家的不同地区。据估计，它们还会进一步扩张其领地

　　海蟾蜍并不仅仅只是大得令人反感，从人类的视角来看，它们还很丑，长着皮包骨头的脑袋。真正令人感到"讨厌"的是它们脸上看起来像是邪魅的表情。然而更麻烦的是，它们是有毒的。当一只成年海蟾蜍被咬或感觉受到了威胁时，它就会释放出像牛奶一样的黏液，含有能够让心脏停跳的化合物。狗常常会被海蟾蜍的毒性伤害到，症状从嘴上起泡一直到心脏停搏。那些蠢到去吃海蟾蜍的人，最后通常都会以丧命而告终。

澳大利亚原本并没有有毒的蟾蜍。事实上，这里原本就没有蟾蜍。所以这里原生的动物们并没有进化出来要小心毒蟾蜍的习性。海蟾蜍的故事就是亚洲鲤鱼故事的相反版本，或者说上下颠倒的版本。亚洲鲤鱼在美国成为问题的原因是没有动物能够吃它们，而海蟾蜍在澳大利亚成为一种威胁的原因是每种动物都想吃它们。由于吃海蟾蜍而导致种群数量骤降的物种名单很长，而且还在发生变化。其中包括：淡水鳄，澳大利亚人称之为 freshies；黄斑巨蜥（yellow-spotted monitor lizard），能长到 1.5 米长；北部蓝舌石龙子（northern blue-tongued lizard），其实是一种小蜥蜴；横纹长鬣蜥（water dragon），看起来就像是小型的恐龙；死亡蛇（common death adder），名副其实的毒蛇；棕伊澳蛇（king brown snake），同样是一种毒蛇。目前为止，这张受害者名单上的第一名是北方袋鼬（northern quoll），一种长相很可爱的有袋类动物。北方袋鼬差不多有 30 厘米长，尖脸蛋，棕色的皮毛上带有斑点。当小袋鼬离开妈妈的育儿袋后，妈妈四处活动的时候会把小袋鼬扛在自己的背上。

为了减缓海蟾蜍扩张的脚步，澳大利亚人已经想出了各种各样聪明的，以及不那么聪明的计划。"蟾蜍净"（Toadinator）是一种配有便携扬声器的陷阱，里面播放着海蟾蜍的歌声。有人把这种声音比喻为拨号音，也有人把它比喻为引擎的嗡嗡声。昆士兰大学的研究人员开发了一种诱饵，能够用于诱捕海蟾蜍的蝌蚪并消灭它们。人们用气枪射击海蟾蜍，用锤子砸它们，用高尔夫

一个澳大利亚女孩和她的宠物海蟾蜍——"冰雪皇后"

球杆打它们，故意开车碾压它们，把它们放在冷冻室里冻成冰块，或是给它们喷洒一种叫"停止跳动"（HopStop）的化合物，号称能够"在几秒内麻醉海蟾蜍"，并在一小时内了结它们。有社区组织了"灭蟾"部队。一个叫作"金伯利灭蟾人"的组织建议澳大利亚政府能够为每一只被消灭的海蟾蜍提供赏金。这个组织的信条是："如果每个人都是灭蟾人，那么海蟾蜍就会被消灭了。"

当蒂泽德开始对海蟾蜍感兴趣的时候，他还从未亲眼见过一只海蟾蜍。吉朗所在的维多利亚州南部是海蟾蜍还没有征服的地区之一。但是，有一天在一个会议上，他坐在一位研究两栖动物的分子生物学家旁边。后者告诉他，尽管有各种控蟾的措施，但是海蟾蜍仍在持续扩散。

"她说，只可惜没有什么新的办法能够解决这事。"蒂泽德回忆道，"我坐下来，挠着自己的脑袋。"

"我当时想：毒素是由代谢通路产生的。"他继续说，"这就意味着有酶的参与，而酶必须要有基因来编码它们。好吧，我们有能够破坏基因的工具。也许我们能够破坏那些导致毒素形成的基因。"

蒂泽德让一位名叫凯特琳·库珀（Caitlin Cooper）的博士后帮忙开发这项技术。库珀的棕色长发刚刚及肩，笑声很有感染力。（她也是从别的地方来，具体来说是美国的马萨诸塞州。）此前从未有人试过对海蟾蜍进行基因编辑，所以需要由库珀来决定要怎么做这件事。她发现，海蟾蜍的卵必须先要清洗一下，然后再有条不紊地用一种非常细的移液器快速穿刺。这一切要在卵开始分裂之前完成。"磨炼显微注射的技术花了相当长的时间。"她告诉我。

库珀首先改变了海蟾蜍的颜色，这也算是一种热身练习吧。海蟾蜍的一个关键的色素基因编码了一种酪氨酸激酶，而这种酶控制着黑色素的合成（在人身上也是如此）。库珀推断，将这个色素基因关闭，应该会制造出浅色的海蟾蜍，而非深色的。她在一个培养皿中混合了一些卵子和精子，在得到的胚胎中显微注射了不同的 CRISPR 相关化合物，然后就是等待。最后出现了三只奇特的杂色蝌蚪。其中一只蝌蚪死了，另外两只都是雄性，长成了杂色的幼蟾。它们分别被命名为"斑点"和"金发"。"当这一切发生时，我绝对是着迷了。"蒂泽德告诉我。

库珀接下来把注意力转移到了"破坏"海蟾蜍的毒性方面。

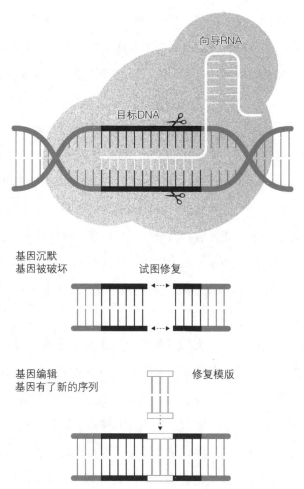

向导RNA

目标DNA

基因沉默
基因被破坏

试图修复

基因编辑
基因有了新的序列

修复模版

在 CRISPR 技术中，向导 RNA 用于靶向那段要进行切割的 DNA。当细胞
试图修复 DNA 的损伤时，常常会引入错误，从而让这个基因失效。如
果还提供了一个 "修复模板" 的话，就能引入一个新的基因序列

海蟾蜍在自己肩膀后方的腺体里储存毒液。在原始状态下，这些
毒液仅仅只会让人不舒服而已。但是在海蟾蜍受到攻击时，它们

会制造一种酶——蟾毒素水解酶。这种酶能够让毒液的毒性放大一百倍。应用 CRISPR 技术，库珀对第二批胚胎进行了编辑，删除了蟾毒素水解酶编码基因中的一小段。结果就是，一批无毒化的幼蟾出现了。

在我们谈了一阵子之后，库珀提出带我去看看她的海蟾蜍。这就需要进入 AAHL 的更深处，穿过更多的气闸门和安全层级。我们都在衣服外面套上了手术服，鞋子外面套上靴子。库珀给我的磁带录音机上喷了一些清洁液。一块牌子上写着："隔离区域。违规重责。"我决定还是不要提奥丁，以及我自己那不怎么安全的基因编辑冒险为好。

在这些闸门的后面是一块无菌的空地，有点像一个农场大院，里面满是养着不同动物的各式围栏。空气中是医院与宠物动物园两种味道的混合。在一些小鼠笼子旁边，无毒幼蟾正在一个塑料箱中跳来跳去，数量有十来只，差不多十周大了，每只有七八厘米长。

"如你所见，它们很活跃。"库珀说道。这个塑料箱内布置着一个人所能想象到的蟾蜍所需要的一切：假植物、一大盆水、一盏太阳灯。我想到了蟾蜍庄园[①]，"到处都是现代化的便利"。其中一只海蟾蜍伸出了它的舌头，抓住了一只蟋蟀。

---

① 蟾蜍庄园（Toad Hall）是英国著名儿童小说《柳林风声》中，主角之一的蟾蜍先生的住所。该作品在欧美可谓家喻户晓，对后世很多儿童文学或影视作品的创作都有深深的影响，包括《哈利·波特》等。

"它们几乎什么都吃。"蒂泽德说，"它们还会以彼此为食。如果一只大个子的海蟾蜍遇到一只小个子的，那就是一顿午餐。"

要是被释放到澳大利亚的自然界中，一小拨无毒的海蟾蜍估计不会坚持很长时间。其中一些会变成淡水鳄或蜥蜴或毒蛇的午餐，其余的则会与乡野间数以亿计的有毒海蟾蜍杂交。

蒂泽德心里为它们设定的未来是教育事业。对于袋鼬的研究表明，有袋类能够通过训练来学会躲避海蟾蜍。给它们喂食掺有催吐药的蟾蜍"香肠"，它们就会把海蟾蜍与恶心联系起来，并学会躲着它们。根据蒂泽德所说，无毒海蟾蜍会成为一种更好的训练工具："如果它们被捕食者吃掉了，捕食者只会生病，但不会死，那它就会学到：'我再也不要吃海蟾蜍了。'"

在它们能被用于教育袋鼬或其他任何用途之前，无毒海蟾蜍需要一些来自政府的批准才行。当我到访时，库珀和蒂泽德还没有开始着手起草相关的文件，但却已经想出了其他修改基因的方法来。库珀想，或许有可能来干预那些生产蟾卵表面胶质层的基因，从而让这些卵不可能受精。

"当她向我描述这个想法的时候，我觉得她太聪明了！"蒂泽德说，"如果我们能够一步步削减它们的产卵能力，那绝对是太棒了！"（一只雌性海蟾蜍一次就能产下多达 3 万颗卵。）

离无毒蟾蜍几步远的地方，斑点和金发坐在它们自己的塑料箱内。那里还要更精致一些，有一张热带地区的景观图片逗它们开心。它们已经有差不多 1 岁了，完全长大了，上腹部有着层层叠叠的肉，就像是相扑手似的。斑点总体上是棕色的，有一条后腿是泛黄的颜色。金发的颜色更为斑驳，后腿发白，前肢和胸口有一块块的浅色区域。库珀把一只戴着手套的手伸进了箱子里，把金发拿了出来——她形容这只蟾蜍为"美丽的"。它立刻就在她的手上尿了，脸上似乎是在幸灾乐祸地微笑。然而我意识到，事实当然并非如此。在我看来，它那张脸也只有基因工程师才会喜欢。

根据孩子们在学校里学习的标准版的遗传学，遗传是一个掷骰子的过程。比如说一个人（或者一只蟾蜍）从他的妈妈那里获得了某个基因的一个版本，称之为 A，又从他爸爸那里获得了这个基因的一个竞争版本，称为 A1。那么，对于他的任何一个孩子来说，获得 A 或 A1 的概率都是一样的。在新的每一代人中，A 和 A1 的传承情况是完全由概率的法则来决定的。

就像学校所教授的其他很多事情一样，这一描述也只是部分正确的。有些基因遵从这一规律，但也有一些基因背叛了这一规律，拒绝执行。这些例外的基因能够以对自己有利的方式来修改游戏规则，而方法则是各不相同的狡诈。有些基因会干扰竞争对手的复制；另一些则会为自己建立更多的拷贝，从而提高自己被传承下去的概率；还有一些则会操纵减数分裂的过程，这正是卵子和精子形成的过程。这类打破规则的基因被称为会"驱动"的基因①。即便它们不会给生物带来适应性方面的优势——事实上，有时它们甚至还带来了适应性上的成本——它们还是一代代地传承了一半以上的后代。有些特殊的情况下，自我服务的基因被传承给了超过 90％ 的后代。人们已经发现，在非常多的生物中都潜伏着能够驱动的基因，包括蚊子、拟谷盗（flour beetle）、旅鼠。据信，只要花费精力和时间去寻找的话，肯定还能在多得多的生物中找到基因驱动现象。（同样成立的一点是，最成功的驱动基因很难被检测到，因为它们已经导致了该基因的其他变体都淹没在了历史中。）

从 1960 年代起，生物学家们就梦想着能够利用基因驱动的力量，来名副其实地驱动某些基因。感谢 CRISPR 的出现，这个梦想如今已经实现了。

细菌可以说是掌握着 CRISPR 这项技术的原始专利，因为 CRISPR 在细菌中就是作为一种免疫系统来起作用的。拥有"CRISPR 座"的细菌能够把病毒的一小段 DNA 吸收到自己的基因组中。它们利用这些片段的方式就像是看嫌犯照片一样，能够帮助自己识别出潜在的攻击者。然后，它们会派出与 CRISPR 有关的 Cas 酶。这种酶工作起来就像是微型剪刀，能够把入侵者的 DNA 在关键位置剪断，从而使它们失效。

---

① 基因驱动，即 gene drive，这个术语的使用在科学界内部也呈现一种混乱状态。基因驱动既可以指本文所描述的这种生物学现象，也可以指具备这种生物学现象的基因，还可以指能够达成这一现象的生物学工具。在下文中，译者将附加一些额外的界定，方便大家理解该说法出现时具体所指代的概念。

基因工程师已经能够让 CRISPR‑Cas 系统去剪切他们想要去剪切的几乎是任意一个 DNA 序列。他们还已经找到了办法，能够让被破坏的序列把自己与一段人为提供的外来 DNA 缝合在一起。（这就是我的大肠杆菌被哄骗着把腺嘌呤换成了胞嘧啶的方式。）既然 CRISPR‑Cas 系统是一个生物学的构建，那么它也是编码在 DNA 上的。而这就是创造一个基因驱动的关键所在。将 CRISPR‑Cas 的基因插入到一个生物中，而这个生物就能被编码执行对自己进行重编程的任务。

2015 年，哈佛大学的一组科学家宣称，他们使用这种自反式的技巧，在酵母中创建了一个合成基因驱动系统①。（开始时是一些奶油色的酵母和一些红色酵母，而它们制造出的菌斑在几代之后全成了红色。）3 个月后，加利福尼亚大学圣地亚哥分校的研究者宣布，他们用差不多一样的技巧创造了果蝇中的一个合成基因驱动系统。（果蝇正常情况下是棕色的，而这个基因驱动系统能够推广一种类似于白化病的基因，得到了黄色的后代。）此后又过了 6 个月，第三组科学家宣布他们创造了一种带有基因驱动系统的疟蚊。

如果 CRISPR 具备"重写那个真正的生命分子"的力量，那么结合了合成基因驱动技术之后，这种力量就会得到指数级的扩

---

① 合成基因驱动系统（synthetic gene drive）中的"合成"是合成生物学之意，即通过人工合成的方式来对生物系统做出改造。在此指通过合成生物学的方法来实现的基因驱动，因为它包括一系列相互配合的基因，形成了一个系统，所以添加了"系统"一词。

增。假设圣地亚哥的研究者释放了他们的黄色果蝇。再假设这些果蝇找到了配偶，成群围绕着校园里某个垃圾堆飞来飞去，那么它们的后代也会变成黄色。进一步假设这些后代都活下来了，并

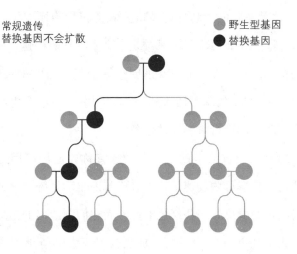

常规遗传
替换基因不会扩散

● 野生型基因
● 替换基因

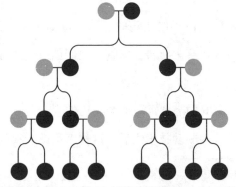

基因驱动遗传
替换基因总会扩散

有了合成基因驱动技术，常规的遗传法则被推翻了，以至于替换的基因能够快速扩散

且成功交配，那么它们的子孙后代结果也会成为黄色的。这种特征会持续扩散，从红杉林到墨西哥湾流，直到黄色统治一切。

果蝇的颜色没有什么特殊之处。任何植物或任何动物上的任何基因都可以被重新编码，使之变得能够以对自己有利的方式来掷下遗传的骰子——至少理论上如此。这之中也包括了那些自身有过修改的基因，或是从其他物种借来的基因。比如说，完全有可能去设计一个基因驱动系统，使之能够在海蟾蜍中扩散那个破坏毒素的基因。有一天，也完全有可能去为珊瑚创造一个基因驱动系统，让一个耐热的基因扩散开来。

人类与自然之间的界线，实验室与野外之间的界线，此前已经变得非常模糊了；而在合成基因驱动的世界中，这些界线几乎要消融不见了。在这样一个世界里，人们不仅可以决定进化要在怎样的条件下发生，人们也可以决定进化的结果——同样的，至少理论上如此。

几乎可以肯定，第一种装备了 CRISPR 辅助的基因驱动系统的哺乳动物，将会是小鼠。小鼠是所谓的"模式生物"。它们繁育速度快，易于饲养，而且其基因组已经被充分研究过了。

保罗·托马斯（Paul Thomas）是小鼠研究方面的先锋。他的实验室在阿德莱德市（Adelaide）的南澳大利亚健康与医学研究所内。这是一栋蜿蜒的建筑，表面覆盖着带尖的金属板。（阿德莱德当地人称这个建筑为"奶酪擦丝器"。当我去参观时，我觉得它看起来更像是一头甲龙。）2012 年，一篇关于 CRISPR 技术的突破性论文刚一发表，托马斯就认识到这是一项彻底改变游戏规则的技术。"我们直接就投身其中了。"他告诉我。在一年之内，他的实验室就已经应用 CRISPR 构建了一只受到癫痫困扰的小鼠。

当合成基因驱动的第一篇论文发表后，托马斯又一次猛地扎了进去："对 CRISPR 感兴趣，同时也对小鼠的遗传学感兴趣，我根本抗拒不了开发这种技术的机遇。"最初，他的目标只是看看自己能不能实现这种技术。"我们当时并没有太多经费。"他说，"我们当时只剩个油箱底儿①了，而这些实验都相当费钱。"

当托马斯还只是在——用他自己的话说——"浅尝"的时候，有一个叫作 GBIRd 的组织跟他签了一份合同。这个缩写是指"入侵啮齿动物的遗传性生物控制"（Genetic Biocontrol of Invasive Rodents）。而他们的精神或许可以被描述为加入了地球之友②的莫洛博士③。

"像你一样，我们想要为后代子孙们保护这个世界。"GBIRd

---

① 原文 on the smell of an oily rag，澳洲俚语，本意指车辆的油箱几乎快要空了，引申为支撑经费拮据。
② 一个国际环保组织。
③ 英国著名科幻作家威尔斯所著的科幻小说《莫洛博士岛》中的主角，通过残忍的实验手段对动物进行改造，使它们成为能够直立行走、遵守纪律的兽人，但最终被自己的创造所反噬。

的网站上说，"希望仍在。"在这个网站上占主要位置的照片中，一只信天翁的幼鸟充满爱意地望着它的母亲。

GBIRd 想让托马斯帮忙设计一种专门的小鼠基因驱动系统——所谓的"抑制驱动"。抑制驱动是设计用来彻底战胜自然选择的。它的目的是要散布一种有害的特性，从而彻底消灭一个种群。英国的研究人员已经在传播疟疾的冈比亚疟蚊（*Anopheles gambiae*）中构建了一种抑制驱动。他们的目标是要最终在非洲释放这种蚊子。

托马斯告诉我，要设计一种自我抑制的小鼠，有多种不同的方法可以尝试，其中多数都与性别有关。他尤其热衷于"X 粉碎者"小鼠这个想法。

小鼠像其他哺乳动物一样①，有两条决定性别的染色体：XX 是雌性，XY 是雄性。小鼠的精子携带着单一的一套染色体，或是 X，或是 Y。一只 X 粉碎者小鼠经历过基因编辑，令其携带的所有带 X 染色体的精子都会失去活性。

"如果你愿意的话，也可以说是精子库中的一半精子都被拿掉了。"托马斯解释道，"它们不会再发育出小鼠了。这就让你只剩下了带 Y 染色体的精子，于是就得到了全都是雄性的后代。"在 Y 染色体上装备了"X 染色体粉碎指南"后，小鼠的后代将

---

① 并不是所有哺乳动物都具备差异性的性染色体，有极少数哺乳动物，包括一些啮齿类，已经在进化中失去了性染色体的差异。因此，从理论上来讲，消灭性染色体的差异并不一定就能消除性别差异。

只会产生儿子。在每一代中，性别失衡都会增长，直到不再有雌性可供繁殖。

托马斯解释说，在基因驱动小鼠上的工作进度比他所期望的更慢。不过，他还是认为有人会在这个十年的末期取得成功。它或许是一只 X 粉碎者，或者也可能是依赖于某种目前还想象不到的设计。数学模型表明，一种有效的抑制驱动会是极为高效的：在一个有 5 万只普通小鼠的岛上释放 100 只基因驱动小鼠，就能在几年之内让这个种群的数量下降为零。

"所以这也相当令人震惊。"托马斯说，"这就是要达成的目标。"

如果说人类世最明确的地质标志是地层中的一个放射性颗粒的峰值，那么人类世最明确的生物学标志就是啮齿动物的一个峰值。人类在这颗星球上定居的每一个地方，甚至只是他们曾经到访过的地方，小鼠和大鼠都会随之出现在那里，并常常导致危险的后果。

波利尼西亚鼠（Pacific rat，*Rattus exulans*）曾经一度被限制在东南亚地区。从大约 3000 年前起，航海的波利尼西亚人把它们带到了太平洋的几乎每一个岛屿上。它们的到来开启了一波又一波的毁灭，至少导致了 1000 个岛屿鸟类物种的灭绝。后来，欧洲的殖民者又把黑鼠（ship rat，*Rattus rattus*）带到了这些岛上，以及其他很多岛屿上，于是又开启了更多波的灭绝，并且仍在持续。在新西兰的大南角岛（Big South Cope Island），黑鼠直到 1960 年代才登岛，而此时博物学家就能记录所产生的后果了。尽管人们付出了巨大的努力来拯救岛上的动物，但还是有三个该岛特有的物种消失了，分别是一种蝙蝠和两种鸟类。

小鼠（house mouse，*Mus musculus*）起源于印度次大陆，而今你在从热带一直到非常接近两极的地区都能找到它。《小鼠遗传学》（*Mouse Genetics*）的作者李·西尔弗（Lee Silver）认为："只有人类才具备同样的适应性（有些人说人类还不如它们）。"在适当的环境中，小鼠可以像大鼠一样凶猛，并且一样致命。戈夫岛（Gough Island）差不多位于非洲与南美洲之间中点的位置，是这个世界上最后 2 000 对特岛信天翁（Tristan albatrosse）的家园。安装在这个岛上的视频摄像头已经拍到了一群群的小鼠在攻击信天翁的雏鸟，把它们活活吃掉。"在戈夫岛上工作就像是在一家鸟类的康复中心工作一样。"英国保育生物学家亚力克斯·邦德（Alex Bond）曾如此写道。

在最近一二十年，对抗入侵啮齿动物的主要武器是溴鼠灵（Brodifacoum）。这是一种抗凝血剂，能够导致内出血。溴鼠灵可以被掺入饵料中，放在喂食器中，或是手动播撒，也可以从空中播撒。（你先是把一个物种用船运到全世界，然后再从直升机上毒杀它们！）数百个无人岛已经用这种方式进行了无小鼠化和无大鼠化，而这些行动已经把一些物种从灭绝的边缘上拉了回来。其中就包括了新西兰的坎岛鸭（Campbell Island teal），一种小小的不会飞的鸭子；以及安岛黑蛇（Antiguan racer），一种颜色发灰的以蜥蜴为食的蛇。

从一只啮齿动物的角度来看，溴鼠灵的缺点是很明显的：内出血是一种缓慢而痛苦的死法。从一名生态学家的角度来看，它同样有不足之处：非目标动物也常常会吃掉饵料，或是吃掉已经吃过毒药的啮齿动物，毒药会以这样的方式在食物链的上下游扩散开。而且，只要有哪怕一只怀孕的小鼠在行动中存活了下来，那么她繁育的后代很快又会占据整座岛。

基因驱动小鼠能够驱散这些问题。入侵者们将成为目标。将不会再有出血至死的情况。而或许最好的一点是，基因驱动的啮齿动物也能被释放到有人类居住的岛屿上。谁都可以理解，在这种地方从空中喷洒抗凝血剂是不会有人同意的。

但往往事与愿违，解决一批问题又会带来新的问题。对于啮齿动物来说，带来的新问题很严重。极其严重。有人将基因驱动技术与库尔特·冯内古特（Kurt Vonnegut）的"9 号冰"[①]进行了对比。这种冰只要一小块，就足以把世界上所有的水都冻起来。只要有一个 X 粉碎者小鼠逃脱了，恐怕就会有着令人胆寒的类似效果：有点像是"9 号鼠"。

要预防冯内古特式的灾难，已经有人提出了不同的保险措施，例如"杀手—拯救者系统""多重基因座搭配"，以及"菊花

[①] 冯内古特著名科幻小说《猫的摇篮》中虚构的一种由科学家发明的特殊的冰，最终引发了世界性的灾难。

链系统"。所有这些方案都有着同一个基本性的乐观前提：首先要能够设计出一种有效的基因驱动，但同时又不能太有效。要想设计出这样的基因驱动，可能的办法包括：在几代之后将自身耗尽，或是与限制在单一岛屿上的单一种群中的一个特有基因变体耦合在一起。还有证据表明，如果一个基因驱动真的由于某种原因失控了，也可以向自然界释放另一个基因驱动来追捕它们，后者的特征是有一个所谓的"捕手"序列。还有什么可能出错的地方呢？

在澳大利亚的时候，我想要离开实验室，去乡下看看。我想如果能看到一些北方袋鼬一定会很有趣。根据我在网上找到的照片来看，它们简直太可爱了，有点像是微型的獾。但是当我问了一圈才知道，观看袋鼬需要很多专业知识和时间，这些都是我所没有的。要想找到一些杀死了袋鼬的两栖动物倒是容易得多。于是，有天傍晚我与一位名叫林·施华蔻（Lin Schwarzkopf）的生物学家一起出发去猎蟾。

碰巧的是，施华蔻是蟾蜍净陷阱的发明者之一。我们顺便去她在詹姆斯·库克大学的办公室看了看这种装置。这是一个跟烤面包机差不多大小的笼子，有一个塑料的翻板门。当施华蔻打开陷阱的小扬声器时，办公室里就回荡着海蟾蜍嗡嗡的叫声。

"雄性海蟾蜍会被任何听起来像是同类的声音吸引过来，哪怕只是有一点像而已。"她告诉我，"如果它们听到了发声器的声音，它们就会去往它的位置。"

詹姆斯·库克大学坐落于北昆士兰海岸，位于海蟾蜍最早被引入的地区之内。施华蔻认为我们应该在大学内就能找到地上的海蟾蜍。我们都戴上了头灯。当时大约是晚上9点，校园里没什么人，只有我们俩和一家子跳来跳去的小袋鼠。我们四处游荡了一会，寻找着那种邪恶眼睛的目光。就在我开始失去耐心的时候，施华蔻在一堆落叶中看到了一只海蟾蜍。她把它拾起来之后，立即就鉴别出这是一只雌性。

"它们不会伤害你的，除非你让它们很痛苦。"她一边说，一边指着蟾蜍的毒腺，它们看起来就像是两个垂着的小袋子。"这就是为什么你不应该用高尔夫球棒去打它们。因为如果你打到了毒腺，毒液就可能会飞溅出来。如果它飞到了你的眼睛里，会让你失明几天。"

我们又转了会儿。施华蔻说，天气太干了，海蟾蜍可能缺水了："它们喜欢空调室外机——任何能够滴水的东西。"在一个老旧的温室附近，那里有人刚刚浇过水，于是我们又发现了两只海蟾蜍。施华蔻翻开了一个大小和形状都接近首饰盒的腐烂木箱。"简直是个蟾蜍矿！"她说道。在不到1厘米深的脏水里有更多的海蟾蜍，数都数不过来。有些蟾蜍就坐在其他蟾蜍的上面。我以为它们会试着逃跑。然而与之相反，它们就坐在那儿，泰然自若。

一个支持对海蟾蜍、小鼠或黑鼠进行基因编辑的最强有力同时也是最简单的论点是：还有其他替代方式吗？把这样的技术作为非自然的存在而去抗拒，也无法换回自然的存在。我们不是要在"过去曾有什么"与"现在有什么"之间做出选择，而是要在"现在有什么"与"以后会有什么"之间做出选择，而经常出现的结果是，未来什么也不会再有了。这正是魔鳉、肃氏鳉、偏嘴裸腹鳉、北方袋鼬、坎岛鸭以及特岛信天翁所处的情况。严格从自然的角度来看，这些物种，以及其他数千个物种，都是即将灭亡者。当前的问题并不在于我们是否要去改变自然，而在于是为了什么目的要去改变自然。

"我们就像是神明一样，并且可能也变得擅长此道了。"这是《全球概览》（*Whole Earth Catalog*）的编辑斯图尔特·布兰德（Stewart Brand）写下的一句名言，就在该期刊于 1968 年出版的第一期上。最近，作为对当下正在发生的全球转变的回应，布兰德发表了更犀利的声明："我们就像是神明一样，并且必须擅长此道。"布兰德与别人共创了一个组织，名叫"复活与复原"（Revive & Restore）。他们宣称自己的使命是"通过遗传补救的新技术来加强生物多样性"。在这个组织支持的那些更不切实际的项目之中，有一项努力就是要复活旅鸽。这项计划想通过对旅鸽亲缘关系最近的鸟类——北斑尾鸽（band-tailed pigeon）——的基因进行重新编排，以逆转历史。

更接近现实的一项计划是要把美洲栗树（American chestnut

tree）带回来。这种树曾经是美国东部最常见的一种树，但是却被栗疫病全部消灭了。（栗疫病的病原体是一种真菌，在 20 世纪早期被引入了美国，几乎杀死了北美洲的每一棵栗树，据估计总计达 40 亿棵。）位于纽约州锡拉丘兹市（Syracuse）的纽约州立大学环境科学与林学学院的研究者们创造了一种经过基因改造的栗树，对那种真菌具有免疫力。这种抵抗力的关键是一个从小麦中引进的基因。就因为有这样一个借来的基因，这种树被当作了转基因生物，需要联邦的审批。结果，这种能够抗真菌的树苗目前只能被限制在温室内，以及被围栏围起来的一块土地上。

正如蒂泽德所指出的，我们一直都在全世界范围内移动着基因，通常是以整个基因组的形式。这就是栗疫病最初到达北美洲的方式，病原体是由日本进口的亚洲栗树带进来的。如果我们通过移动仅仅一个基因的方式，就能改正我们早先犯下的悲剧性错误，难道这不是我们欠美洲栗树的吗？难道我们不该做这样的事情吗？"重写那个真正的生命分子"的能力为我们赋予了一种责任——对于这一点或许也存在某些争议。

当然，反对这类干预措施的观点也是强有力的。在"遗传补救"背后的原理，差不多也正是导致很多"改变世界"的项目搞砸了的原因。（看吧，就像亚洲鲤鱼和海蟾蜍。）设计某种生物干预措施来修正此前的生物干预措施，这样一部历史读起来有点像是苏斯博士（Dr. Seuss）的《帽子里的猫又回来了》（*The Cat in the Hat Comes Back*）。在那个故事里，猫在浴缸里吃了蛋糕之后，被要求要自己收拾干净：

> 你知道它是怎么打扫的吗？
> 用妈妈的白裙子！
> 现在浴缸完全干净了，
> 但是妈妈的裙子变得一团糟。

在 1950 年代，夏威夷农业部决定要控制巨型非洲蜗牛①。这些蜗牛是在二十年前作为花园装饰被引入夏威夷的。而政府的控制手段就是引入玫瑰蜗牛（rosy wolfsnail），也被称为食蜗牛蜗牛（cannibal snail）。但是玫瑰蜗牛大多放着巨蜗牛不管，反而一路吃掉了夏威夷独有的几十个小型陆生蜗牛品种，制造了 E. O. 威尔逊②所说的"灭绝雪崩"。

作为对布兰德的回应，威尔逊曾经评论道："我们不像天神。我们的感知力和智慧还不足以让我们成为很多别的什么东西。"

英国作家和活动家保罗·金斯诺斯（Paul Kingsnorth）对此曾经这样说过："我们像天神一样，但我们做得并不怎么好……

---

① 巨型非洲蜗牛（giant African snail）是对几种原产于非洲的大型陆生蜗牛的统称。
② E. O. 威尔逊（E. O. Wilson），美国昆虫学家和生物学家，以其社会生物学方面的研究而著名。

我们是洛基①，为了取乐而杀戮美好。我们是萨图尔②，生吞了我们的孩子。"

金斯诺斯还评论道："有时什么也不做强过于做点什么。有时则恰好相反。"

---

① 洛基（Loki）是北欧神话中重要的神祇，初期形象亦正亦邪，通过破坏美好的事物取乐，但是事后又会用神力使之复原。金斯诺斯在此的比喻也是在暗示人类也总是破坏之后再想办法补救。

② 萨图尔（Saturn）是罗马神话中的古老神祇之一，即希腊神话中的宙斯之父、上一代主神克洛诺斯（Chronos）。传说他因害怕被篡位而吞噬了自己的子女。金斯诺斯此处的比喻是指人类破坏自然的行为其实是在毁掉下一代的未来生存环境。

升　上　天　空

1

几年前，我的电子邮箱里收到了一封推销邮件。发邮件的这家公司提供了一种新型服务，而服务对象是一群充满忧虑的人，他们担心自己在导致地球陷入灾难的过程中扮演了某种角色。在客户付费之后，他的碳排放就会被这家叫"气候修造"（Climeworks）的公司从空气中清理出来。然后，这家公司会把这些二氧化碳注入到地下 800 米深的地方。在那里，这些气体将会硬化为岩石的一部分。

"为什么要把二氧化碳变成石头？"这封邮件中问道。因为人类已经排放了如此之多的碳，"以致我们必须切实地将它们从大气中移除，才能确保全球变暖保持在一个安全的水平上"。我当即就跟他们签了约，成为了一名所谓的"先锋"。每个月，这家公司都会给我发一封电子邮件："您的订购即将更新，而您将会持续地把二氧化碳排放转变成石头。"然后，他们就会从我的信用卡上划账。这样过了一年之后，我决定是时候去看看我的碳排放了。不可否认，这是一次不计后果的行动，因为它将进一步增加我的碳排放量。

虽然气候修造是一家位于瑞士的公司，但是它将气体变成岩石的操作是在冰岛南部进行的。我到达雷克雅未克后就立刻租了一辆车，沿着环绕这个国家的1号公路往东开去。开了大约10分钟后，我已经离开了市区。大约20分钟后，我已经开出了城郊地区，奔驰在一片古老的火山岩上。

冰岛基本上全都是火山岩。它坐落于大西洋中脊上，所以随着大西洋的加宽，冰岛被向相反的方向拉扯着。沿着这个国家的对角线是一道裂缝，排列着一些活火山。我要去的地方就在裂缝附近，是一个300兆瓦的地热电厂，称为赫利谢迪发电厂（Hellisheiði Power Station）。这里的风景看起来就像是由巨人铺的一条路，然后又被废弃掉了。这里没有树，也没有灌木，只有一丛丛的草或苔藓。方块状的黑色巨石胡乱堆成了一个个石堆。

当我到达电厂大门口的时候，整个地方似乎都在冒着蒸汽，空气中能闻到硫磺的臭味。很快，一辆可爱的亮橙色小车开了过来。艾达·阿拉多蒂尔（Edda Aradóttir）从车里钻了出来，她是雷克雅未克能源公司的总经理，而这家发电厂就归雷克雅未克能源公司所有。阿拉多蒂尔的圆脸蛋上戴着一副眼镜，一头金色的长发别在脑后。她递给我一顶安全帽，自己也戴上了一顶。

作为发电厂来说，地热电厂是"清洁的"。它们不需要燃烧化石燃料，而是依赖于从地底下泵取出来的蒸汽或是过热的水。这就是为什么此类电厂往往都坐落在火山活跃的地区。不过，就像阿拉多蒂尔向我解释的那样，地热电厂也会制造排放。地热水不可避免地带有我们不想要的气体，比如硫化氢（就是臭味的来源）和二氧化碳。事实上，在人类世到来之前，火山是大气中主要的二氧化碳来源。

大约十年前，雷克雅未克能源公司提出了一项计划，要让清洁能源变得更清洁。赫利谢迪发电厂不会再让二氧化碳逃脱到空气中去，而是会捕捉这些气体，并把它们溶解在水中。这样的混合物基本上就是高压气泡水。它们会被注回地下去。阿拉多蒂尔等人做的计算表明，在地层深处，二氧化碳会与火山岩发生反应，重新矿化。"我们知道岩石能够存储二氧化碳。"她告诉我，"实际上，岩石是地球上最大的碳储藏库之一。这个想法就是要去模仿并加速这个过程，来对抗全球气候变化。"

阿拉多蒂尔打开了大门，我们开着小橙车来到了发电厂的背后。那是春末的一天，微风轻拂，从管道和冷却塔上升腾而起的蒸汽似乎犹豫着，不知道要飘向哪个方向。我们停在了一个像火箭发射平台一样的设施跟前，四周围着一圈巨大的金属围挡。这个建筑上有块牌子写着："STEINRUNNIÐ GRÓÐURHÚSALOFT"，翻译过来就是"石化温室气体"。阿拉多蒂尔告诉我，就在那个火箭发射平台似的设施里，二氧化碳会从这家发电厂的其他地热气体中分离出来，并为注入地下做好准备。我们又往前开了一点，眼前的设施就像是在一个集装箱上安了一个超大号的空调。设施上有一块牌子写着"ÚR LAUSU LOFTI"，也就是"无中生有"。

阿拉多蒂尔说，这台是气候修造公司的机器，也就是能够从大气中消除我的碳排放的机器——实际上那只是我的碳排放中的一小部分。这台机器正式的名称是"直接空气捕捉单元"。它突然开始了轰鸣。"哦，循环刚好开始了。"她说，"我们可真走运！"

"循环开始后，这个设备会吸入空气。"她继续说道，"二氧化碳会黏附在捕捉单元中特殊的化学物质上。我们把这种化学物质加热，就会让它释放出二氧化碳。"这些二氧化碳，也就是气候修造公司的二氧化碳，就会被加到来自发电厂的气泡水混合物中，一起送往注入地点。

就算没有任何来自人类的帮助，我们所排放的大部分二氧化碳最终也会转变成岩石。这个自然过程被称为化学风化。但是这里的"最终"意味着数十万年以后，谁又有那么多时间去等待大自然发挥作用呢？在赫利谢迪发电厂，阿拉多蒂尔和她的同事们正在做的事情，将这个化学反应过程加速了几个数量级。一个正常情况下要耗时百万年的进程，被压缩到了几个月之内。

阿拉多蒂尔带了一块岩芯来向我展示最终的结果。这块半米多长、直径不到十厘米的岩芯是火山岩地面那种深色。但是这块黑色玄武岩上遍布着小洞，洞里填着某种粉笔似的白色物质——碳酸钙。这些白色的沉积物所代表的，如果不是我的排放，那也至少是别的某个人的排放。

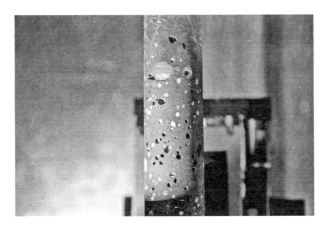

一块带有碳酸钙小洞的玄武岩

*　　*　　*

人类到底是从什么时候开始改变大气的，这是一个有争议的问题。有一种理论认为，这个过程早在尚无历史记录的 8 000 到 9 000 年前就已经开始了。当时人类在中东开始驯化小麦，在亚洲开始驯化稻米。早期的农民开始大面积清理用于农业耕种的土地，为此在林地中刀耕火种，用砍伐和焚烧的方式开辟耕地。此时，二氧化碳就被释放了出来。这种理论被称为"早人类世假说"。支持这种理论的人认为，虽然这些排放导致的二氧化碳变化量相对较小，但那只是个巧合而已。因为根据当时的自然循环来看，二氧化碳水平在那个时期本应该下降才对。人类的干预却让当时的二氧化碳水平基本保持不变。

"从自然控制气候到人类控制气候，这种转换起始于几千年前。"弗吉尼亚大学的一位退休教授威廉·拉迪曼（William Ruddiman）如是写道。他也是"早人类世假说"最著名的支持者。

更为广泛被人们所接受的一种理论则认为，这一转换真正发生的时间是在 18 世纪末期，在苏格兰工程师詹姆斯·瓦特（James Watt）设计出了一种新型的蒸汽机之后。如今人们常说：瓦特的蒸汽机开启了工业革命——但这种说法其实把历史年代搞错了[①]。当水力让位于蒸汽动力之后，二氧化碳的排放开始升高，最初增速还比较缓慢，后来则快得让人头晕目眩。1776 年是瓦特将他的发明推向市场的第一年，人类排放了约 1 500 万吨二氧化碳。到了 1800 年，这个数字已经提升到了 3 000 万吨。到 1850 年时，这个数字增长到了一年 2 亿吨，1900 年则几乎达到了一年 20 亿吨。现在，这个数字接近每年 400 亿吨。我们对于大气层的改变是如此显著：现在空气中飘着的二氧化碳分子当

---

① 第一次工业革命起始于 1760 年代，标志事件是纺织业在英国的崛起。但是最初的纺织机器是由河水的水力来推动的，直到瓦特发明了改良的蒸汽机之后，水力才逐渐被蒸汽动力所取代。所以，瓦特极大地推动了工业革命，但是不能说他开启了工业革命。

中，每三个里面就有一个是由人类排放出来的。

拜这些干预所赐，全球平均气温从瓦特的时代以来已经上升了 1.1℃。这已经导致了一系列越来越糟糕的后果。干旱愈发严重，风暴更加猛烈，热浪变得更为致命。野火季变得更长，火势也变得更猛烈。海平面上升的速度越来越快。《自然》报道的一项近期研究称，自 1990 年代以来，南极洲的冰盖融化情况已经加重了 3 倍。另一项近期的研究预计，大多数珊瑚环礁将在几十年内变得不宜居住，这之中包括了某些国家的全部领土，比如马尔代夫和马绍尔群岛。在此转述 J. R. 麦克尼尔①转述马克思的话："人类制造了他们自己的气候，但却不是他们满意的结果。"

没有人知道这个世界究竟会变得有多热。这将导致真真正正的灾难变得无可避免，比如将孟加拉这样人口众多的国家彻底淹没，或者是让珊瑚礁这样关键的生态系统彻底崩溃。根据官方报告，导致大灾变的阈值是全球平均升温 2℃。几乎所有国家都于 2010 年在坎昆的气候谈判中签署了协议，要将升温幅度维持在这个阈值之下。

2015 年的巴黎会议上，世界各国的领导人又改变了想法。他们认为，2℃的阈值定得太高了。《巴黎协定》的签约国承诺，要 "将全球平均气温的上升幅度限制在 2℃以内……同时寻求将气温升幅进一步限制在 1.5℃以内的措施"。

---

① J. R. 麦克尼尔（J. R. McNeill）指约翰·罗伯特·麦克尼尔，美国环境史学家，著有环境保护题材的科普名著《太阳底下的新鲜事：20 世纪人与环境的全球互动》。

无论是两个目标中的哪一个，其背后的那道数学题都是难以承受之重。要维持在 2℃ 以下，全球碳排放就必须在接下来的几十年间几乎下降为零。要维持 1.5℃ 的目标，全球碳排放还得要下降得更快，在十年间下降为零。这势必会需要采取一系列的措施，包括变革农业系统、转变制造业、废除汽油和柴油动力的载具，以及替换世界上大多数的发电厂——而所有这些还只是个开始而已。

二氧化碳移除为这道数学题的解决提供了新的思路。从大气中提取大量的二氧化碳并进行"负排放"，可以想象，这样的措施能够平衡正排放的变化。甚至，这将令我们可以超出大灾变的阈值线，然后通过从空气中吸收足够多的碳来让我们仍旧免于灾难——这就是被称为"过冲"的情况[①]。

如果说有谁发明了"负排放"，那就只能是出生于德国的物理学家克劳斯·拉克纳（Klaus Lackner）。现在已经年近七十的拉克纳是一位身材修长的老人，双眸深邃，前额突起。他在位于坦佩（Tempe）的亚利桑那州立大学工作。我就是在他大学里的办公室与他见面的。房间里几乎没什么装饰，只有几幅《纽约客》上以"书呆子"为主题的漫画。拉克纳告诉我，这些漫画是

---

① 过冲是一个电子信号处理中的概念。为了达到一个目标值而增加信号时，可能由于系统的滞后性而导致实际值一度超越了目标值，但最终会回调到目标值上。在气候问题中，过冲指全球平均气温超越目标阈值后，再重新回落的过程。

他夫人从杂志上为他裁下来的。在其中一幅漫画中，几个科学家站在一块写满了公式的巨大白板跟前。"数学上是对的，"一位科学家说，"只是品味差了点。"

拉克纳成年之后的大部分时间都生活在美国。在 1970 年代末期，他来到帕萨迪纳（Pasadena）跟随夸克的发现者之一乔治·茨威格（George Zweig）进行学习。几年后，他去了美国洛斯阿拉莫斯国家实验室研究核聚变。他告诉我："其中有些工作是保密的，有些不是。"

核聚变为恒星提供了能量，而离我们更近一点的应用则是氢弹。当拉克纳在洛斯阿拉莫斯的那个时候，人们都说核聚变可以成为未来的能量来源。一个核聚变反应堆能够利用氢的同位素产生零碳排放的能源，而且基本上是无穷无尽的。拉克纳当时慢慢开始相信，核聚变反应堆至少也得是几十年后的事情了。几十年后，人们普遍认同，可用的核聚变反应堆还要再等几十年。

"我当时可能比大多数人都更早意识到，化石燃料会让位于核聚变能源这种说法太言过其实了。"拉克纳告诉我。

在 1990 年代初期的某天晚上，拉克纳正跟一位朋友一起喝啤酒。他的这位朋友也是物理学家，名叫克里斯托弗·文特（Christopher Wendt）。拉克纳告诉我，他们两人当时都感到奇怪的一件事情是："如今怎么没有人再去做一些真正疯狂的、伟大的事情了？"这就带来了更多的问题，以及更多的对话（可能还有更多的啤酒）。

他们两人想到了一个属于他们自己的"疯狂的、伟大的"主意，而且他们认为这主意也不是真的那么疯狂。在两人最初那次谈话的几年之后，他们写了一篇满是公式的论文，提出了一种能够自我复制的机器，能够满足全世界的能源需求，同时又多多少少解决了人类由于燃烧化石燃料所制造的这个烂摊子。他们称这种机器为"生长机"（auxon），这个单词在希腊语中的意思就是"生长"。生长机由太阳能板来提供能量。当它们倍增的时候，能够从普通的泥土中提取出硅和铝这些元素，并用它们组装出更多的太阳能板。而不断扩大的太阳能板又会产生更多的能量，其增长速度是指数级的。一个覆盖 100 万平方公里面积的太阳能板阵列所能提供的电力，是全球电力需求的很多倍。这个面积跟尼日利亚的国土面积差不多，但就像拉克纳和文特所指出的："比很多沙漠的面积要小。"

　　这个阵列也能用于去除大气中的碳。根据他们的计算，一个尼日利亚大小的太阳能农场足以去除人类截至当时已经排放出来的全部二氧化碳。理想情况下，二氧化碳会被转化成岩石，与我的碳排放在冰岛的转化方式差不多。只不过不是存在碳酸钙的小洞中，而是有一整个国家那么大——足够在委内瑞拉铺满将近半米厚的岩石。（他们两人没有说明要把这块大石头放到哪去。）

　　又过了很多年。拉克纳已经把生长机的主意抛到了脑后。但是他发现自己对于负排放这件事情越来越感兴趣。

　　"有时候，通过对这个极致终点的仔细思考，你会从中得到不少收获。"拉克纳告诉我。他开始就这个问题做演讲，写论文。他说，人类未来必须找到能够从空气中把碳拉下来的办法。他的一些科学家同行认为他疯了，而另一些科学家则认为他很有远见。"事实上，克劳斯是个天才。"前美国能源部副部长胡里奥·弗里德曼①就是这样告诉我的，他现在就职于哥伦比亚大学。

在 2000 年代中期，拉克纳向"陆地尽头"②的创始人之一盖里·加默（Gary Comer）推销了一个开发吸碳技术的计划。加默带着他的投资顾问一起参加了这次会谈。这位投资顾问幽默地表示，拉克纳所要寻求的与其说是"风险投资"（venture capital），倒不如说是"冒险投资"（adventure capital）。尽管如此，加默投入了 500 万美元。这家公司最终建造出了一个小型的原型机，但是当它正在寻找新的投资人时，2008 年的金融危机来了。

"我们的时机实在是不凑巧。"拉克纳告诉我。由于无法筹集更多的经费，这家公司倒闭了。与此同时，化石燃料的消耗仍在继续增高，伴随而来的是二氧化碳水平也在继续升高。拉克纳相信，人类已经在不知不觉之间投入到了移除二氧化碳的事业之中。

"我想，我们正处在一种非常尴尬的状态之中。"他告诉我，

---

① 原文如此。但实际上胡里奥·弗里德曼（Julio Friedmann）曾经供职的是美国能源部下属的"化石能源与碳管理办公室"，该办公室的领导人是能源部的助理部长，胡里奥·弗里德曼曾经是该办公室的首席副助理部长，而非美国能源部的副部长。

② "陆地尽头"（Land's End）是美国一家老牌服饰及家庭装饰品的制造商。

"我的判断是，如果从环境中去除二氧化碳的技术最终失败，那么我们将处在严重的麻烦之中。"

拉克纳于 2014 年在亚利桑那州立大学成立了"碳负排放研究中心"。他构想出的大多数设备正在离他办公室几个街区远的一个车间里进行组装。聊了一会之后，我们步行去往那个车间看看。

在车间里，一名工程师正在焊接，而他焊的东西就像是一张折叠沙发里的五脏六腑。如果是放在客厅里的折叠沙发，所谓的五脏六腑就是软垫子而已，而在这里，那是一个由塑料带子组成的精致阵列。在每条带子里的粉末其实是无数微小的琥珀色小珠子。拉克纳解释道，这些小珠子是由一种通常用于水处理的树脂构成的，能够一卡车一卡车地买来。当它们干燥时，这种小珠子就会吸收二氧化碳。当它们被水浸湿后，就会释放出二氧化碳。这个装置之所以做成折叠沙发的形状，就是要把这些带子暴露在亚利桑那州干燥的空气中，然后折叠进一个充满水的密封容器中。在干燥相中捕捉到的二氧化碳就会被释放到水相中，然后容器中的这些水就会从管道中送走。于是，整个过程就可以重新开始了，这张沙发会折起来，再打开，周而复始。

拉克纳告诉我，他算了一下，这个装置如果做得像集装箱那么大，每天就能从空气中移除 1 吨二氧化碳，一年就能移除 365 吨二氧化碳。由于全球碳排放现在的水平差不多是一年 400 亿吨，他认为，"如果你造 1 亿台这种集装箱大小的设备"，你就差不多能够跟上碳排放的速率了。他承认，1 亿这个数字听起来让人望而却步。但是他也指出，2007 年才出现的 iPhone，如今正在使用中的已经接近 10 亿台了。"在这个游戏中，我们只是刚刚起步而已。"他说。

按照拉克纳看待问题的方式，避免"严重的麻烦"的关键就是要用不同的方式去思考。"我们需要改变范式。"他告诉我。在他看来，我们看待二氧化碳的方式应该与我们看待污水的方式一样。我们不会去期望人们停止制造污物。"为了让人们减少去厕所的次数而发放奖励，这是荒谬的。"拉克纳评论道。与此同时，我们也不会允许人们在人行道上大小便。他认为，我们在解决碳排放问题时遭遇了如此之大的困难，原因之一就是这种行为遭受了道德上的谴责。其程度已经令排放被视为糟糕的行为，令排放者变成了有罪的人。

"这种道德立场几乎让每一个人都成了罪人，并且让很多关心气候变化但是又仍旧享受着现代化便利的人都成了伪君子。"拉克纳曾经如此写道。他认为，改变范式将改变这场对话。是的，人类已经从根本上改变了大气。是的，这很可能会导致各种各样的可怕后果。但是，人类是有智慧。他们会想出来一些疯狂的、伟大的主意，而有时这些主意真的有可能奏效。

在 2020 年最初的几个月里，有一项不受管控的大型"实验"

正在开展之中。由于新型冠状病毒的肆虐，数十亿人被要求足不出户。在封控的高峰期，也就是 4 月份的时候，据估算，全球的二氧化碳排放相较于此前年份的可比时段，下降了 17％。

这个下降幅度是有记录以来的最大降幅，但是随之而来的就是一个新高峰。在 2020 年 5 月，大气中的二氧化碳水平达到了创纪录的 417.1 ppm。

排放量下降了，大气浓度上升了，这就说明了一个关于二氧化碳的棘手事实：只要它到了空气中，它就会一直待在那儿。到底会待多久，这是个复杂的问题。但基本上来讲，二氧化碳的排放是在大气中不断积累的。对此常见的一个比喻是浴缸。只要水龙头开着，一个下水孔塞死的浴缸就会不断蓄水。把水龙头关小一些，这个浴缸还是会继续蓄水，只不过蓄水的速度变慢了。

把这个比喻延伸一下，我们可以说，2℃的浴缸正在接近它的容量极限，而 1.5℃ 的浴缸肯定早就溢出来了。这就是为什么关于碳的数学计算是如此令人头痛。削减排放绝对是必要的，但同时也是远远不够的。就算我们能够让排放减少一半——这势必就要重建这个世界上大多数的基础设施——二氧化碳水平也不会下降，而只是升高得不那么快了。

接下来，还有公平问题。既然碳排放是积累的，最应该为气候变化而受到责备的，应该就是那些已经做了最多排放的。美国只有世界上 4％ 的人口，却要为累积排放总量中的 30％ 负责。欧盟国家拥有全球 7％ 的人口，制造了累积排放总量中的 22％。而中国有着全球 18％的人口，却只制造了累积排放总量中的 13％。印度预计很快就会取代中国成为全世界的人口第一大国，只需对累积排放总量中的 3％负责。全部非洲国家和全部南美洲国家加在一起，只需对不到 6％的累积排放总量负责。

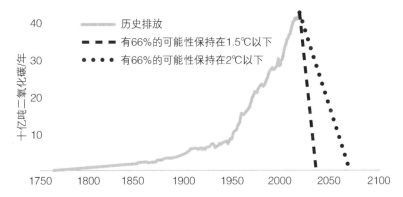

在没有碳移除的情况下，如果让这个世界的升温幅度还能有三分之二的机会保持在 2℃以下，那么二氧化碳排放就必须在接下来的几十年间降至零。要保持在 1.5℃以下，那么二氧化碳排放还要降得更快才行

要达到零排放，每个人都要停止排放——不仅仅是美国人和欧洲人和中国人，也包括印度人和非洲人和南美洲人。但是，让那些几乎对问题没有责任的国家，因为别的国家已经制造了太多太多的碳排放而削减自己的碳排放，这是极其不公平的。从地缘政治的角度来看，这也是站不住脚的。出于这样的原因，国际气候协定总是基于这样一个前提——"共同但有区别的责任"。在《巴黎协定》中，发达国家应该"带头努力实现全经济范围绝对减排目标"，而对发展中国家的要求则要模糊得多，仅仅要求加

强他们的"减缓努力"。

所有这些都使得负排放变得无法抗拒——至少作为一个概念是很有诱惑力的。人类已经必然依赖于它，其程度在"政府间气候变化专门委员会"（IPCC）最近的报告中已经描绘清楚了。这份报告是在巴黎会议的预备阶段发布的。为了得以窥见未来，IPCC依靠计算机模型把世界经济和能源体系表述为一大堆彼此纠缠的方程。这一模型的输出被翻译成了数字，而气候学家们能够用这些数字来预测气温会升高多少摄氏度。在这份报告中，IPCC考虑了超过 1 000 种设定场景。这些场景中的大多数都将导致温度升高幅度超过官方提出的 2℃灾难阈值，有些情况下甚至会升温超过 5℃。只有 116 种场景下能够把升温保持在 2℃以下，而其中 101 种都涉及负排放。在巴黎会议之后，IPCC 又发布了另一份报告，基于 1.5℃的阈值。在这份报告中，能够达标的所有设定场景都依赖于负排放。

克劳斯·拉克纳告诉我："我认为 IPCC 真正在说的是：'我们试过了太多太多的设定场景，而那些能够保持安全的场景基本上都需要某种来自负排放的魔法效应。如果我们不这样做，我们就要撞上南墙了。'"

"气候修造"，就是我为了把自己的排放埋在冰岛而给他们付钱的那家公司，是由克里斯托夫·格巴尔德（Christoph Gebald）和简·维尔茨巴赫（Jan Wurzbacher）共同创办的，两人在大学

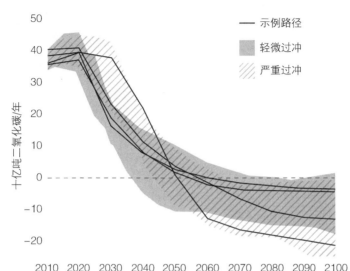

50
40
30
20
10
0
-10
-20

十亿吨二氧化碳/年

—— 示例路径

轻微过冲

严重过冲

2010 2020 2030 2040 2050 2060 2070 2080 2090 2100

IPCC的四条"符合1.5℃升温幅度限制的示例路径"。所有路径都需要有负排放,并且都会导致"过冲"

里就是朋友。"我们在大学第一天就认识了。"维尔茨巴赫回忆说,"我记得我们在第一周就问过彼此:'嘿,你以后想要做什么?'而我说:'好吧,我想创办一家自己的公司。'"这两个人最后共享了一人份的研究生薪水——每个人都用一半的时间从事博士生的研究工作,用另一半的时间孵化他们的公司。

就像拉克纳一样,这两人最初也要面对很多人的质疑。他们想要干的事情在当时被认为是歪门邪道。如果你认为有什么办法能够把二氧化碳从大气中拉出来,那一定会造成更多的二氧化碳排放。"当时身边的人都反对我们俩,他们会说:'你们不该做这件事。'"维尔茨巴赫告诉我,"但是我们一直就很固执。"

维尔茨巴赫现在已经 30 多岁了,瘦得像根芦苇,一头蓬松的深色头发像个小男孩。我与他是在位于苏黎世的气候修造公司总部见面的,那里既有公司的办公室,也有金属加工车间。这地方有种高科技初创公司的氛围,也有种自行车店的氛围。

"从气流中分离二氧化碳,可不像航天工程那么难以理解。"维尔茨巴赫告诉我,"而且这也不是什么新技术。人们从气流中过滤分离二氧化碳的历史已经有 50 年了,只不过是用于别的一些应用。"比如在潜艇上,船员们呼出的二氧化碳就必须要从空气中分离出去,否则就会累积到危险的程度。

但是,能够从空气中把二氧化碳拉出来是一回事,要能成规模地把二氧化碳拉出来则完全是另一回事了。燃烧化石燃料产生了能量,而从空气中捕捉二氧化碳也需要能量。如果这些能量来自化石燃料的燃烧,那就给本要去捕捉的二氧化碳增加了新的增量。

第二个主要挑战是二氧化碳的处理。一旦被捕获,二氧化碳必须要有一个去处,而那个去处必须是安全的。"玄武岩的一个好处是,它便于解释。"维尔茨巴赫评论道,"如果有人问我:'嘿,这事儿真的安全吗?'答案非常简单:两年之内它就会变成石头,在地面以下一公里深的地方。句号。"合适的地下存储地并不罕见,但也算不上常见。也就是说,如果要建造大规模处理厂的话，它们得位于合适的地理位置，否则二氧化碳就不得不经历长途运输。

最后，还有成本的问题。从空气中把二氧化碳拉出来是要花钱的。目前来讲，需要花很多钱。气候修造公司向签约者收取1 000美元的费用来处理一吨的碳排放，把它们转化成石头。我埋掉的二氧化碳份额是将近550公斤，已经在我来雷克雅未克的单程飞行中用光了。所以我的所有其余排放，包括我回程的飞行和去瑞士的飞行中所造成的排放，都只能在空气中飘荡了。维尔茨巴赫向我保证，随着越来越多的捕获单元建立起来，价格会下降的。他预计，在十年左右的时间内，价格就会下降到每吨100美元。要是碳排放能够以相应的费率征税的话，那么背后的经济账就能算得通了：基本上，从空气中捕获了一吨二氧化碳，就能免掉一吨碳排放的税款。但是，如果人们还能免费向空气中排放二氧化碳的话，谁还会为了移除二氧化碳而花钱呢？即使是每吨100美元，埋掉10亿吨的二氧化碳也要花掉1 000亿美元，而这还只是全世界每年碳排放中的一小部分①。

我问维尔茨巴赫，这个世界是否已经准备好了接受付费二氧化碳捕获。他若有所思地说："可能我们还是太超前了。可能我

---

① 度量二氧化碳排放量的方式有两种：计算二氧化碳的整体重量，或是只计算碳的重量。在本章中，我总体上使用的是前一种度量方式，气候修造公司使用的也是这种度量方式。但是许多科学论文中使用的是后一种。我尽量对这两种方式进行了区分，如果我指的是全部重量时会说"……吨二氧化碳"，如果我指的是另一种情况时会说"……吨碳"。1吨二氧化碳大致对应于0.25吨碳，因此全球每年的碳排放可以表述为400亿吨二氧化碳，或是100亿吨碳。——作者注

们正当其时。可能我们已经太迟了。没人知道。"

正因为有很多种向空气中添加二氧化碳的方式，所以也应该有很多种潜在的去除它们的方式。

有一种叫作"强化风化"的技术，与我在赫利谢迪发电厂参观的技术采取了基本上完全相反的路子。它没有把二氧化碳注入到岩层深处去，而是要把岩石带到地表来与二氧化碳相遇。玄武岩可以在开采、粉碎之后，撒到世界上炎热潮湿地区的耕地中去。这些粉碎的岩石将会与二氧化碳发生反应，将其从空气中拉出来。或者，也有人提出可以将橄榄石——一种在火山岩中常见的绿色矿物——粉碎后溶解到海洋中去。这将诱使海水吸收更多的二氧化碳，同时还有一个附加的好处，就是能够对抗海洋酸化问题。

另一类负排放技术从生物学中找到了灵感。植物在生长过程中要吸收二氧化碳，但是当它们腐烂时又会把二氧化碳还到空气中。种植一片新的树林，它们在成材之前会一直吸收碳。最近瑞士科研人员的一项研究工作估计，种植一万亿棵树能够在接下来的几十年间从大气中移除 2 000 亿吨碳。其他研究者则认为这个数字夸大了十倍，甚至夸大了不止十倍。无论如何，他们表示，新生森林吸纳碳的能力"仍然是十分重要的"。

为了解决腐烂问题，人们提出了各式各样的保存技术。一种方案是把成年的树木砍伐后埋到深沟里去。在这种缺氧的环境下，树木的腐烂过程会被中止，也就不会释放二氧化碳了。另一种方案要把玉米秆之类的庄稼残余物收集起来，扔进深海之中。在这种黑暗、寒冷的海底深处，这些废料分解得非常缓慢，甚至或许完全不会分解。虽然这些想法可能听起来很奇怪，它们也是从自然中获取的灵感。在石炭纪，大量的植物被洪水淹没、掩埋。最终的结果就是形成了煤炭。要是它们一直被留在地下的话，几乎能够永远保存着其中的碳。

当人工造林与地下注入结合在一起时，就得到了一种称为BECCS的技术，即"可捕获并存储碳的生物能源"（bioenergy with carbon capture and storage）。IPCC 所采用的那些模型中非常喜欢用到 BECCS 技术，因为这种技术能够同时提供负排放和电力能源，就好像鱼与熊掌兼得一样。以气候的经济账来算的话，这种方案罕有敌手。

BECCS 的方法首先要种植树木（或是其他某种庄稼），这样就能从空气中把碳拉下来。然后再烧掉这些树木来产生电力，而得到的二氧化碳会从烟囱中捕捉回来，并送到地下去。（世界上第一个 BECCS 先导项目开始于 2019 年，由一家位于英格兰北部的发电厂开展，该发电厂以木颗粒为燃料。）

所有这些不同的技术方案与直接空气捕捉技术所面临的挑战是很类似的，那就是规模问题。马里兰大学的曾宁教授是"树木砍伐与存储"概念的提出者。他的计算表明，要每年困住 50 亿吨的碳，需要 1 000 万条掩埋树木的深沟，每条沟的尺寸跟一个标准的奥运会泳池差不多。"假设需要 10 个人的一个小组（配有机械装备）用一周的时间来挖一条深沟，"他写道，"那么将需要 20 万个小组（200 万名工人），以及相应的配套机械装备。"

根据德国科学家近期的一项研究，要通过"强化风化"来移除 10 亿吨二氧化碳，差不多要对 30 亿吨玄武岩进行开采、粉碎和运输。作者指出，就开采、粉碎和运输工作来说，"这是非常巨大体量的"岩石，但是它比全球的煤炭产量还是要小很多，后者每年的总量是 80 亿吨。

至于万亿树计划，新森林需要的占地面积大约是在 900 万平方公里这个数量级上。那会是一片差不多相当于美国国土面积的林地，还得包括阿拉斯加州在内。把如此巨大的可耕种面积从农业生产中抽离出来，可能会导致数百万人的饥荒。正如乔治城大学的奥卢菲·O. 台沃（Olúfẹ̣mi O. Táíwò）教授最近所指出的，现在存在一种危险，即"为了向前迈出千兆吨的每一步，都要在公平性上向后倒退两步"。但是，人们也不清楚使用未经耕种的土地是否就会更安全。树木是深色的。所以，比如说让森林覆盖在冻土带上的话，就会增加地球吸收的能量，于是强化全球变暖，从而与其本来的目的背道而驰。一种能够解决这个问题的方法，可能就是利用 CRISPR 技术的基因工程办法来获得浅色的树。就我所知，目前还没有人提出这样的方案。不过，似乎这也是迟早的事情。

在气候修造公司于冰岛启动其"先锋"项目的几年之前，他们启动了公司的第一个直接空气捕捉项目，位于瑞士的一个垃圾焚化厂的顶上。"气候修造创造了历史。"这家公司如是宣称。

我在苏黎世的时候，有一天下午去参观了这个"创造历史"的项目。与我同行的是气候修造公司的公关经理路易斯·查尔斯（Louise Charles）。我们先是乘火车，然后换乘公共汽车，最后才到达了位于苏黎世东南 32 公里处的欣维尔镇（Hinwil）。那个垃圾焚化厂是一个巨大的像箱子一样的建筑，上面耸立着一根刷有红白相间条纹的烟囱。当我们走在前往焚化厂的路上时，一辆满载垃圾的卡车从我们身旁开过。在入口大厅处，我们暂时停下脚步，对着一系列用垃圾制作的艺术品发出赞叹。有几个人坐在视频监视器前，屏幕上能看到更多的垃圾。我们做了访客登记，然后乘坐一部工作电梯上到了顶层。

在焚化厂的屋顶上有 18 个二氧化碳捕捉单元，就和赫利谢迪发电厂的那种一样。这些设备排成了三排，像孩子玩的积木一样一排排摞在一起。在一块为来此参观的学生们准备的金属牌上，有几张图片解释了气候修造公司的这个项目。画中有一辆垃圾车停在了焚化厂，焚化厂内部画了一些小火苗。有一根标着"废热"的管道从火苗处引出，导向了摞在一起的捕捉单元。（利用来自焚化厂的废热，令气候修造公司能够绕开"捕捉排放的同时还要产生排放"的困境。）另一根标着"浓缩二氧化碳"的管道从捕捉单元导向了一间温室，温室里画着一些飘在空中的蔬菜。

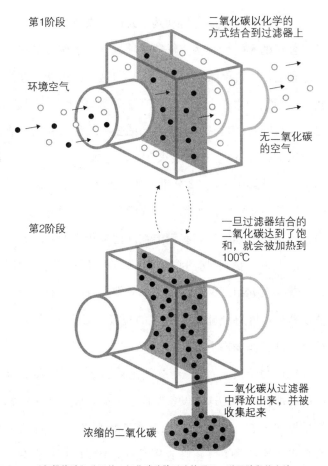

第1阶段

二氧化碳以化学的方式结合到过滤器上

环境空气

无二氧化碳的空气

第2阶段

一旦过滤器结合的二氧化碳达到了饱和，就会被加热到100℃

二氧化碳从过滤器中释放出来，并被收集起来

浓缩的二氧化碳

"气候修造"公司的二氧化碳移除系统使用了一种两阶段的方法

　　站在屋顶上，我能看到远处那个真正的温室，二氧化碳最终就被送到了那里。查尔斯也为我们安排了去那里参观的行程，但是她最近刚接受了膝部手术，要痛苦地蹒跚前行，所以我独自一人步行前往了温室。在温室的入口处，我与这里的经理保罗·鲁

泽（Paul Ruser）会面了。没有查尔斯进行翻译，我们俩只能进行英语和德语混杂在一起的交流。

鲁泽告诉我的情况是，或者至少是我认为他告诉我的情况是：这座温室占地面积将近45 000平方米，是在玻璃之下的一整座农场。在温室外面是穿毛衣的天气，而在温室内是夏季的天气。成箱的熊蜂被引入了温室内，嗡嗡地在周围歪歪斜斜地飞舞着。将近4米高的黄瓜藤从小砖块一样的种植土中拔地而起。这种黄瓜是一种小型化的变种，在瑞士被称为零食黄瓜①。有很多零食黄瓜刚刚被采摘下来，装在箱子里，摞了高高的一堆。鲁泽指着沿着地面延伸的一根黑色塑料管让我看。他解释说，这根管道中就输送着来自气候修造公司那些装置的二氧化碳。

"所有的植物都需要二氧化碳。"鲁泽说道，"如果你为它们提供更多的二氧化碳，它们就能生长得更强壮。"他说，特别是茄子在有很多二氧化碳的环境中生长得很繁茂。如果单纯是为了茄子的生长，他可以把二氧化碳水平调得更高，直到1 000 ppm——比室外水平的两倍还要多。然而他必须也要谨慎一点。为了使用这些管道中的二氧化碳，他要向气候修造公司支付费用，所以他必须让每一分子的二氧化碳都物有所值："我必须要搞清楚能够赢利的恰当水平。"

二氧化碳移除可能是关键所在，它已经被加入到了IPCC的

---

① 在我国常被称为"水果黄瓜"或"荷兰黄瓜"。

计算中。不过，以当前所需的规模来看，它在经济上也是不可行的。你要如何建立一个耗资 1 000 亿美元的产业，但是却没有任何人会想要买它的产品？茄子和零食黄瓜代表了一种公认的临时性解决方案。通过向温室售卖二氧化碳，气候修造公司已经确保了足够的现金流，来采购他们的捕捉单元。这件事情中的隐患在于，被捕获的碳只是暂时被捕获了。任何人享用零食黄瓜的时候，就把生产它们时使用的二氧化碳重新解放了出来。

在其他的泥土小砖块中，圣女果螺旋形的植株一直长到了房顶。这些迷你番茄再有一两天就可以采摘了，以温室番茄的标准来看长得很完美。鲁泽摘了几个递给我。燃烧的垃圾、数万平方米的玻璃、成箱的熊蜂、在化学品和被捕获的二氧化碳上生长出来的蔬菜——所有这些是不是太酷了？或者还是太疯狂了？我停顿了一秒钟，然后把这些小番茄扔进了嘴里。

2

火山爆发指数（VEI）是在 1980 年代提出来的，有点像是里氏震级的一位表兄弟。这个指数从 0 级开始，一直到 8 级。0 级代表平缓冒泡式的喷发，而 8 级代表"极其巨大"的喷发，能够造成翻天覆地的大灾变。像更为人所知的里氏震级一样，VEI 也是对数指标。举例来说，4 级喷发产生的喷发物超过 1 亿立方米，而 5 级喷发产生的喷发物超过了 10 亿立方米。在有记录的历史中，只发生过少数几次 7 级喷发（1 000 亿立方米），从没有过 8 级喷发。在这些 7 级火山爆发中，最近的那一次——因而也是记录得最详尽的一次——就是印度尼西亚松巴哇岛（Sumbawa）上的坦博拉火山（Mount Tambora）发生的爆发。

坦博拉火山在 1815 年 4 月 5 日打响了告警的第一枪。生活在这个地区的人们报告说听到了非常响的隆隆声，并且把那声音当成了大炮发射时的炮声。5 天后，火山上喷出的烟和熔岩像一根通天柱一样，高达 40 千米。差不多有 1 万人顷刻之间就丧命于这次喷发——融化的岩石和滚烫蒸汽形成的云雾沿着山坡奔涌而下，直接把他们烧成了炭渣。一位幸存者说他看见了"一团液态的火，向着所有的方向扩展"。有太多的灰尘被抛进了空气中，据说白天都变得像黑夜一样。根据一艘在坦博拉火山以北 400 公里处下锚的海船的船长记述，"把手举到眼跟前都看不到"。在松巴哇岛以及附近龙目岛（Lombok）上的庄稼都被埋在了火山灰下，使得数以万计的人因饥荒而死。

坦博拉火山的爆发留下了一个巨大的火山坑

这些死亡只是开始。随着火山灰一起，坦博拉火山还释放出了超过 1 亿吨的气体和微粒，它们在大气层中悬浮的时间长达数年之久，并被平流层的风吹到了全世界。这些粉尘本身是看不到的，但是它们造成的结果显而易见。欧洲的日落散发出了诡异的蓝光和红光，这幅景象被记录在了一些私人日记中，也被像卡斯帕·大卫·弗里德里希①和 J. M. W. 特纳②这样的画家画到了他们的画作中。

欧洲的天气也变得阴暗而寒冷。1816 年 6 月的夏天或许是世界上最著名的一个夏天，当时诗人拜伦（Byron）在日内瓦湖畔租下了一幢别墅，与他刚结识的珀西·雪莱（Percy Shelley）和玛丽·雪莱（Mary Shelley）夫妇同住。他们被当时无休止的阴雨困在了室内，于是决定来写一些鬼故事。这次写作练习诞生了《弗兰肯斯坦》③。同样是在那个夏天，拜伦写出了他的诗作《黑暗》（*Darkness*）。诗中写道：

> 晨光来而复去，却不曾带来白昼。
> 人们的热情丧失在
> 对凄凉的恐惧中，而所有的心灵
> 在寒冷中自私地祈祷着光明。

阴冷的天气使得从爱尔兰到意大利的庄稼都颗粒无收。军事

---

① 卡斯帕·大卫·弗里德里希（Caspar David Friedrich），19 世纪德国浪漫主义风景画家。
② J. M. W. 特纳（J. M. W. Turner），19 世纪英国浪漫主义风景画家。
③ 为玛丽·雪莱所作，是近现代文学中公认的第一篇科幻小说。

家卡尔·冯·克劳塞维茨[①]（Carl von Clausewitz）在莱茵兰[②]地区的旅途中看到"一些人不像人、鬼不像鬼的家伙，徘徊在田地之间"，在"半腐烂的土豆"中找寻能吃的东西。在瑞士，饥饿的人群捣毁了面包房；在英格兰，举着"没面包，就见血"的横幅游行的抗议者与警察暴发了冲突。

人们并不清楚在这场灾难中到底有多少人饿毙，有人估计高达数百万人。饥荒促使很多欧洲人移民去往了美国，但是大西洋对岸的情况实际上也没好到哪去。在新英格兰地区，1816 年被称为"无夏之年"或是"一八冻死年"。在 6 月中旬，佛蒙特州中部地区是如此寒冷，屋檐上垂下来的冰柱竟然长达 30 厘米。《佛蒙特镜报》（*Vermont Mirror*）认为："大自然的本来面目似乎被隐藏在了死一般的阴霾之中。"在 7 月 8 日，像弗吉尼亚州里士满（Richmond）这样远在南方的地区竟然发生了霜冻。恰好就在我如今居住的马萨诸塞州威廉斯敦市（Williamstown），当时的威廉姆斯大学有一位名叫切斯特·杜威（Chester Dewey）的教授，他记录了在当年 8 月 22 日发生的一次冻灾，冻死了田里的黄瓜。8 月 29 日发生了一次更严重的冻灾，大多数的棉花作物都死了。

---

① 卡尔·冯·克劳塞维茨（Carl von Clausewitz），普鲁士著名将领、军事理论家，著有西方军事理论的奠基之作《战争论》。

② 莱茵兰（Rhineland）指德国西北部位于莱茵河两岸的地区，尤指河西岸的地区。

"火山所做的事情就是把二氧化硫送到平流层中。"弗兰克·克驰（Frank Keutsch）说，"而它们会在几周内被氧化为硫酸。"

他继续说道："硫酸是一种很黏的分子。于是它们开始形成颗粒化的物质——通常比 1 微米还小的浓硫酸液滴。这些气溶胶在平流层中停留的时间可能长达几年之久。而它们会把太阳光散射回太空中去。"结果就是，气温降低了，日落变美了，以及间或的饥荒。

克驰是个健壮的人，长着一头松软的黑发，讲话带着像音乐般跃动的德国口音。（他是在斯图加特附近长大的。）在晚冬时节一个好天气的日子里，我去他在剑桥镇①的办公室拜访了他。办公室里的装饰就是他孩子的照片，以及他孩子的画作。作为一位受过训练的化学家，克驰是哈佛大学的"太阳能地球工程研究项目"的领导科学家之一。这一项目的部分资金是由比尔·盖茨（Bill Gates）提供的。

太阳能地球工程有个会令人感到更舒服一点的名字——"太阳辐射管理"。这个项目背后的逻辑是：如果火山能够让世界降温，人类就同样能够做到这一点。只要把许许多多的反射颗粒扔到平流层中，到达地面的太阳光就会减少。温度会停止上升，至少不会升高得如此之快，而灾难将得以避免。

即便是在一个给河流通电以及重新设计啮齿动物的时代，太

---

① 指哈佛大学所在的美国波士顿市剑桥镇（Cambridge）。

阳能地球工程也是如此的鹤立鸡群。有人形容它"危险到了不可思议的地步",是"一条通往地狱的宽阔高速公路","极端得无法想象",但也"不可避免"。

"我曾经认为这个想法完全就是疯了,而且也令人感到很不安。"克驰告诉我说。而让他改变想法的是重重的忧虑。

"我担心的事情是,在 10 到 15 年内,人们可能就会走上街头,向那些掌握着决定权的人强烈抗议:'你们这些家伙现在必须要采取行动!'"他说,"我们的二氧化碳问题是一个综合性问题,你不可能迅速地对其采取任何一种应对措施。所以,如果有来自公众的压力要求快速采取某些措施,我担心到时候除了平流层地球工程,我们手中没有其他合适的工具。而如果我们到那时再开始做相关的研究,我担心就太迟了,因为在平流层地球工程中,你要去干预的是一个高度复杂的系统。我要补充说明的是,有相当多的人并不赞同这件事。"

"有点奇怪的是,当我开始做这件事情时,当时或许反倒没有这么担心。"他几分钟后说道,"因为在当时看来,地球工程的发生似乎只会是相当遥远的一件事情。但是,时间过了一年又一年,我看到我们对于气候问题始终缺乏行动,我有时就会变得相当焦虑,担心地球工程真的会成为现实。这让我感到非常有压力。"

平流层或许可以被想作是地球的二楼阳台。平流层居于对流层之上，中间层之下。其中，对流层是云起云落、信风劲吹、飓风肆虐的地方；而中间层是流星燃尽的地方。平流层的厚度根据季节的不同和地点的不同会发生变化。极其粗略地来讲，赤道地区的平流层底部位于地表上空 18 千米高的地方，而在极地地区则要低得多，只有不到 10 千米高。从地球工程的角度来看，平流层的关键在于它非常稳定，比对流层稳定得多，而且也有着合理的可达性。喷气客机的商业飞行就发生在平流层下部，以躲避湍流；而间谍飞机的飞行发生在平流层中部，以躲避地空导弹。在热带地区注入平流层的物质往往会向两极地区飘散，然后在几年之后落回地面上。

既然太阳能地球工程的目的是要减少到达地面的能量，那么任何种类的反射颗粒都是可用的，至少理论上如此。"有可能使用的材料中，最好的一种或许就是钻石了。"克驰告诉我说，"钻石真的不会吸收任何能量。所以，这会把对平流层动态的影响降到最低。而且钻石本身在化学上是极度不活跃的。至于说这东西非常昂贵的问题，我根本就不在乎。如果我们不得不实施一项大规模的工程来解决一个大规模的问题，那么我们一定会找到实现它的办法。"向平流层中发射微小的钻石，这场景像魔法般击中了我，就像是给这个世界洒下小精灵的魔粉。

"但是有一个真正要考虑的问题，那就是所有这些材料最终都会落回地面上。"克驰继续说道，"这是不是意味着人们会吸入这些微小的钻石颗粒？很可能这个量是非常小的，不会成为问

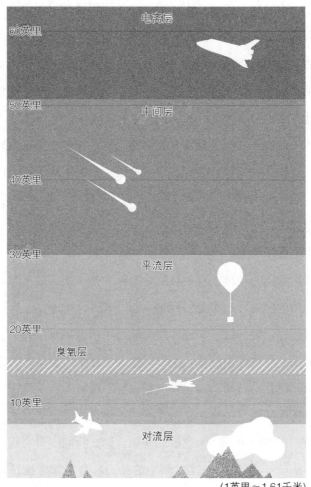

电离层

60英里

50英里 　中间层

40英里

30英里

平流层

20英里

臭氧层

10英里

对流层

(1英里≈1.61千米)

题。但是出于某种说不清的原因，我还是不喜欢这个主意。"

另一个选项是完全模仿火山的情况，喷洒二氧化硫。这也有它不好的一面。向平流层中注入二氧化硫会加重酸雨的问

206　白色天空下

题。更严重的是，它可能破坏臭氧层。在菲律宾的皮纳图博火山（Mount Pinatubo）于 1991 年喷发之后，全球气温曾经短暂地下降了 0.5℃。在热带地区，平流层底部的臭氧水平下降的幅度高达三分之一。

"或许这么说不太好，但这的确是一个我们已经认识的恶魔。"克驰说。

在所有可能部署的物质当中，克驰最热衷的一种是碳酸钙。碳酸钙会以这样或那样的形态出现在任何地方：在珊瑚礁中，在玄武岩的小孔中，在海洋底下的软泥中。它也是世界上最常见的一种沉积岩——石灰岩——的主要成分。

"在我们所生活的对流层中有大量的石灰岩粉尘被吹来吹去，"克驰表示，"所以就让这种物质看起来很有吸引力。"

"它有着近乎理想的光学性质。"他接着说道，"它会被酸溶解。所以我可以确定地说，它不会具有硫酸那种对臭氧的剥离作用。"

克驰还告诉我，数学模型也确证了这种矿物的优势。但是，直到有人真的把碳酸钙扔进平流层之前，我们都很难知道能在多大程度上相信这个模型。"对此没有别的办法。"他说。

关于全球变暖的第一份政府报告是在 1965 年摆到美国总统林登·约翰逊（Lyndon Johnson）面前的，尽管当时还没有称这种现象为"全球变暖"。"人类正在无意之间开展一项大规模的地球物理学实验。"报告中如此写道。燃烧化石燃料导致的结果，几乎可以肯定会是"气温的显著变化"，而这又会反过来导致其他的变化。

这份报告指出："南极冰盖的融化会让海平面升高 120 多米。"即使这个过程要花 1000 年的时间来完成，海水也将"以每 10 年 1.2 米的速度抬升"或者说是"每个世纪 12 米的速度"。

碳排放在 1960 年代增长迅速，每年提高 5%。然而这份报告中完全没有提及逆转这种增长的问题，甚至都没有提过试图去减缓这种增长。相反地，报告中提出了"对主动引发补偿性气候变化的可能性……已经进行了彻底的考察"。其中一种可能性就是"向广阔的海洋区域撒播非常小的反射颗粒"。

"粗略的估算表明，或许 100 美元就可以生产出足以覆盖 2.6 平方公里面积的颗粒。"报告声称，"所以，大约每年 5 亿美元就能为反射率带来 1% 的改变。"这些钱以今天的价值计算差不多是每年 40 亿美元。考虑到"气候对于经济和人类非凡的重要性，这一量级的成本似乎并不过分"。这就是那份报告的结论。

那份报告的作者们已经无一健在了，所以我们不可能知道为什么这个委员会直接跳过了其他问题，而提出了一个数亿美元规模的撒播反射性颗粒的计划。在 1960 年代，对于气候和天气的操控方案都很激进，无论是在美国还是在苏联。美国海军与气象局合作的"风暴狂怒计划"以飓风为目标。人们当时相信，让飞行器在风眼墙周围撒播碘化银，作为种子来形成云，就能削弱飓风。"突眼计划"是美国空军在越南战争期间秘密开展的一项改变天气的计划，目的是增加"胡志明小道"[①] 的降雨。同样的，这个计划也是通过碘化银作为云种。在《华盛顿邮报》曝光了"突眼计划"并导致该计划被中止之前，第 54 气象观测飞行中队已经进行了令人震惊的 2 600 次造云飞行。（"熔岩突击队行动"是一项与之相关的计划，目的是向胡志明小道投放一种混合的化学品，以使得那里的土壤不再稳固。）其他由政府经费支持的旨在改变气候的计划还包括，以减少闪电为目标的计划，以及以阻止冰雹为目标的计划。

苏联的计划甚至更有远见，或者是更为疯狂——取决于你的立场如何。在一本名为《人类能改变气候吗?》（*Can Man Change the Climate?*）的书中，一位名叫佩特·鲍里索夫（Petr Borisov）的工程师建议，可以用一道横跨白令海峡的大坝来融化北极冰盖。具体来讲，我们总有办法把数百立方公里的冷水从北冰洋输送到大坝另一侧的白令海中，这就会把北大西洋中的温暖海水牵引到北极地区。据鲍里索夫的计算，这不仅仅会在极地区域制造出更温和的冬天，也会改善中纬度地区的冬季。

"人类需要开展一场针对寒冷的战争，而不是开展一场'冷

---

① 越南战争期间由北越胡志明主席下令开辟的道路网，绕道老挝和柬埔寨境内人烟稀少的山区，向南方主战场输送军事人员和物资，为南方战场的持续斗争做出了极大的贡献。美军发现后，先后以轰炸、脱叶剂、电子传感器，以及此处介绍的人工降雨等多种手段，试图截断这条补给线。虽然这些措施给北越军队造成了极大的伤亡和经济损失，但是直到战争结束也未能削弱这条补给线的作用。

战'。"鲍里索夫如是宣称。

一幅插图描绘了方案中跨白令海峡的大坝

另一位苏联科学家米哈伊尔·戈罗斯基（Mikhail Gorodsky）建议环绕地球建立一个垫圈形的钾颗粒带，就像是土星的光环那样。这条钾带要放在合适的位置上，以反射夏季的阳光。戈罗斯基相信，这样一来就会让极北地区的冬季变得更温暖，还会让世界上的永久冻土带融化——他很乐于拥抱这一改变。这一方案与其他一些来自苏联的方案都汇总在了《人类对气候》（*Man Versus Climate*）这份概述中。它是由一个位于莫斯

科的"和平出版者"团队翻译成英语的,其结尾处有这样的宣言:

> 改造大自然的新计划每年都会向前推进。它们以后会变得越来越宏伟,越来越激动人心。这是因为,人类的想象力就像人类的知识一样,不知边界为何物。

在1970年代,气候工程失宠了。与它的兴起一样,很难说确切的原因到底是什么。公众对于环境的忧虑或许与此有关,同样有关的还有科学界越来越强烈的一个共识:播种造云不是什么好事情。与此同时出现了越来越多的报告,英语的和俄语的都有,警告人类已经改变了气候,而且是在一种很宏大的规模上。

1974年,来自列宁格勒地球物理气象台的著名科学家米哈伊尔·布迪科(Mikhail Budyko)出版了一本名为《气候变化》(*Climatic Changes*)的书。布迪科一一列出了提高二氧化碳水平所带来的危险,但是也认为它们的继续攀升是无可避免的:降低排放的唯一方法是切断化石燃料的使用,但是没有一个国家有可能去这样做。

按这一逻辑推理下去,布迪科有了一个主意——"人造火山"。可以用飞机或是"火箭和不同种类的导弹"把二氧化硫注入到平流层中。布迪科无意以"风暴狂怒计划"或在白令海峡上筑坝这样的方式来改变大自然。而实际上,他的想法更像是复仇主义者①的路线，正如出自《豹》②的那句名言："如果我们想要一切保持原状，那么一切就都得改变。"

"在不远的将来，气候改造会变成必做之事——只要你还想保持当前的气候条件的话。"布迪科如是写道。

大卫·基斯（David Keith）是哈佛大学的一位应用物理学教授。他曾经被形容为"或许是地球工程最首要的支持者"，而他本人对于这一定义非常恼火。"我是事实的支持者。"他在 2015年给《纽约时报》编辑的一封信中如是写道。基斯于 2017 年创立了哈佛大学的太阳能地球工程研究项目。他时常会收到仇恨邮件。有两次他还受到了切实的死亡威胁，以致他不得不报了警。基斯的办公室在领克楼（Link）中，就在克驰办公室那条走廊的尽头。

我在拜访了克驰的几天之后去拜访了基斯，他告诉我："太阳能地球工程不是一件你读一读摘要就能了解的事情。它取决于人类要选择如何去利用它。所以，无论何时，当一个人声称太阳能地球工程会危及数以百万计的人群，或是会拯救世界，或是任何其他的说法时，你就应该问他：'具体什么样的太阳能地球工程？具体以何种方式开展？'"

---

① 原文 revanchist，源于法语，主张通过政治方式收复在战争中失去的领土。
② 《豹》（The Leopard）是意大利作家兰佩杜萨 1958 年出版的长篇小说，讲述西西里岛一个古老贵族家庭在革命风暴中的兴衰史。

基斯个子很高，人很消瘦，留着林肯式的大胡子。作为一个热心于登山运动的人，他却把自己形容为一个"鼓捣小发明的人"，一个"技术控"，以及"一个古怪的环保主义者"。他是在加拿大长大的，在卡尔加里大学教了差不多十年书。当他在那里工作的时候，成立了一家叫"碳工程"的公司，是气候修造公司在直接空气捕捉领域的竞争者。（碳工程公司在加拿大的不列颠哥伦比亚省有一个先导电厂项目，我曾经去那里参观过。在那里能够看到加里波第山［Mount Garibaldi］的壮阔景色，它是一座高近2 700米的休眠火山。）如今，他要在剑桥与坎莫尔（Canmore）之间两边跑，后者是位于加拿大洛矶山脉中的一座城镇。

基斯相信，这个世界最终还是要削减它的碳排放，就算无法一直削减到零，也要接近零。他还相信，碳移除技术最终能够规模化，并处理掉其余那些碳排放。但是所有这些措施很可能还是不够的。在"过冲"期间，很多很多人将会遭受苦难，还会发生一些无论如何都不可逆转的改变，比如大堡礁的崩溃。

他主张，继续前行的最佳途径是去做所有该做的事情：削减排放，致力于碳移除，并以严肃得多的态度来看待地球工程。基于计算机模型的模拟结果，他提出，最安全的选项就是把足够多的气溶胶送到空中，将变暖的问题削减一半，而不是完全抵消它。这一策略被称为"半工程"。

"就算你并不打算把气温恢复到工业革命之前的水平，而只是一定程度的降低，所有的气候模型实际上也都证明了人们所知道的大多数大型气象灾害都会减弱，包括极端降水、极端气温、水资源的变化、海平面上升。"他这样告诉我。基斯还说："这种改善基本上会发生在所有地方，因为没有任何一个大的地区的情况会变得更糟。我认为，这一结果好得令人震惊。"

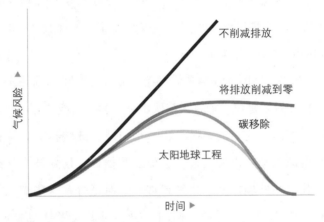

太阳地球工程的一个潜在用途是对气候变化的危险起到"削顶"的作用

我问基斯对于有时被称为"道德危机"的问题怎么看。如果人们认为地球工程将避免气候变化最恶劣的那些结果，他们会不会对削减排放就没有什么热情了？他同意，这是一个需要担心的问题。但是他说，相反的情况也有可能发生："增加了可供选择的选项"可能会促使人们采取更伟大的行动。

"偏执狂式的见解是：'我们唯一能做的事情就是削减排放。'或者更狭隘的一个版本是：'我们唯一能做的事情就是使用清洁能源。'我认为，事实上，如果能远离这些见解，或许会确保人们在解决问题上达成更广泛的政治认同。人们可能会更愿意花大价钱来削减排放，因为它所从属的那个计划的总体目标不是要去止损，而是真的去让世界变得更美好。"

我提出，在他所研究的这类干预行为上，人类可没什么好的过往记录。虽然引入一种有毒的两栖动物很难与遮挡太阳相提并论，但我还是提到了海蟾蜍的例子。

基斯暗示，我其实暴露了自己的偏见："对于那些认为我们的科技补救措施都走错了路的人，我会说：'好吧，那农业也走错了路吗？'绝对真实的情况是，农业有着各式各样根本没有预料到的后果。"

"人们总是去考虑所有那些环境改造的糟糕案例。"他继续说道，"他们忘记了所有那些多多少少起到了作用的案例。有一种来自埃及的杂草，名叫柽柳（tamarisk）。它已经扩散到了美国西南地区的所有沙漠中，并且是非常具有破坏性的。在经过了大量的尝试之后，人们引入了某种专门以柽柳为食的虫子。很显然，这方法多多少少奏效了。"

"我要申明的是，我没说这些改造大多会奏效。我说的是，改造可以是很宽泛的、很不同的事情。"

地球工程不是什么能够快递到你家，让你在厨房里进行操作的事情。不过，作为一个能够改变世界的项目，它看起来也是简单得令人吃惊。发送气溶胶的最佳方式就是利用飞机。这种飞机要能够飞到 18 千米的高度，并能够运载 20 吨的有效载荷。研究者们称这样的一架飞行器为"平流层气溶胶注入抛射器"（Stratospheric Aerosol Injection Lofter），缩写为 SAIL。他们对这种飞行器需要达到的参数指标进行研究后得出结论，其开发成本将达到 25 亿美元。这个金额听起来好像是一大笔钱，但其实只是空中客车公司用于开发"超级客机"A380 的成本的十分之一，而这种客机在十几年后就停止了生产。要部署像 SAIL 这样的一架飞行器需要每十年花费 200 亿美元左右。同样的，这也不是多大的事情，因为现在这个世界每年花费在化石燃料上的补贴都是上述金额的 300 多倍。

"有几十个国家都同时具备启动这样一个项目所需的技术和资金。"这个飞行器方案的研究者，耶鲁大学的讲师韦克·史密斯（Wake Smith）和纽约大学的教授赫尔诺特·瓦格纳（Gernot Wagner）给出了这样的评论。

太阳能地球工程相对而言是比较便宜的项目。不仅如此，它还是一个能够快速实施的项目。基本上只要 SAIL 飞行器一投入使用，降温就开始了。（坦博拉火山爆发的一年半之后，新英格兰的黄瓜就遭遇了冻灾。）正如基斯告诉我的，这是能够针对气候变化"快速采取某些措施"的唯一方式。

但是，如果一架 SAIL 飞行器看起来像是一种快速起效的解决方案，那么首先是因为它根本就不是一个解决方案。这项技术所针对的是变暖这一症状，而不是它的病因。正因为如此，有人把地球工程比作是用美沙酮①来治疗海洛因成瘾的问题，不过更恰当的比喻或许是用安非他命②来治疗海洛因成瘾的问题。结果就是，一种成瘾问题变成了两种成瘾问题。

由于向平流层中输送的方解石③或是硫酸（或是钻石）微粒在几年之后还会落回地面，它们需要持续进行补充才行。如果SAIL飞行了一二十年之后，又由于某种原因——比如战争、疫情、对结果不满意——而终止了，那么由此产生的结果就会像是打开了一个全球规模的大烤炉的门。所有那些曾经被掩盖的升温问题都会在突然之间显现出来，导致一次快速而严重的气温攀升——这种现象被称为"终端激波"④。

与此同时，为了跟上全球变暖的步伐，SAIL需要向平流层输送越来越大的有效载荷。（以"人造火山"的角度来说，就相当于实施越来越强烈的喷发。）史密斯和瓦格纳所做的成本计算是基于基斯所提出的那种操作方式，能够将变暖的速率削减一半。他们两人估计，在项目的第一年需要向平流层撒播大约10万吨硫。而到了第十年，这个数字就会提升到超过100万吨。在

---

① 一种鸦片类药物，可用于镇痛和麻醉，并被广泛用于戒除海洛因毒瘾的治疗，有较好的效果。但是美沙酮的过量使用本身也会造成成瘾的问题，所以才有此处这样的比喻。

② 一种中枢神经刺激剂，可用于治疗多动症、嗜睡症、肥胖症等疾病。安非他命的不当使用会造成严重的成瘾问题，甚至危及生命。

③ 碳酸钙众多矿物形式中的一种。

④ 主要指太阳风由于接触了星际间物质而减速至亚音速水平的现象，发生在海王星轨道以外，在距太阳75至90个天文单位的距离上。在其他领域泛指某种能够抵消一个原有作用力的力量消失时，原有的作用力突然重新占据主导的现象。

此期间，飞行次数会相应地从每年 4 000 次攀升到每年超过 40 000 次。（非常尴尬的是，每一次飞行都会产生很多吨的二氧化碳，造成更严重的升温，势必需要更多次的飞行。）

向平流层注入的颗粒越多，产生奇怪副作用的可能性就越大。本世纪末，大气中的二氧化碳水平轻易就能达到 560 ppm。如果要用太阳能地球工程来抵消这些二氧化碳的效应，研究者们发现，这将导致天空的样子出现变化。新的"天空蓝"将会是白色。他们指出，这种效应会导致"此前保持原始状态的地区的天空看起来也像是城市地区的天空一样"。他们还表示，也会出现一个恰到好处的后果，那就是辉煌的日落景象，"就像是在大型火山爆发后所能看到的那样"。

阿兰·罗博克（Alan Robock）是罗格斯大学的一位气候科学家，也是"地球工程模型交叉比对项目"的领导者之一。罗博克维护着一个对于地球工程的各种担忧的排行榜，最新一版有二十多项。第 1 名是它有可能扰乱降水的模式，导致"非洲和亚洲的旱灾"。第 9 名是"减少太阳能电力产能"。第 17 名是"白色天空"。第 24 名是"国家之间的冲突"。第 28 名是"人类有权这么干吗"。

*　　*　　*

多年以来，基斯和克驰一直在合作开展一个叫做"平流层受控扰动实验"（Stratospheric Controlled Perturbation Experiment）的项目，缩写为 SCoPEx。这项实验应该在某个没什么树的地区开展，比如美国西南部地区，在其上空约 19 千米处。项目中的反射颗粒只有半公斤到一公斤左右，还需要有一个零压气球①，带着一个载有科研设备的吊舱。

当我去剑桥拜访他们时，这个吊舱的研制工作正在进行之中。基斯提出可以让我看看它的样子。我们沿着迷宫一样的走廊最终来到一间实验室，房间里到处都是管道、气罐、木板箱、电路板，以及家得宝②里卖的那些工具。"这是吊舱的框架。"他指着一个工作间大小的金属框架对我说，"那些是吊舱的螺旋桨。"

基斯解释说，这项实验会分阶段来展开。首先，无人气球会在平流层中飘行，从吊舱中释放微粒流。然后气球会掉头返回，从微粒的薄雾中飞过，从而能够监测微粒的行为。

这项实验的目标并不是要对地球工程本身进行测试——一两公斤的碳酸钙或二氧化硫远远不足以对气候造成可观测的影响。然而，SCoPEx 将代表着第一次对地球工程这一概念进行严密的实地测试——或者如果你愿意的话也可以称之为"实天测试"。但是，已经有了很多反对意见，不让气球离开地面。

克驰曾告诉我："即便这个体量完全不会产生影响，让一个

---

① 高空气球的一种，有一根管道来保持气球内外的压力一致。由于升力气体的密度比空气更低，从而获得了升力。这种气球的升力会随昼夜变化而变化，不适合长时间飞行，但是由于球体不需要承受内外压力差，因此材料和技术成本比超压高空气球要低得多。

② 美国最大的家装建材连锁超市。

气球在平流层中喷撒微粒也是极具象征意味的。"

"有人认为我们不应该做这个实验，而他们的理由我认为是有逻辑的。"基斯告诉我这话的时候，我们正在看着他的研究生们把环氧树脂涂到 SCoPEx 吊舱的起落架上。"但要说清楚，真正现实的危险其实是怕有某样东西解体，并砸在某个人的脑袋上。"

目前为止，哈佛大学的地球工程研究项目是全世界同类项目中得到最多资金支持的一个，经费几乎有 2 000 万美元。但是，在美国和欧洲还有其他一些研究组，正在探索其他形式的"气候干预"。

化学家大卫·金爵士（Sir David King）曾经是先后两位英国首相托尼·布莱尔（Tony Blair）和戈登·布朗（Gordon Brown）的首席科学顾问，并担任过英国政府的气候变化特别代表。他最近在剑桥大学启动了一项先导性研究计划，"气候修复中心"。

"我们现在比前工业革命时代的气温高了大约 1.1℃到 1.2℃。"金在电话中告诉我说，"而结论是，这已经太多了。例如北极海冰的融化速度已经比之前预测的快了很多。我们看到，格陵兰岛冰盖现在的融化速度也比预测的快了很多。那么我们要如何应对这些情况？"

一方面，我们要大幅度削减碳排放。"不这么做的话，坦率地讲，咱们就要被放在火上烤了。"但是金也告诉我，除此之外，这个中心的建立也是为了推动碳移除的研究，以及让极地"重新冻结"的技术。他提到的其中一个想法是北极版的"点亮云层计划"。在这个方案中，一支船队会被派遣到北冰洋去，向天空中发射非常细小的盐水液滴。按照这个方案的推测，这些盐晶会增加云层的反射率，从而降低照射到冰面上的阳光总量。

"希望能够保存住在极地的冬天形成的那一层海冰。"金说，"要是你年复一年地这样做，你就能一层又一层地重建冰层。"

丹·施拉格（Dan Schrag）是哈佛大学环境中心的主任，同时也是一位麦克阿瑟"天才奖"[①]的获得者。他帮助建立了哈佛大学的地球工程项目，并担任了这个项目的顾问委员会成员。

"面对全球性气候工程的远景，有些人表现得惊慌失措。"他写道，"讽刺的是，这类工程项目所做的努力，很可能是让地球上的大多数自然生态系统得以存续下去的最佳机会，尽管一旦这些工程系统被部署之后，那些生态系统或许就不能再被称为'自然'了。"

施拉格的办公室距离基斯的办公室和克驰的办公室有一个街区远。所以当我还在剑桥的时候，也安排了与他的会面。他的狗叫麦基，是一条很友好的奇努克犬，迈着轻盈的步伐来迎接我。

"我不知道你作为一名作家是不是曾经感受过像这样的压

---

① 由私人基金会麦克阿瑟基金会颁发，用以奖励那些在创新方面持续做出重要贡献的人，在美国俗称为"天才奖"。

力。"施拉格说，"但是，我看到我的同事们为了能有一个皆大欢喜的结局而承受着很大的压力。人们想要有希望。而我的回应是：'你知道吗？我是个科学家。我的工作不是告诉人们好消息。我的工作是以尽可能精确的方式来描述这个世界。'"

"作为一名地质学家，我会考虑时间尺度的问题。"他继续说，"气候系统的时间尺度是数个世纪，直到数万年。如果我们明天就停止二氧化碳的排放——当然了，这是不可能的事情——温暖的情况仍然会持续数个世纪之久，因为海洋系统还没有达到平衡。这只是基本的物理学而已。我们不确定那意味着多大幅度的额外升温，但是轻易就能达到我们已经经历的升温幅度的70％以上。所以，从这个角度上来讲，我们已经处在2℃的世界了。我们要是能停在4℃都算是很幸运了。这不是乐观还是悲观的问题。我认为这就是客观现实。"（4℃的全球升温幅度不仅仅是超出了官方的灾难阈值，对于它所导向的那个未来，最好的描述或许就是"不可想象"。）

"有人认为，对于太阳能地球工程的研究将以某种方式打开潘多拉的魔盒。我认为这种想法幼稚到了难以置信的程度。"施拉格说，"你真的相信美国人或中国人从未考虑过这件事情吗？得了吧！他们做过人工降雨。这不是什么新的主意，也不是什么秘密。"

"人们不能再去琢磨自己是否喜欢太阳能地球工程这件事了，或是琢磨这事是否应该去做。他们必须要理解，我们无权做决定。美国也无权做决定。如果你是一位世界领袖，而有一项技术能够把人们的苦难带走，或是至少带走一部分，你肯定就会面对着巨大的诱惑。我并没有说他们明天就会去做这件事。我感觉我们可能会有 30 年的时间。科学家们最紧要的任务是要去搞清楚这件事情可能出问题的所有不同方式。"

在我们谈话的时候，施拉格的一位朋友出现在了他的办公室。施拉格介绍说，她叫艾丽森·麦克法兰（Allison Macfarlane），是乔治·华盛顿大学的一位教授，同时也是美国核能管理委员会的前主席。当他告诉麦克法兰我们正在讨论地球工程时，麦克法兰做出一个拇指向下的手势。

"问题在于那些无意间造成的后果。"她说，"你以为你正在做正确的事情。从你对自然界的认识来看，这办法应该会奏效。但是当你这样做时，它会将你反噬，其他某些事情将会发生。"

"我们所要面对的，是气候变化这样一个真实的世界。"施拉格回应道，"地球工程不是某种可以草率为之的事情。我们在考虑这个办法的原因就是真实世界已经给我们发了一手烂牌。"

"那手烂牌是我们自己发给自己的。"麦克法兰说。

3

　　就在美国海军启动了"风暴狂怒计划"的前后，美国陆军着手开展了一项称为"冰虫"的计划——不过只有少数人知道，因为当时还是最高机密。冰虫计划是为了赢得冷战而制订的一项异常冷酷的计划。美国陆军提出，在格陵兰岛的冰盖中挖掘成百上千公里的隧道，再在里面铺上铁轨，而核导弹会沿着轨道运来运去，让苏联人猜不出导弹在哪。"因此，冰虫计划将移动性、分散性、隐蔽性，以及坚固性整合到了一起。"一份机密报告自豪地如是写道。

　　按照这项计划，美国陆军工兵部队于 1959 年夏天被派去修建一个基地。世纪营（Camp Century）坐落在北纬 77°巴芬湾（Baffin Bay）以东 240 公里处。它是目前为止在这块冰盖上——或者说是冰盖中——修建出来的最大的人造物。工兵部队使用的装备本质上就是一种巨大的吹雪机。他们用这种机器挖出了一个地下通道网，把很多宿舍、一个食堂、一个教堂、一个电影院，以及一间理发店连接在了一起。那里甚至还有一间冰川之下的药房，里面售卖香水，还可以让你把香水寄回家去。（营地里最爱讲的一个笑话说，每一棵树后都有一个女孩。）给这个建筑提供能源的是一个移动式核反应堆。

世纪营是"冰虫计划"中唯一一个被美国陆军公之于众的组成部分。这个基地的建造和维护是为了开展极地的相关研究，陆军还专门制作了一部宣传片来记录工兵部队为了它的建造所付出的艰苦努力。从海岸边把建筑材料运到内陆需要一支由特殊拖拉机组成的车队，它们费力穿过冰原的速度只有每小时 3 公里多一点。"世纪营象征着人类为了征服其所处的环境而开展的持续不断的斗争。"这部影片的解说中这样赞颂道。记者们被带领着参观了那些隧道，来自美国和丹麦的两名童子军也被邀请到这极北之地住了几天。

然而，世纪营的建设刚一完成，麻烦就开始了。冰像水一样，会流动。工兵部队知道这一点，并且在计算中纳入了动态性问题。但是工兵部队却没有对人类的因素给予足够的考虑——核反应堆放出的热量加速了冰的流动。那些地下通道几乎是同时开始了收缩。为了保住宿舍、影院和食堂，不让它们被压垮，工作人员必须不断用链锯对冰进行"修剪"。有一个到访基地的人把这幅喧闹的场景比喻成所有来自地狱的恶魔正在召开年度大会。

到了 1964 年，放置核反应堆的那个房间变形得太严重了，人们不得不把反应堆移了出去。到了 1967 年，整个基地都被废弃了。

如果要为世纪营添加注脚的话，选择之一就是"又一个人类世寓言"。一个人出发去"征服其所处的环境"。正当他为自己的智慧和勇气而感到高兴时，却只发现四周的墙壁向他压了过来。你可以用一台吹雪机把大自然赶走，然而她总是很快就会回来。

但是，这并不是我讲述这个故事的原因。或者至少不是主要的原因。

世纪营可能曾经是一个波将金研究站①，不过那里也开展过真正的研究。即使那些地道已经弯曲了、变形了，还是有一支由冰川学家组成的考察队开始在那里钻探，垂直向下，穿过冰盖。这支钻探队不断拉上来细长细长的圆柱体冰块，并持续这一过程，直到钻到岩石为止。这些圆柱体的数量超过 1 000 根，组成了格陵兰岛的第一根完整冰芯。但是，它所揭示的气候历史却是如此令人费解，如此不可思议，以至于科学家们至今仍在试图为其寻找合理的解释。

我第一次读到有关世纪营的事情，是在我为前往格陵兰岛的旅程做计划的时候。我安排了一次参观，参观的对象是由丹麦领

---

① 指虚假的研究站。1787 年，俄国女皇叶卡捷琳娜二世沿第聂伯河南下，出巡在俄土战争中取得的克里米亚地区。克里米亚总督格里戈里·波将金为了取悦叶卡捷琳娜二世，将第聂伯河两岸的村庄和城市粉刷一新，以掩盖当地贫困的现状。后在英语世界中常用"波将金村"来形容某种大规模的虚假行为。作者在此处是套用了这一说法。

导的一个钻探行动，叫做"北格陵兰岛冰芯计划"（the North Greenland Ice Core Project），简称北方 GRIP。这项行动的地点是在厚达 3.2 千米的冰层之上，比世纪营还要更深入内陆。为了到达那里，我搭乘了一架装备了雪橇的 C - 130 大力神运输机。这架飞机搭载了数千米长的钻探钢索、一支欧洲冰川学家的队伍，以及丹麦时任的科研部部长[1]。（格陵兰岛属于丹麦领土，这是美国陆军在规划"冰虫行动"时很乐于忽略的一个事实。）像我们其他人一样，部长也得坐在大力神的货舱里，戴着军队制式的耳塞。

J. P. 斯蒂芬森（J. P. Steffensen）是北方 GRIP 的领导者之一。他在我们着陆后前来欢迎我们的到来。大家都穿着巨大的隔热靴和厚重的雪地装备。斯蒂芬森却穿着一双旧球鞋和一件脏兮兮的风雪大衣，大衣敞着怀，在风中噗啦作响。而且他还没戴手套，胡子上已经结了小小的冰柱。首先，他做了个简短的讲话，强调了脱水的危险。"这听起来像是完全自相矛盾的事情，"他告诉我们，"你站在 3 000 多米厚的水体上。但是这里极度干燥。所以你要确保喝够水，有尿可尿。"然后，他简单介绍了营地的一些规则。这里有两个从瑞典运来的防冻厕所，但是男人们好心地提出可以在外面的冰面上解决小便问题，那个地点用一面

---

① 原文如此。指的应是丹麦政府机构"科研与信息技术部"的部长。

世纪营的入口之一

世纪营的隧道必须要用电锯来维护

小红旗标示了出来。

北方 GRIP 毫无疑问是个不起眼的存在。它由 6 顶樱桃红色的帐篷围绕着一个桁架穹顶组成，而那个穹顶还是从明尼苏达州网购来的。在穹顶前，有人插了一个公认代表着与世隔绝的搞笑符号——一个指明了最近城镇的里程牌，那就是 800 多公里外的坎格鲁苏阿（Kangerlussuaq）。旁边还有一个公认代表了寒冷的搞笑符号——一棵胶合板做的棕榈树。从这里望向任何一个方向所看到的景色都是一模一样的：绝对平坦的一大片白色表面，你可以用"凄凉"来形容它，或者也可以用"肃穆"来形容它。

在营地下面，一条近 25 米长的地道把我们导向了钻探室。这个房间是从冰中掏出来的，就像是世纪营的那些通道一样。而在钻探室里，即便是在 6 月，气温也从来不会升高到冰点以上。还是像在世纪营一样，这里的这个房间也在收缩。不过房间内已经安装了松木梁来加固天花板，否则天花板可能就会被雪的自重压垮了。钻探在每天早晨 8 点开始。一天里的第一件任务就是把钻头放进地上那个洞里去，一直放到洞底。钻头是一根近 4 米长的管子，一端有着可怕的金属齿。一旦放到了位置，这根长牙的管子就会开始旋转，慢慢就会在管子中间形成圆柱体的冰芯。接下来，这些圆柱体就会被钢索拉上来。我第一次观看这个过程时，分别来自冰岛和德国的两名冰川学家正在操作钻机。他们此前已经钻到了将近 3 000 米的深度，而把钻头沉到这个深度就花了 1 个小时的时间。在这个过程中，两名科学家都没什么事可做，只能盯着置于小型加热垫上的电脑，以及听听 ABBA① 的歌。"在我们的单词表里没有'困住'这个词。"冰岛人不好意思地笑着对我说。

像所有的冰川一样，格陵兰岛的冰盖也完全是由降雪积累而成的。新近形成的那些冰层比较厚，含有空气；而更古老的冰层则很薄很紧。这就意味着，当向下钻入冰盖时，就是在向下回溯历史，一开始很缓慢，接着会越来越快。大约 40 米深的地方，那里是美国南北战争时期下的雪；760 米深的地方是柏拉图时代的雪；1 630 米深的地方，那里是史前画家装饰他们的拉斯科

---

① 20 世纪七八十年代的瑞典流行乐队。

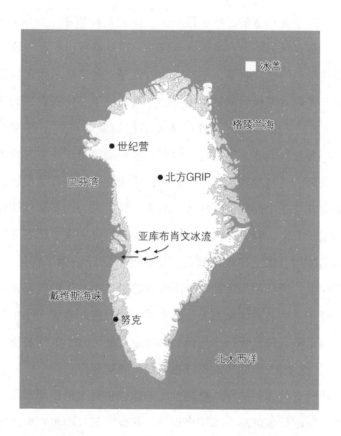

冰盖

格陵兰海

世纪营

北方GRIP

巴苏湾

亚库布肖文冰流

戴维斯海峡

努克

北大西洋

（Lascaux）洞穴①时下的雪。由于雪被压紧，它的晶体结构变成了冰。但是在很多其他方面，这些雪仍保持着原有的性质，仍是它们形成的那个时代留下的遗迹。在格陵兰岛的冰层中，有坦博拉火山的火山灰、罗马帝国的熔炉产生的主要污染成分，以及冰

---

① 位于法国的一处旧石器时代洞穴，以其洞壁上丰富的史前壁画而闻名。这些壁画约形成于 17 000 年前。

川期的风从蒙古吹来的灰尘。每一层中都包含有微小的气泡，困住了一些空气，那都是来自过去某个时间的大气层的样本。对于某些知道如何去阅读它们的人来说，这些冰层就是关于天空的一本历史档案。

最终，钻探队拉上来一短截冰芯，长约 60 厘米，直径约 10 厘米。有人去把部长叫了过来，她穿着一件红色的滑雪服走进了这个小房间。这块冰芯看起来就像是一根长 60 厘米的普通冰柱。但是一位钻探者解释说，它是由 10.5 万年前落下的雪形成的。部长用丹麦语发出了一声惊呼，似乎表现出了恰如其分的吃惊。

从一块冰芯中，我们可以通过仔细研究获得非常丰富的信息。第一个意识到这一点的人是一位名叫威利·丹斯高（Willi Dansgaard）的地球物理学家。丹斯高也是一位丹麦人，并且是一位研究降水中的化学问题的专家。如果给他一份雨水样本，他就能根据其中的同位素组成判断出降雨时的气温是多少。他意识到，这个方法也可以应用到降雪上。当丹斯高在 1966 年听说了世纪营钻出的冰芯后，他申请了对其进行分析的许可。当这份申请得到批准时，他还是相当意外的。丹斯高后来写道：那些美国人似乎没有意识到他们的地下冰库中有着多么"金贵"的数据。

整体而言，丹斯高从世纪营冰芯中读取的数据证实了我们已经知道的气候历史。最近的一次冰川期在美国被称为威斯康星冰期①，始于约 11 万年前。在威斯康星冰期中，冰盖在北半球扩张，覆盖了斯堪的纳维亚半岛、加拿大、美国的新英格兰地区，以及美国中西部地区的大部分北方区域。在整个威斯康星冰期中，格陵兰岛都是极其寒冷的。当这个冰期于大约 1 万年前结束时，格陵兰岛（以及世界上的其他地区）开始变暖。

从细节上来讲，则完全是另一回事。丹斯高对世纪营冰芯的分析表明，在末次冰期中，格陵兰岛的气候非常多变，甚至几乎不能称之为气候。冰盖的平均气温似乎会在 50 年间突然升高 8℃。然后，这里的气温几乎又会在突然之间回落。这种事情不只发生了一次，而是很多次。8℃ 的气温波动？这就好像是纽约市突然变成了休斯敦，或是休斯敦变成了利雅得②，然后再突然变回来。所有人都蒙了，包括丹斯高在内。数据上这种剧烈的波动有可能真的对应于真实事件吗？还是说它们代表了某种差错？

在接下来的 40 年间，在这个冰盖上的不同地点又取出了 5 根冰芯。每一次，这种疯狂的波动都出现了。与此同时，其他的气候记录也揭示了同样的变化图谱，包括意大利一个湖中的花粉沉积，阿拉伯海的洋底沉积物，以及中国一处溶洞中的石笋。这种气温波动被称为"丹斯高-厄施格事件"，以丹斯高和一位瑞士

---

① 冰川期在不同地区的发生情况不同，与纬度、海拔、地理特征等因素都有关系。对冰期的研究往往是在具体地点开展的，所以为了表述清楚，也由于一些历史沿革的原因，往往会以具体的地点来命名。在我国，最近的一次冰川期常常被称为"末次冰期"，常用的具体地点命名是"大理冰期"。为了忠于原著，下文仍保留书中"威斯康星冰期"的说法。

② 利雅得（Riyadh），沙特首都。

科学家汉斯·厄施格（Hans Oeschger）的名字命名，简称 D-O 事件。在格陵兰岛的冰层中共记录了 25 次 D-O 事件。宾夕法尼亚州立大学的一位冰川学家理查德·埃里（Richard Alley）把这种现象比作是"一个 3 岁大的孩子刚刚发现了电灯开关，于是来来回回地拨动着那个开关"。

最后一次大型的波动发生在末次冰期正要终结的时候，而且这次波动异乎寻常。格陵兰岛的气温在 10 年间就突然上升了超过 8℃ 的幅度，或者可能还要更快一些。紧接着，事情步入了一条正轨——一条全新的但很不一样的轨道。在接下来的 1 万年间，格陵兰岛（以及世界上的其他地区）的气温都差不多保持在了一个恒定值上，十年又十年，百年又百年。

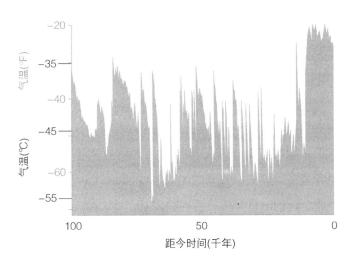

在末次冰期中，格陵兰岛中部的气温曾经疯狂波动

所有的文明都出现在这个相对平静的时期，所以，这种平静就被我们当成了"正常"。这个错误可以理解，但仍旧是个错误。在过去的 11 万年间，唯一一个像我们这个时期这样稳定的时期，就是我们这个时期。

在北方 GRIP 的一天晚上，我在桁架穹顶中采访了斯蒂芬森。当时是午夜，但是处于极昼之中，所以外面还是阳光明媚。穹顶内的冰川学家们正在喝啤酒，玩游戏，听《好景俱乐部》的音轨①。

我提起了气候变化的话题。我满怀希望地提出：或许变暖能够让我们避开另一个冰川期，以及更多的 D-O 事件。至少，我们能够躲开那个灾难。

我的话并没有让斯蒂芬森吃惊。他指出，如果你相信气候的固有属性就是不稳定，那么你最不应该做的事情就是搞乱气候。他引用了一句丹麦的谚语，尽管我没太搞明白他的所指，但还是被这句话所触动了。他把这句话翻译成："尿在裤子里只会让你暖和那么一会儿。"

我们又开始讨论气候的历史和人类的历史。在斯蒂芬森看来，两者多多少少是有关联的。"如果你看看冰芯中得到的数据，真的会改变我们的世界观，改变我们对于过去的气候以及人类进化的看法。"他问我，"为什么人类没有在 5 万年前建立文明？"

---

① 好景俱乐部是一个 20 世纪末的古巴乐团，致力于复原古巴传统音乐，后出版了同名专辑。其在 1998 年的现场演出被拍摄下来并制成了同名纪录片。此处指的应是该纪录片的音轨。

"你知道，那时候的人类有着与我们今天一样大的大脑。"他继续说，"当你把这事放在气候的框架中时，你就会说：好吧，当时是冰川期。而且这个冰川期在气候上还是如此地不稳定，以至于每次你开始建立文明时，这文明都得搬个家。然后就是当前这个间冰期——1万年非常稳定的气候，发展农业的完美条件。如果你去看看，这事非常神奇。波斯的文明，中国的文明，印度的文明，都是在同一时期开始的，可能是6 000年前左右。他们都发展出了文字，他们都发展出了宗教，而且他们都建造了城市，这些事情都是在同一时间，因为当时的气候是稳定的。我认为，要是5万年前的气候也是如此稳定的话，文明在那个时候就会开始了。但是，那个时代的人类没有这样的机遇。"

由于斯蒂芬森和他的同事们正在格陵兰岛钻取一根新的冰芯，于是我开始筹划另一趟前往那里的旅程。可就在这时，新冠来了。突然之间，每个人的计划都乱套了，也包括我自己的。由于边境关闭了，航班取消了，去往冰盖已经变得不太现实了，或者说去哪儿都变得一样不现实了。所以我待在这儿，努力完成一本关于一个失控世界的书，但却发现这个世界已经失控得太厉害了，让我连这本书都写不下去了。

科学家们现在还在试图搞清楚，究竟是什么原因导致了最先在世纪营冰芯中窥见的这种疯狂的气温波动。有一种假说认为，它们与北极海冰的消失有关。这种理论非常令人担忧，因为全球变暖正在导致北极海冰的消失。但是，即便把人类导致 D-O 事件的可能性放在一边，过去 1 万年间的平静显然也正在走向尽头。在并非有意的情况下，甚至是根本就没有意识到的情况下，人类已经用他们幸运得到的稳定，创造出了格陵兰岛规模的不稳定。

从 1990 年开始，这块冰盖上的气温已经升高了几乎 3℃。在同一时期内，格陵兰岛失去的冰已经增长了 7 倍，从每年 300 亿吨变为每年平均 2 500 亿吨以上。冰盖融化的情况出现在了岛上越来越多的地点、越来越高的海拔上。在 2019 年夏天异常温暖的几天中，在这个冰盖 95％ 以上的表面都检测到了融化的发生。在那个破纪录的夏天中，格陵兰岛几乎失去了 6 000 亿吨的冰，化出来的水能填满一个深 1.2 米，像加利福尼亚州那么大的水池。

"北极当前所经历的变暖速度，堪称是突然改变，与格陵兰岛冰芯中记录的 D-O 事件是有可比性的。"一支由丹麦和挪威的科学家组成的研究组最近得出了这样的结论。由于水的颜色更深，能够吸收太阳光，而冰的颜色更浅，能够反射太阳光，所以融化过程是自我强化的。因此，有一种广泛存在的担忧是，格陵兰岛可能正在接近一个阈值点，一旦越过了那个点，整个冰盖的瓦解将变得不可避免。这个过程可能需要几个世纪，甚至上千年的时间，但是总体来讲，格陵兰岛上的冰足够让全球海平面上升6 米。

伴随着气温的变化，过去的海平面也曾显著波动。在威斯康星冰期的最后，由于这块巨大的冰盖碎裂了，海平面的上升速度曾经达到了令人震惊的每十年 30 厘米。（有人提出，是这类"融水脉冲"中的某一次给了人类以灵感，创作了《圣经·创世记》中的大洪水。）显然，我们的先祖解决了这个大麻烦，否则我们就不会存在了。但是，与我们相比，先祖们要搬的家当不多。你要如何把像波士顿或孟买或深圳这样的城市搬到别处去呢？又能搬到哪里去呢？私人产业、国家边界、地铁线路、通讯线缆、污水管道——所有这些都是人类社会相对接近现代时期才发展出来的，而且它们全都不便打包带走。正因为如此，所有像新奥尔良一样的沿海城市都坚定地选择原地不动，坚定地采取那些为了原地不动而必须采取的干预措施，哪怕这些措施花费巨大且越来越复杂也在所不惜。为了对抗海平面上升，以及由此带来的愈发致命的风暴波涛，美国陆军工兵部队已经提出，要在纽约湾修建一系列人工岛。这些岛之间会用总长近 10 公里的巨大可伸缩闸门连接在一起。对于这项计划的一个前期成本估算给出的数字超过了 1 000 亿美元。还有一些被提出来的替代方案，认为可以通过某种手段减缓海平面上升的速度，比如支撑住南极洲的冰架，或是堵住亚库布肖文冰流（Jakobshavn ice stream）的入海口——它是格陵兰岛上最大的溢出冰川之一。

"我们理解对于干预冰川的犹豫。"美国和荷兰提出这项提议的科学家们在《自然》上这样表示，"作为冰川学家，我们知道这些地方那种原始的美。"但是，"如果全世界什么都不做，冰盖会持续缩小，而损失会逐渐加速。就算温室气体的排放被削减——这看起来不太可能发生——也需要几十年时间才能让气候稳定下来"。

你先是加速了一条冰流，然后你又试着让它变慢，方法就是竖立起一道 90 米高，近 5 公里长的混凝土浇筑大坝。

*　　　*　　　*

这是一本关于一些人努力想要解决一些问题的书，而这些问题又是另一些人努力想要解决另一些问题时所造成的。在报道这些人和事的过程中，我访问过工程师和基因工程师，生物学家和微生物学家，大气科学家和大气企业家。无一例外，他们都对自己的工作充满了热情。但是，同样无一例外，这些热情都被质疑声所困扰。电鱼屏障、混凝土的溃堤、假的岩洞、合成的云朵——这些东西呈现给我的不太像是一种"技术乐观主义"精神，或许更应该称之为"技术宿命论"。它们从一开始就不是某种进步，而只不过是在现有条件下人们所能想出的最佳方案。就像一个人造人在《银翼杀手》（*Blade Runner*）中对哈里森·福特（Harrison Ford）所扮演的那个可能是，也可能不是人造人的角色所说的："你觉得如果我买得起一条真蛇，我还会在这种地方工作吗？"

正是在这样的逻辑之下，像是辅助进化、基因驱动、挖数百万条沟来掩埋数十亿棵树这样的计划才需要被评估。地球工程可能是"全然疯狂的，相当令人不安"，但是如果它能够减缓格陵兰岛冰盖的融化速度，或是"带走某些苦难"，或是有助于防止不再自然的生态系统崩溃，那么我们难道不应该去考虑一下它吗？

安迪·帕克（Andy Parker）是"太阳辐射管理治理倡议"的计划主管。这个计划致力于拓展围绕地球工程的"全球对话"。他喜欢把这种技术比作是药物领域的化疗。要是还有更好的选择的话，没有哪个精神正常的人会愿意接受化疗。他曾经说过："在我们所生活的这个世界上，小心翼翼地让那个破太阳的光芒变暗，要比什么都不做的风险更小一些。"

但是，"让那个破太阳的光芒变暗"比不让它变暗的危险更小——要得出这样一个结论，必须要一个前提：这种技术不仅需要按计划起效，还得按计划部署。这可不是件简单的事情。克驰、基斯以及施拉格都曾向我指出，科学家只能提出建议，而实施是一个政治决定。你可能希望这样一个决定是个公正的决定，对于今天活着的，以及未来世代的人类或非人类生物都是一个公正的决定。但是，我们只能说，在这样的事情上我们此前没什么好的记录。（比如说，气候变化。）

假设这个世界发射了 SAIL 飞行器的机队，或是只有一小部分坚定果决的国家这样做了。再假设即使在 SAIL 飞行并抛撒越来越多的微粒时，全球碳排放仍然在升高。那么我们得到的结果，并不会是回到前工业革命时代的气候，或是上新世的气候，或是始新世的鳄鱼趴在北极岸边晒太阳时的气候。那将会是一种前所未有的气候，笼罩在一个前所未有的世界上。在那里，鲢鱼闪着银光，跃动在一片白色天空之下。

致　谢

如果没有很多人的帮助，这本书是不可能完成的。我要对很多人致以深深的谢意，因为这些人与我分享了他们的专业知识、他们的经历，以及他们的时间。

为了理解亚洲鲤鱼是如何来到美国的，以及它们将往何处去的问题，我要为自己所得到的帮助向玛格丽特·弗里斯比（Margaret Frisbie）和迈克·阿尔伯（Mike Alber）致谢，当然还有带我在"城市生活号"上经历了一次精彩探险的"芝加哥河之友"。我还想要谢谢查克·谢伊、凯文·艾昂斯、菲利普·帕罗拉、克林特·卡特、杜安·查普曼、罗宾·卡尔菲（Robin Calfee）、安尼塔·凯利（Anita Kelly）、安德鲁·米切尔和迈克·弗里兹。也要感谢特蕾西·塞德曼，还有伊利诺伊州自然资源部的生物学家们和签约渔民们，他们都容忍了我无穷无尽的问题。

欧文·博德伦（Owen Bordelon）热心地为我提供了专业的飞行服务，让我能够俯瞰普拉克明兹堂区，而这件事情是在大卫·穆特（David Muth）和雅克·赫伯特（Jacques Hebert）的帮助下才促成的。克林特·威尔逊（Clint Wilson）、鲁迪·西蒙尼奥、布拉德·巴斯、艾力克斯·科尔克、博伊欧·比利奥特、尚泰尔·科马尔代尔、杰夫·赫伯特、乔·哈维以及查克·佩罗丁（Chuck Perrodin）全都是很棒的向导，他们为我展示了生活在密西西比河畔的复杂性。

那些为了让美国的沙漠鱼类持续存活下去而辛勤工作的人们，理应被致以特别的谢意。感谢凯文·威尔逊、詹妮·古姆、奥林·费尔巴哈、安布尔·肖道恩、杰夫·果尔德施坦因和布兰登·森杰带我在恶魔洞里数魔鳉。也要感谢凯文·瓜达卢普带我看了内华达州的偏嘴裸腹鳉，而且如果没有他，这种鱼也根本就见不到了。感谢苏珊·索雷尔斯如此努力地工作，以保证肃氏鳉能活下去。我还要感谢凯文·布朗（Kevin Brown）把他关于恶魔洞历史的报道分享给了我。

露丝·盖茨在我这本书写到一半的时候去世了。我感到无比幸运能够与她在椰子岛上共度了一段时光，以及在我刚刚有了关于这本书的一个设想时她为我提供的帮助。我还要特别感谢麦德琳·范诺本，以及我在澳大利亚时遇到的所有那些投身于海洋研究的其他科学家们，包括凯特·奎格利、大卫·瓦亨费尔德、安妮·兰姆（Annie Lamb）、帕特里克·伯格（Patrick Buerger）

和陈永（Wing Chan）。我还要感谢保罗·哈迪斯蒂和玛丽·罗曼（Marie Roman）。

当我去吉朗参观的时候，马克·蒂泽德和凯特琳·库珀给了我极大的帮助。当我在阿德莱德参观的时候，保罗·托马斯也一样给了我极大的帮助。基因工程是一个极其困难的主题，我要感谢他们三个人如此耐心地向我解释了他们的工作。林·施华蔻非常热情地带我去捉蟾蜍。感谢 GBIRd 的罗伊登·萨阿（Royden Saah），以及特别感谢威廉姆斯大学的卢瓦纳·马罗伽（Luana Maroja），他们慷慨地帮我细化了关于基因驱动的细节。

尽管有新冠造成的限制，但我还是很幸运能够与艾达·阿拉多蒂尔一起参观了赫利谢迪发电厂。感谢她和乌洛·勃多尔斯塔蒂尔（Ólöf Baldursdóttir）让此行得以实现。在我到亚利桑那州立大学拜访克劳斯·拉克纳的时候，发现他是一位很棒的主人。在我到访苏黎世的时候，简·维尔茨巴赫、路易斯·查尔斯、保罗·鲁泽慷慨地为我花费了时间。还要感谢奥利弗·格登（Oliver Geden）、泽科·豪斯法勒（Zeke Hausfather）和马格努斯·贝尔哈德松（Magnús Bernhardsson）。

就在整个哈佛校园因为新冠疫情而关闭的几天前，我到那里拜访了弗兰克·克驰、大卫·基斯和丹·施拉格。我想要感谢他们花时间陪我穿行在太阳能地球工程那些复杂的问题之间，既有技术上的，也有伦理上的。感谢艾丽森·麦克法兰，她真的是走进了这本书里。还要感谢丽兹·伯恩斯（Lizzie Burns）、戴震（Zhen

Dai)、大卫·金爵士、安迪·帕克、赫尔诺特·瓦格纳、雅诺什·帕斯托尔（Janos Pasztor）和辛西娅·沙夫（Cynthia Scharf）。

仿佛是绕了一圈回到起点，这本书的源起其实要归因于我去北方 GRIP 的参观之旅，可是它如今已经不存在了。感谢 J. P. 斯蒂芬森、多特·达尔-延森（Dorthe Dahl-Jensen）、理查德·埃里，还有许多勇敢的冰川学家们，他们为了理解格陵兰冰盖的过去与未来而努力工作着。还要感谢我最喜欢的气候学家奈德·克莱纳（Ned Kleiner），他阅读了本书的关键章节并给出了他的意见。以及要感谢艾伦·克莱纳（Aaron Kleiner）和马修·克莱纳（Matthew Kleiner），他们在最后时刻给出了关键性的建议。

我要感谢艾尔弗雷德·P. 斯隆基金会（Alfred P. Sloan Foundation）的慷慨帮助。来自该基金会的一笔经费资助了本书相关的研究和差旅，如果没有他们的支持，我可能不会有机会去这么多地方做报道。2019 年，我花了一个月的时间在洛克菲勒基金会的贝拉焦中心开展这个项目的研究工作。那里的环境非常棒，而那家公司也很有启发性。这本书还有一部分是我在威廉姆斯大学的环境研究中心客座的时候撰写的。中心的学生和教工们，多谢啦！一份特别的感谢要献给沃顿·福特（Walton Ford），他的大海雀①在我最灰暗的时刻为我提供了灵感。

---

① 大海雀（Pinguinus impennis）是一种曾经广泛生活在北大西洋岛屿上的鸟类，不会飞行，形似企鹅，甚至英语中的企鹅一词原指的是大海雀。然而由于人类频繁航行于北大西洋，随意猎杀大海雀，最终导致了这种鸟类在 19 世纪中叶灭绝。也正因为如此，大海雀成为了有着清晰记录的被人类灭绝的物种之一。作者在前作《大灭绝时代》中对此进行过详细的介绍。此处指的应是一个大海雀的标本。

为了把我提供的手稿转变成一本书，很多人不得不在非常紧迫的时间压力下工作。诚挚地感谢卡罗琳·雷（Caroline Wray）、西蒙·萨利文（Simon Sullivan）、埃文·卡姆菲尔德（Evan Camfield）、凯西·洛德（Kathy Lord）、珍妮丝·阿克曼（Janice Ackerman）、艾利西娅·程（Alicia Cheng）、莎拉·格普哈特（Sarah Gephart）、伊恩·克利赫尔（Ian Keliher），以及MGMT设计工作室的团队。我欠朱莉·塔特（Julie Tate）很多，她为这些章节做了不少事实核查的工作，当然还有《纽约客》杂志的事实核查团队。书中任何仍旧存在的错误完全都是我自己的责任。

　　这本书中的一部分内容最先是在《纽约客》上发表的。我要对大卫·雷姆尼克（David Remnick）、桃乐茜·威肯登（Dorothy Wickenden）、约翰·伯纳特（John Bennet）、亨利·芬德（Henry Finder）致以深深的谢意，感谢他们在这么多年以来给我的忠告和支持。

　　尽管随着这个项目的推进，它的复杂性不断提高，但是吉利安·布莱克（Gillian Blake）从未失去过对于这个项目的信心。为了她给我的鼓励，为了她提出的编辑建议，为了她的正确判断，我无论怎样感谢她都不为过。凯西·罗宾斯（Kathy Robbins）是一个很棒的朋友，一如既往。拥有一位如此有洞察力的读者，如此坚定的支持者，我作为一名作者不可能要求得比这更多了。

最后，我想要感谢我的丈夫，约翰·克莱纳（John Kleiner）。借用达尔文的话，这本书有一半是从他的头脑中诞生的，我不知道要如何"不用那么多字"就能充分表达我的谢意。如果没有他的洞见，他的热情，以及他愿意一再阅读我一遍遍改写的草稿，那么我的这本书恐怕一页也写不出来。

注　释

一　顺流而下

1

"最冷酷又最诚挚的读物"：Mark Twain，*Life on the Mississippi*，reprint ed. (New York：Penguin Putnam，2001)，54.

"在这条河中逆流而上"：Joseph Conrad，*Heart of Darkness and The Secret Sharer*，reprint ed. (New York：Signet Classics，1950)，102.

《芝加哥河水如今像个水样了》：*The New York Times* (Jan. 14，1900)，14.

合称"芝加哥式土方输送法"：Libby Hill，*The Chicago River：A Natural and Unnatural History* (Chicago：Lake Claremont Press，2000)，127.

一个 15 米厚且 1.6 公里见方的小岛：Cited in Hill，*The Chicago River*，133.

转化了地球上超过一半的不冻土区域：Roger LeB. Hooke and José F. Martín-Duque，"Land Transformation by Humans：A Review," *GSA Today*，22 (2012)，4 – 10.

远在得梅因市都有震感：Katy Bergen，"Oklahoma Earthquake Felt in

Kansas City, and as Far as Des Moines and Dallas," *The Kansas City Star*（Sept. 3，2016），kansascity. com/news/local/article99785512. html.

"人类和牲畜的数量已经远远超过了"：Yinon M. Bar-On，Rob Phillips，and Ron Milo，"The Biomass Distribution on Earth," *Proceedings of the National Academy of Sciences*，115（2018），6506 – 6511.

以掩护该计划的真实目的："Historical Vignette 113 — Hide the Development of the Atomic Bomb," U. S. Army Corps of Engineers Headquarters，usace. army. mil/About/History/Historical-Vignettes/Military-Construction-Combat/113-Atomic-Bomb/.

工兵部队考虑过十多种：P. Moy，C. B. Shea，J. M. Dettmers，and I. Polls，"Chicago Sanitary and Ship Canal Aquatic Nuisance Species Dispersal Barriers," report available for download at：glpf. org/funded-projects/aquatic-nuisance-species-dispersal-barrier-for-the-chicago-sanitary-and-ship-canal/.

"摧毁我们的生活方式"：Quoted in Thomas Just，"The Political and Economic Implications of the Asian Carp Invasion," *Pepperdine Policy Review*，4（2011），digitalcommons. pepperdine. edu/ppr/vol4/iss1/3.

"人类历史上有记录的最早的综合混养模式"：Patrick M. Kočovský，Duane C. Chapman，and Song Qian，"'Asian Carp' Is Societally and Scientifically Problematic. Let's Replace It," *Fisheries*，43（2018），311 – 316.

仅在 2015 年就达到了超过 2 000 万吨的产量：Figures from the *China Fisheries Yearbook 2016*，cited in Louis Harkell，"China Claims 69m Tons of Fish Produced in 2016," *Undercurrent News*（Jan. 19，

2017）, undercurrentnews. com/2017/01/19/ministry-of-agriculture-china-produced-69m-tons-of-fish-in-2016/.

暂定名为《操控大自然》: William Souder, *On a Farther Shore: The Life and Legacy of Rachel Carson* (New York: Crown, 2012), 280.

"'操控大自然'这个说法是从傲慢中孕育而来的": Rachel Carson, *Silent Spring*, 40th anniversary ed. (New York: Mariner, 2002), 297.

有记录的第一批亚洲鲤鱼引入了: Andrew Mitchell and Anita M. Kelly, "The Public Sector Role in the Establishment of Grass Carp in the U-nited States," *Fisheries*, 31 (2006), 113 - 121.

阿肯色州渔猎委员会为鲢鱼和鳙鱼找到了用武之地: Anita M. Kelly, Carole R. Engle, Michael L. Armstrong, Mike Freeze, and Andrew J. Mitchell, "History of Introductions and Governmental Involvement in Promoting the Use of Grass, Silver, and Bighead Carps," in *Invasive Asian Carps in North America*, Duane C. Chapman and Michael H. Hoff, eds. (Bethesda, Md.: American Fisheries Society, 2011), 163 - 174.

"当鱼儿哭泣时,又有谁曾听到?": Henry David Thoreau, *A Week on the Concord and Merrimack Rivers*, reprint ed. (New York: Penguin, 1998), 31.

偶尔会有鳙鱼长到 45 公斤重: Duane C. Chapman, "Facts About Invasive Bighead and Silver Carps," publication of the United States Geological Survey, available at: pubs. usgs. gov/fs/2010/3033/pdf/FS2010-3033. pdf.

"鳙鱼和鲢鱼不仅是入侵了生态系统": Dan Egan, *The Death and Life of the Great Lakes* (New York: Norton, 2017), 156.

在某些水域的占比甚至还要更高：Dan Chapman，*A War in the Water*，U. S. Fish and Wildlife Service，southeast region（March 19，2018），fws. gov/southeast/articles/a-war-in-the-water/.

结果得到了 24 吨的死鱼：Egan，*The Death and Life of the Great Lakes*，177.

"亚洲鲤鱼对于五大湖区的生态系统造成了无可比拟的巨大威胁"：Cited in Tom Henry，"Congressmen Urge Aggressive Action to Block Asian Carp，" *The Blade*（Dec. 21，2009），toledoblade. com/local/2009/12/21/Congressmen-urge-aggressive-action-to-block-Asian-carp/stories/200912210014.

密歇根州发起了一次诉讼："Lawsuit Against the U. S. Army Corps of Engineers and the Chicago Water District，" Department of the Michigan Attorney General，michigan. gov/ag/0，4534，7-359-82915_82919_82129_82135-447414--，00. html.

根据工兵部队的评估：The Great Lakes and Mississippi River Interbasin Study，or GLMRIS report，is available at：glmris. anl. gov/glmris-report/.

在密西西比河流域这边的入侵物种包括：A list of the（at last count）187 invasive species established in the Great Lakes is provided by NOAA at：glerl. noaa. gov/glansis/GLANSISposter. pdf.

我曾读到这样一件事，有位女士：Phil Luciano，"Asian Carp More Than a Slap in the Face，" *Peoria Journal Star*（Oct. 21，2003），pjstar. com/article/20031021/NEWS/310219999.

《中国日报》对此进行报道：Doug Fangyu，"Asian Carp：Americans' Poison，Chinese People's Delicacy，" *China Daily USA*（Oct. 13，2014），

http://usa. chinadaily. com. cn/epaper/2014 -10/13/content _ 18730596.
htm.

2

正式撤销了普拉克明兹堂区的 **31** 个地名: Amy Wold, "Washed Away:
Locations in Plaquemines Parish Disappear from Latest NOAA Charts,"
The Advocate (Apr. 29, 2013), theadvocate. com/baton_rouge/news/ar-
ticle_f60d4d55-e26b-52c0-b9bb-bed2ae0b348c. html.

"我们治理了它,拉直了它,规整了它,禁锢了它": Cited in John McPhee,
The Control of Nature (New York: Noonday, 1990), 26.

每年会携带差不多 4 亿吨的沉积物: Liviu Giosan and Angelina M. Free-
man, "How Deltas Work: A Brief Look at the Mississippi River Delta
in a Global Context," in *Perspectives on the Restoration of the Mississippi
Delta*, John W. Day, G. Paul Kemp, Angelina M. Freeman, and Da-
vid P. Muth, eds. (Dordrecht, Netherlands: Springer, 2014), 30.

一个贝奥古拉部族的向导向他保证: Christopher Morris, *The Big Mud-
dy: An Environmental History of the Mississippi and Its Peoples from Her-
nando de Soto to Hurricane Katrina* (Oxford: Oxford University Press,
2012), 42.

要蹚过齐膝深的水: Cited in Morris, *The Big Muddy*, 45.

"我看不出定居者们要如何才能在这条河上安家": Cited in Morris, *The
Big Muddy*, 45.

"这个地方淹没在了 15 厘米深的水中": Cited in Lawrence N. Powell,
The Accidental City: Improvising New Orleans (Cambridge, Mass.:
Harvard University Press, 2012), 49.

奴隶们建造的河堤已经在密西西比河两岸：Morris，*The Big Muddy*，61.

人造河堤已经延伸达 240 公里以上：John M. Barry，*Rising Tide：The Great Mississippi Flood of 1927 and How It Changed America*（New York：Touchstone，1997），40.

1735 年，决口导致的一场洪水：Donald W. Davis，"Historical Perspective on Crevasses，Levees，and the Mississippi River，" in *Transforming New Orleans and Its Environs*，Craig E. Colten，ed.（Pittsburgh：University of Pittsburgh，2000），87.

"无数的房子化作了斑点"：Cited in Richard Campanella，"Long before Hurricane Katrina，There Was Sauve's Crevasse，One of the Worst Floods in New Orleans History，" *nola. com*（June 11，2014），nola. com/entertainment_life/home_garden/article_ea927b6b-d1ab-5462-9756-ccb1acdf092e. html.

1858 年，路易斯安那州的防洪堤上发生了 45 次决口：For a full account of crevasses，1773-1927，see Davis，"Historical Perspectives on Crevasses，Levees，and the Mississippi River，" 95.

共报告了 226 次决口：Davis，"Historical Perspectives on Crevasses，Levees，and the Mississippi River，" 100.

据估计造成了 5 亿美元的损失：对 1927 年大洪水损失的估计差异很大，有人甚至认为高达 10 亿美元，其价值相当于今天的 150 亿美元。

最重要的一个与水有关的法规：Cited in Christine A. Klein and Sandra B. Zellmer，*Mississippi River Tragedies: A Century of Unnatural Disaster*（New York：New York University，2014），76.

在 4 年之内就加长了：D. O. Elliott，*The Improvement of the Lower Mississippi River for Flood Control and Navigation: Vol. 2*（St. Louis：Mississippi River Commission，1932），172.

平均来讲，防洪堤被升高了近一米：Elliott，*The Improvement of the Lower Mississippi River: Vol. 2*，326.

有一首诗赞颂了工兵部队的辛勤付出：The excerpt comes from Michael C. Robinson，*The Mississippi River Commission: An American Epic*（Vicksburg，Miss.：Mississippi River Commission，1989）.

"密西西比河得到了控制；土地流失了"：Davis，"Historical Perspectives on Crevasses，Levees，and the Mississippi River，" 85.

但 **CPRA** 还是拿到了这些土壤样本：John Snell，"State Takes Soil Samples at Site of Largest Coastal Restoration Project，Despite Plaquemines Parish Opposition，" *Fox8live*（last updated Aug. 23，2018），fox8live. com/story/38615453/state-takes-soil-samples-at-site-of-largest-coastal-restoration-project-despite-plaquemines-parish-opposition/.

几乎每十年间下降 **15** 厘米：Cathleen E. Jones et al. ，"Anthropogenic and Geologic Influences on Subsidence in the Vicinity of New Orleans，Louisiana，" *Journal of Geophysical Research: Solid Earth*，121（2016），3867 – 3887.

"新奥尔良的排水问题是一个很严重的问题"：Thomas Ewing Dabney，"New Orleans Builds Own Underground River，" *New Orleans Item*（May 2，1920），1.

《对于重建沉没的新奥尔良市的反对案》：Jack Shafer，"Don't Refloat：The Case against Rebuilding the Sunken City of New Orleans，" *Slate*（Sept. 7，2005），slate . com/news-and-politics/2005/09/the-case-a-gainst-rebuilding the-sunken-city-of-new-orleans. html.

"是时候来勇敢地面对一些地质学上的事实"：Klaus Jacob，"Time for a

Tough Question: Why Rebuild?" *The Washington Post* (Sept. 6, 2005).

一个由新奥尔良市市长委任的顾问团: Reports of the Bring New Orleans Back Commission, appointed by Mayor Ray Nagin, are archived at: columbia. edu/itc/journalism/ cases/katrina/city_of_new_orleans_bnobc. html.

每秒排出 340 立方米的水量: Mark Schleifstein, "Price of Now-Completed Pump Stations at New Orleans Outfall Canals Rises by ＄33.2 Million," *New Orleans Times-Picayune* (last updated July 12, 2019), nola. com/news/environment/article_ 7734dae6-c1c9-559b -8b94-7a9cef8 bb6d8. html.

与海湾之间的距离缩短了 30 多公里: Klein and Zellmer, *Mississippi River Tragedies*, 144.

风暴在陆地上每前进 5 公里: 多少湿地才足以对风暴产生缓冲作用,是一个很具争议的话题。此处的预测引用 Klein and Zellmer, *Mississippi River Tragedies*, 141。

让·马里的孩子相继与三个部族的后代结了婚: 比洛克西-齐提马杀-乔克托部族的让·查尔斯岛族群的历史,以及最新的安置计划,可在这里看到: isledejeancharles. com。

这个项目数十亿美元的造价: "从莫甘扎到墨西哥湾"项目所需的经费一直在变化。此处的数据是 1990 年代末的,当时工兵部队决定不把让·查尔斯岛纳入防洪堤内。

"工兵部队能让密西西比河去到": McPhee, *The Control of Nature*, 50.

"如今这个词出现在脑海中": McPhee, *The Control of Nature*, 69.

二 深入荒野

1

离斯特灵山不远：在曼利的时代，这座山还没有被正式命名。他所在的
  位置是推测出来的，其根据详见：Richard E. Lingenfelter, *Death
  Valley & the Amargosa: A Land of Illusion* (Berkeley：University of Cal-
  ifornia，1986)，42。

"丰盛的面包和豆子"：William L. Manly, *Death Valley in '49: The Auto-
  biography of a Pioneer*, reprint ed. (Santa Barbara, Calif.：The Narra-
  tive Press，2001)，105.

曼利这群淘金者中的大部分人：Lingenfelter, *Death Valley & the Amargo-
  sa*，34 - 35.

而是血色的液体，"像是烂掉了一样"：Manly, *Death Valley in '49*，106.

他的朋友请求他不要再说了：Manly, *Death Valley in '49*，99.

"造物主的垃圾场"：The account of this exchange comes from Manly,
  Death Valley in '49，113.

"享受了一次极度神清气爽的沐浴"：Cited in James E. Deacon and Cyn-
  thia Deacon Williams, "Ash Meadows and the Legacy of the Devils
  Hole Pupfish, in *Battle Against Extinction: Native Fish Management in
  the American West*, W. L. Minckley and James E. Deacon, eds. (Tuc-
  son：University of Arizona Press, 1991)，69.

"也就三厘米长"：Manly, *Death Valley in '49*，107.

一个"美丽的不解之谜"：Christopher J. Norment, *Relics of a Beautiful
  Sea: Survival, Extinction, and Conservation in a Desert World* (Chapel

Hill：University of North Carolina，2014），110.

能够模模糊糊地看到两只脚走在：监控画面随以下故事一同刊登：Ve-ronica Rocha，"3 Men Face Felony Charges in Killing of Endangered Pupfish in Death Valley," *Los Angeles Times* （May 13，2016），latimes. com/local/lanow/la-me-ln-pupfish-charges-20160513-snap-story. html。

描写成了一个大腹便便、不苟言笑的人：Paige Blankenbuehler，"How a Tiny Endangered Species Put a Man in Prison," *High Country News* （Apr. 15，2019）.

加在一起只有大约一百克重：This calculation is based on figures from Norment，*Relicts of a Beautiful Sea*，120.

"既适合发射子弹，也适合发射霰弹"：Manly，*Death Valley in '49*，13.

"最高级的食物，美食家也无法拒绝"：Manly，*Death Valley in '49*，64.

"这难道不正是那个我所熟知的残破的不完美的自然吗？"：Henry David Thoreau，*Thoreau's Journals*，*Vol. 20* （entry from March 23，1856），transcript available at：http://thoreau. library. ucsb. edu/writings_journals20. html.

发生在 1882 年：Joel Greenberg，*A Feathered River Across the Sky：The Passenger Pigeon's Flight to Extinction* （New York：Bloomsbury，2014），152‒155.

"其难易程度就如同是去数或去估计"：William T. Hornaday，*The Extermination of the American Bison with a Sketch of Its Discovery and Life History* （Washington，D.C.：Government Printing Office，1889），387.

"骨头都留不下来"：Hornaday，*The Extermination of the American Bison*，525.

"一个物种哀悼另一个物种的灭亡"：Aldo Leopold，*A Sand County Almanac*，reprint ed.（New York：Ballantine，1970），117.

现在的灭绝速率要比：Anthony D. Barnosky et al.，"Has the Earth's Sixth Mass Extinction Already Arrived?" *Nature*，471（2011）51–57.

一个"正在快速减少的常见鸟类"的名单：这份清单由美国北美鸟类保护计划整理，可在以下网址查阅：allaboutbirds. org/news/state-of-the-birds-2014-common-birds-in-steep-decline-list/。

即使是长久以来被认为"抗灭绝"的昆虫之中：Caspar A. Hallmann et al.，"More than 75 Percent Decline over 27 Years in Total Flying Insect Biomass in Protected Areas," *PLoS ONE*，12（2017），journals. plos. org/plosone/article? id = 10. 1371/journal. pone. 0185809.

这些核试验留下了差不多算是永久性的标记：C. N. Waters et al.，"Global Boundary Stratotype Section and Point（GSSP）for the Anthropocene Series：Where and How to Look for Potential Candidates," *Earth-Science Reviews*，178（2018），379–429.

"特有沙漠鱼类"：Proclamation 2961，17 Fed. Reg. 691（Jan. 23，1952）.

那年春天，美国国防部：For a full list of nuclear tests by date, see U. S. Department of Energy，National Nuclear Safety Administration Nevada Field Office，*United States Nuclear Tests: July 1945 through September 1992*（Alexandria，Va.：U. S. Department of Commerce，2015），nnss. gov/docs/docs _ LibraryPublications/DOE _ NV-209 _ Rev16. pdf.

他的计划是要在空地上建起：关于这个计划的描述见：Kevin C. Brown，

Recovering the Devils Hole Pupfish: An Environmental History（National Park Service，2017），315。作者慷慨地提供了一份文件的电子档。

在 1970 年底：Brown，*Recovering the Devils Hole Pupfish*，142.

国家公园管理局搞了一排：Brown，*Recovering the Devils Hole Pupfish*，145.

一些被带往了恶魔洞西边的盐谷：Brown，*Recovering the Devils Hole Pupfish*，139.

紧接着就出现了对立的贴纸：Brown，*Recovering the Devils Hole Pupfish*，303.

"水，水，水"：Edward Abbey，*Desert Solitaire: A Season in the Wilderness*，reprint ed.（New York：Touchstone，1990），126.

"地球上所有的生命都是同宗同源的"：Abbey，*Desert Solitaire*，21.

"看着一小群鳉鱼"：Norment，*Relics of a Beautiful Sea*，3－4.

"厌恶人类的共人动物"：Stanley D. Gehrt，Justin L. Brown，and Chris Anchor，"Is the Urban Coyote a Misanthropic Synanthrope：The Case from Chicago，" *Cities and the Environment*，4（2011），digitalcommons. lmu. edu/cate/vol4/iss1/3/.

当前列为"可能灭绝"：For the latest on the IUCN's list of "possibly extinct" animals，see：iucnredlist. org/statistics.

用于描述的术语是"保护依赖性的"：J. Michael Scott et al. ，"Recovery of Imperiled Species under the Endangered Species Act：The Need for a New Approach，*Frontiers in Ecology and the Environment*，3（2005），383－389.

"老一辈有老一辈的活法"：Henry David Thoreau，*Walden*，reprint ed.（Oxford：Oxford University，1997），10.

"在西部,每一条还算显著的溪流": Mary Austin, *The Land of Little Rain*, reprint ed. (Mineola, N. Y.: Dover, 2015), 61.

有一些生物苟延残喘的时间足够长: Robert R. Miller, James D. Williams, and Jack E. Williams, "Extinctions of North American Fishes During the Past Century," *Fisheries*, 14 (1989), 22 – 38.

"我清楚地记得自己很怕它们会死掉": Edwin Philip Pister, "Species in a Bucket," *Natural History* (January 1993), 18.

他设法拯救了 32 条这种鳉鱼: C. Moon Reed, "Only You Can Save the Pahrump Poolfish," *Las Vegas Weekly* (March 9, 2017), lasvegasweekly. com/news/2017/mar/09/pahrump-poolfish-lake-harriet-spring-mountain/.

"人们建造了他们自己的生物圈": J. R. McNeill, *Something New Under the Sun: An Environmental History of the Twentieth-Century World* (New York: Norton, 2000), 194.

2

覆盖加勒比海的珊瑚中有一半都消失了: Richard B. Aronson and William F. Precht, "White-Band Disease and the Changing Face of Caribbean Coral Reefs," *Hydrobiologia*, 460 (2001), 25 – 38.

在 1998 年,海水温度曲线上的一个尖锐峰值: Alexandra Witze, "Corals Worldwide Hit by Bleaching," *Nature* (Oct. 8, 2015), nature. com/news/corals-worldwide-hit-by-bleaching-1. 18527.

"停止增长,开始消融": Jacob Silverman et al. , "Coral Reefs May Start Dissolving When Atmospheric CO_2 Doubles," *Geophysical Research Letters*, 36 (2009), agupubs. online library. wiley. com/doi/full/10. 1029/2008GL036282.

"礁岸的断壁残垣正在被快速地侵蚀殆尽"：O. Hoegh-Guldberg et al.，"Coral Reefs Under Rapid Climate Change and Ocean Acidification," *Science*，318（2007），1737–1742.

"奇怪的环形珊瑚礁"：Charles Darwin，*The Voyage of the Beagle*（New York：P. F. Collier，1909），406.

"是由无数微小的建筑师建成的"：Darwin，*Charles Darwin's Beagle Diary*，Richard Darwin Keynes，ed.（Cambridge：Cambridge University，1988），418.

"35 个对开页的潦草的只言片语"：Janet Browne，*Charles Darwin: Voyaging*（New York：Knopf，1995），437.

"我们看不到这种进行之中的缓慢改变"：Darwin，*On the Origin of Species：A Facsimile of the First Edition*（Cambridge，Mass.：Harvard University，1964），84.

"在月桂友好的怜悯阴影之下"：From an "Epitaph for a Favourite Tumbler Who Died Aged Twelve," signed Columba，full poem available at：darwinspigeons. com/＃/victorian-pigeon-poems/4535732923.

"严重地干呕"：Darwin wrote this in a letter to his friend Thomas Eyton，cited in Browne，*Charles Darwin*，525.

"我保留了每一个"：Darwin，*On the Origin of Species*，20–21.

"如果无力的人类能"：Darwin，*On the Origin of Species*，109.

在《自然的终结》之后：Bill McKibben，*The End of Nature*（New York：Random House，1989）.

大堡礁超过 90% 的珊瑚：这个数据由研究科学家尼尔·卡廷（Neal Cantin）提供，我在海洋模拟器采访了他（2019 年 11 月 15 日）。

死亡的珊瑚则达到了一半：Robinson Meyer，"Since 2016，Half of All

Coral in the Great Barrier Reef Has Died," *The Atlantic*（Apr. 18，2018），theatlantic. com/science/archive/2018/04/since-2016-half-the-coral-in-the-great-barrier-reef-has-perished/558 302/.

被研究者们称为"灾难性的"：Terry P. Hughes et al. ，"Global Warming Transforms Coral Reef Assemblages," *Nature*，556（2018），492 - 496.

在一块健康的珊瑚礁上：Mark D. Spalding，Corinna Ravilious，and Edmund P. Green，*World Atlas of Coral Reefs*（Berkeley：University of California, 2001），27.

研究者们曾经拆开一块珊瑚礁：Spalding et al. ，*World Atlas of Coral Reefs*，27.

通过使用基因测序技术：Laetitia Plaisance et al. ，"The Diversity of Coral Reefs：What Are We Missing?" *PLoS ONE*，6（2011），journals. plos. org/plosone/article? id = 10. 1371/journal. pone. 0025026.

100 万至 900 万个物种：Nancy Knowlton，"The Future of Coral Reefs," *Proceedings of the National Academy of Sciences*，98（2001），5419 - 5425.

"在珊瑚之城中，没有无用之物"：Richard C. Murphy，*Coral Reefs：Cities under the Sea*（Princeton，N. J. ：The Darwin Press，2002），33.

"那会是一个黏滑的世界"：Roger Bradbury，"A World Without Coral Reefs," *The New York Times*（July 13，2012），A17.

管理局在这份报告中称，大堡礁的长期前景：Great Barrier Reef Marine Park Authority，*Great Barrier Reef Outlook Report 2019*（Townsville，Aus. ：GBRMPA，2019），vi. The full report is available at：http://elibrary. gbrmpa. gov. au/jspui/handle/ 11017/3474/.

一个庞大的新煤矿："Adani Gets Final Environmental Approval for Car-
michael Mine," *Australian Broadcasting Corporation News*（last updated
June 13，2019），abc. net. au/news/2019-06-13/adani-carmichael-coal-
mine-approved-water-management-galilee/11203208.

"全世界最疯狂的能源项目"：Jeff Goodell，"The World's Most Insane En-
ergy Project Moves Ahead," *Rolling Stone*（June 14，2019），rolling-
stone. com/politics/politics-news/adani-mine-australia-climate-change-
848315/.

"交相掩映的河岸，覆盖着许多种类的纷繁植物"：Darwin，*On the Origin
of Species*，489.

3

称自己为"基因设计师"：Josiah Zayner，"How to Genetically Engineer a
Human in Your Garage — Part I," josiah zayner. com/2017/01/genet-
ic-designer-part-i. html.

"重写那个真正的生命分子"：Jennifer A. Doudna and Samuel H. Stern-
berg，*A Crack in Creation: Gene Editing and the Unthinkable Power to
Control Evolution*（Boston：Houghton Mifflin Harcourt，2017），119.

没有嗅觉的蚂蚁：Waring Trible et al，"*orco* Mutagenesis Causes Loss of
Antennal Lobe Glomeruli and Impaired Social Behavior in Ants,"
Cell，170（2017），727 – 735.

有睡眠失调问题的猕猴：Peiyuan Qiu et al.，"BMAL1 Knockout Macaque
Monkeys Display Reduced Sleep and Psychiatric Disorders," *National
Science Review*，6（2019），87 – 100.

埃德沃德·迈布里奇那段著名的赛马奔跑影像：Seth L. Shipman et al.，

"CRISPR-Cas Encoding of a Digital Movie into the Genomes of a Population of Living Bacteria," *Nature*, 547 (2017), 345–349.

澳大利亚动物健康实验室: 我拜访后过了几个月,澳大利亚动物健康实验室改名为澳洲疾病预防中心了。

"硕大的、长疣的蟾蜍": U. S. Fish and Wildlife Service, "Cane Toad (*Rhinella marina*) Ecological Risk Screening Sum mary," web version (revised Apr. 5, 2018), fws. gov/fisheries/ans/erss/highrisk/ERSS-Rhinella-marina-final-April2018. pdf.

"较大的个体坐在公路上": L. A. Somma, "Rhinella marina (Linnaeus, 1758)," U. S. Geological Survey, *Nonindigenous Aquatic Species Database* (revised Apr. 11, 2019), nas. er. usgs. gov/queries/FactSheet. aspx? SpeciesID = 48.

一只名叫贝特·戴维斯的海蟾蜍: Rick Shine, *Cane Toad Wars* (Oakland: University of California, 2018), 7.

在 1800 年代中期,它们被进口到了加勒比地区: Byron S. Wilson et al., "Cane Toads a Threat to West Indian Wildlife: Mortality of Jamaican Boas Attributable to Toad Ingestion," *Biological Invasions*, 13 (2011), link. springer. com/article/10. 1007/s10530-010-9787-7.

它们就产下了超过 150 万颗卵: Shine, *Cane Toad Wars*, 21.

在前锋线上的海蟾蜍的腿: Benjamin L. Phillips et al., "Invasion and the Evolution of Speed in Toads," *Nature*, 439 (2006), 803.

"它们已经入侵了北领地": Karen Michelmore, "Super Toad," *Northern Territory News* (Feb. 16, 2006), 1.

种群数量骤降的物种名单: Shine, *Cane Toad Wars*, 4. See also: "The Biological Effects, Including Lethal Toxic Ingestion, Caused by Cane

Toads (Bufo marinus): Advice to the Minister for the Environment and Heritage from the Threatened Species Scientific Committee (TSSC) on Amendments to the List of Key Threatening Processes under the Environment Protection and Biodiversity Conservation Act 1999 (EPBC Act)" (Apr. 12, 2005), environment. gov. au/biodiversity/ threatened/key-threatening-processes/biological-effects-cane-toads.

澳大利亚政府能够为每一只被消灭的海蟾蜍提供赏金: House of Representatives Standing Committee on the Environment and Energy, *Cane Toads on the March: Inquiry into Controlling the Spread of Cane Toads* (Canberra: Commonwealth of Australia, 2019), 32.

让毒液的毒性放大一百倍: Robert Capon, "Inquiry into Controlling the Spread of Cane Toads, Submission 8" (Feb. 2019). Available for download at: aph. gov. au/Parliamentary _ Business/Committees/ House/Environment_and_Energy/Canetoads/Submissions.

喂食掺有催吐药的蟾蜍"香肠": Naomi Indigo et al., "Not Such Silly Sausages: Evidence Suggests Northern Quolls Exhibit Aversion to Toads after Training with Toad Sausages," *Austral Ecology*, 43 (2018), 592 – 601.

有些基因会干扰竞争对手的复制: Austin Burt and Robert Trivers, *Genes in Conflict: The Biology of Selfish Genetic Elements* (Cambridge, Mass. : Belknap, 2006), 4 – 5.

被传承给了超过 90% 的后代: Burt and Trivers, *Genes in Conflict*, 3.

包括蚊子、拟谷盗、旅鼠: Burt and Trivers, *Genes in Conflict*, 13 – 14.

在酵母中创建了一个合成基因驱动系统: James E. DiCarlo et al., "Safeguarding CRISPR-Cas9 Gene Drives in Yeast," *Nature Biotechnology*,

33（2015），1250－1255.

创造了果蝇中的一个合成基因驱动系统：Valentino M. Gantz and Ethan Bier，"The Mutagenic Chain Reaction：A Method for Converting Heterozygous to Homozygous Mutations," *Science*，348（2015），442－444.

直到黄色统治一切：道德纳和斯滕伯格（Sternberg）估计，如果带有驱动基因的果蝇逃脱，它们能够把黄色扩散到全世界五分之一到二分之一的果蝇身上。*A Crack in Creation*，151.

"希望仍在"：GBIRd website，geneticbiocontrol. org.

在几年之内让这个种群的数量下降为零：Thomas A. A. Prowse，et al.，"Dodging Silver Bullets：Good CRISPR Gene-Drive Design Is Critical for Eradicating Exotic Vertebrates," *Proceedings of the Royal Society B*，284（2017），royalsocietypublishing. org/doi/10. 1098/rspb. 2017. 0799.

1 000 个岛屿鸟类物种的灭绝：Richard P. Duncan，Alison G. Boyer，and Tim M. Blackburn，"Magnitude and Variation of Prehistoric Bird Extinctions in the Pacific," Proceedings of the National Academy of Sciences，110（2013），6436－6441.

尽管人们付出了巨大的努力来拯救：Elizabeth A. Bell，Brian D. Bell，and Don V. Merton，"The Legacy of Big South Cape：Rat Irruption to Rat Eradication," *New Zealand Journal of Ecology*，40（2016），212－218.

"只有人类才具备同样的适应性"：Lee M. Silver，*Mouse Genetics: Concepts and Applications*（Oxford：Oxford University，1995），adapted for the Web by Mouse Genome Informatics，The Jackson Laboratory （revised Jan. 2008），http：//informatics.jax.org/silver/.

"像是在一家鸟类的康复中心工作一样"：Alex Bond，"Mice Wreak Havoc for South Atlantic Seabirds," *British Ornithologists' Union*，bou.org.uk/blog-bond-gough-island-mice-seabirds/.

与库尔特·冯内古特的"9号冰"进行了对比：Rowan Jacobsen，"Deleting a Species," *Pacific Standard*（June‒July 2018，updated Sept. 7，2018），psmag.com/magazine/deleting-a-species-genet ically-engineering-an-extinction.

例如"杀手—拯救者系统"：Jaye Sudweeks et al.，"Locally Fixed Alleles：A Method to Localize Gene Drive to Island Populations," *Scientific Reports*，9（2019），doi.org/10.1038/s41598-019-51994-0.

一个所谓的"捕手"序列：Bing Wu，Liqun Luo，and Xiaojing J. Gao，"Cas9-Triggered Chain Ablation of *Cas9* as Gene Drive Brake," *Nature Biotechnology*，34（2016），137‒138.

"通过遗传补救的新技术"：Revive & Restore website，reviverestore.org/projects/.

你知道它是怎么打扫的吗?：Dr. Seuss，*The Cat in the Hat Comes Back*（New York：Beginner Books，1958），16.

"灭绝雪崩"：Edward O. Wilson，*The Future of Life*（New York：Vintage，2002），53.

"我们不像天神"：Wilson，*Half-Earth: Our Planet's Fight for Life*（New York：Liveright，2016），51.

"我们像天神一样,但我们做得并不怎么好"：Paul Kingsnorth，"Life Versus the Machine," Orion（Winter 2018），28‒33.

三 升上天空

1

"从自然控制气候到人类控制气候"：William F. Ruddiman, *Plows*, *Plagues*, *and Petroleum: How Humans Took Control of Climate*（Princeton, N.J.：Princeton University, 2005）, 4.

人类排放了约 1 500 万吨二氧化碳：Historical emissions data come from Hannah Ritchie and Max Roser, "CO_2 and Greenhouse Gas Emissions," *Our World in Data*（last revised Aug. 2020）, ourworldindata. org/CO_2-and-other-greenhouse-gas-emissions.

干旱愈发严重：Benjamin Cook, "Climate Change Is Already Making Droughts Worse," *CarbonBrief*（May 14, 2018）, carbonbrief. org/guest-post-climate-change-is-already-making-droughts-worse.

风暴更加猛烈：Kieran T. Bhatia et al. , "Recent Increases in Tropical Cyclone Intensification Rates," *Nature Communications*, 10（2019）, doi. org/10. 1038/s41467-019-08471-z.

野火季变得更长：W. Matt Jolly et al. , "Climate-Induced Variations in Global Wildfire Danger from 1979 to 2013," *Nature Communications*, 6（2015）, doi. org/10. 1038/ncomms8537.

南极洲的冰盖融化情况已经加重了 3 倍：A. Shepherd et al. , "Mass Balance of the Antarctic Ice Sheet from 1992 to 2017," *Nature*, 558（2018）, 219 - 222.

大多数珊瑚环礁将在几十年内：Curt D. Storlazzi et al. , "Most Atolls Will Be Uninhabitable by the Mid-21st Century Because of Sea-Level

Rise Exacerbating Wave-Driven Flooding," *Science Advances*, 25 (2018), advances. sciencemag. org/content/4/4/eaap9741.

"将全球平均气温的上升幅度限制在 2℃ 以内": The full text of the Paris Agreement in English is available at：unfccc. int/files/essential_background/convention/application/pdf/english_paris_agreement. pdf.

要维持 1.5℃ 的目标: 计算升温幅度限制在 1.5℃ 或 2℃ 以内的情况下，我们还可以排放多少二氧化碳的方法有很多，我使用的是墨卡托全球公域与气候变化研究中心的"碳维持经费"数据，参见：mcc-berlin. net/en/research/CO_2-budget. html。

"比很多沙漠的面积要小": K. S. Lackner and C. H. Wendt, "Exponential Growth of Large Self-Reproducing Machine Systems," *Mathematical and Computer Modelling*, 21 (1995), 55–81.

倒不如说是"冒险投资": Wallace S. Broecker and Robert Kunzig, *Fixing Climate: What Past Climate Changes Reveal About the Current Threat—and How to Counter It* (New York：Hill and Wang, 2008), 205.

"为了让人们减少去厕所的次数而发放奖励": Klaus S. Lackner and Christophe Jospe, "Climate Change Is a Waste Management Problem," *Issues in Science and Technology*, 33 (2017), issues. org/climate-change-is-a-waste-management-problem/.

"这种道德立场": Lackner and Jospe, "Climate Change Is a Waste Management Problem."

"全球的二氧化碳排放相较于此前年份": Chris Mooney, Brady Dennis, and John Muyskens, "Global Emissions Plunged an Unprecedented 17 Percent during the Coronavirus Pandemic," *The Washington Post* (May 19, 2020), washingtonpost. com/climate-environment/2020/05/19/

greenhouse-emissions-coronavirus/? arc404 = true.

到底会待多久,这是个复杂的问题:单个碳分子会持续在大气与海洋之间及这两者与全球植被之间循环。但是,大气中的二氧化碳水平由更为缓慢的过程所控制。更完整的讨论见:Doug Mackie,"CO_2 Emissions Change Our Atmosphere for Centuries," *Skeptical Science* (last updated July 5,2015),skepticalscience. com/argument. php? p = 1&t = 77&&a = 80。

美国只有世界上 4%的人口:All figures on aggregate emissions are taken from Hannah Ritchie,"Who Has Contributed Most to Global CO_2 Emissions?" *Our World in Data*(Oct. 1,2019),ourworldindata. org/ contributed-most-global-CO_2.

其中 101 种都涉及负排放:Sabine Fuss et al.,"Betting on Negative Emissions," *Nature Climate Change*,4(2014),850 – 852.

所有设定场景都依赖于负排放:J. Rogelj et al.,"Mitigation Pathways Compatible with 1. 5℃ in the Context of Sustainable Development," in *Global Warming of 1. 5℃:An IPCC Special Report*,V. Masson-Delmotte et al.,eds.,Intergovernmental Panel on Climate Change (Oct. 8,2018),ipcc. ch/site/assets/ uploads/sites/2/2019/02/SR15_ Chapter2_Low_Res. pdf.

我埋掉的二氧化碳份额是将近 550 公斤:计算飞行所用的排放量是很复杂的,而且对于同一次旅行,不同的组织有不同的估算方式。我使用的是 myclimate. org 的飞行碳排放计算器。

最近瑞士科研人员的一项研究工作:Jean-Francois Bastin et al.,"The Global Tree Restoration Potential," *Science*,364(2019),76 – 79.

其他研究者则认为:Katarina Zimmer,"Researchers Find Flaws in High-

Profile Study on Trees and Climate," *The Scientist* (Oct. 17, 2019), the-scientist. com/news-opinion/researchers -in-high-profile-study-on-trees-and-climate—66587. DOI: 10. 1126/science. aay7976.

"仍然是十分重要的": Joseph W. Veldman et al. , "Comment on 'The Global Tree Restoration Potential,'" *Science*, 366 (2019), science. sciencemag. org/content/366/6463/eaay7976.

一种方案是把成年的树木砍伐: Ning Zeng, "Carbon Sequestration Via Wood Burial," *Carbon Balance and Management*, 3 (2008), doi. org/ 10. 1186/1750-0680-3-1.

另一种方案要把玉米秆之类的: Stuart E. Strand and Gregory Benford, "Ocean Sequestration of Crop Resi due Carbon: Recycling Fossil Fuel Carbon Back to Deep Sediments," *Environmental Science and Technology*, 43 (2009), 1000 – 1007.

"假设需要 10 个人的一个小组": Zeng, "Carbon Sequestration Via Wood Burial. "

根据德国科学家近期的一项研究: Jessica Strefler et al. , "Potential and Costs of Carbon Dioxide Removal by Enhanced Weathering of Rocks," *Environmental Research Letters* (March 5, 2018), dx. doi. org/ 10. 1088/1748-9326/aaa9c4.

"为了向前迈出千兆吨的每一步": Olúfẹ́mi O. Táíwò, "Climate Colonialism and Large-Scale Land Acquisitions," *C2G* (Sept. 26, 2019), c2g2. net/climate-colonialism-and-large-scale-land-acquisitions/.

2

高达 40 千米: Clive Oppenheimer, *Eruptions that Shook the World* (New

York：Cambridge University，2011），299.

差不多有 1 万人顷刻之间就丧命：Oppenheimer，*Eruptions that Shook the World*，310.

"一团液态的火"：The account of the Rajah of Sanggar is cited in Oppenheimer，*Eruptions that Shook the World*，299.

"把手举到眼跟前都看不到"：This account，from the captain of a ship owned by the East India Company，is cited in Gillen D'Arcy Wood，*Tambora：The Eruption that Changed the World*（Princeton，N. J.：Princeton University，2014），21.

超过 1 亿吨的气体：South Dakota State University，"Undocumented Volcano Contributed to Extremely Cold Decade from 1810 – 1819，"*ScienceDaily*（Dec. 7，2009），sciencedaily. com/releases/2009/12/091205105844. htm.

"一些人不像人、鬼不像鬼的家伙"：Cited in Oppenheimer，*Eruptions that Shook the World*，314.

举着"没面包，就见血"的横幅：William K. Klingaman and Nicholas P. Klingaman，*The Year Without Summer: 1816 and the Volcano That Darkened the World and Changed History*（New York：St. Martin's，2013），46.

有人估计高达数百万人：Wood，*Tambora*，233.

"大自然的本来面目"：Cited in Klingaman and Klingaman，*The Year Without Summer*，64.

在 7 月 8 日，像弗吉尼亚州：Klingaman and Klingaman，*The Year Without Summer*，104.

一位名叫切斯特·杜威的教授：Cited in Oppenheimer，*Eruptions that*

Shook the World，312.

"危险到了不可思议的地步"：James Rodger Fleming，*Fixing the Sky: The Checkered History of Weather and Climate Control*（New York：Columbia University，2010），2.

"一条通往地狱的宽阔高速公路"：This assessment comes from Tim Flannery，cited in Mark White，"The Crazy Climate Technofix," *SBS*（May 27，2016），sbs. com. au/topics/science/earth/feature/geoengineering-the-crazy-climate-technofix.

"极端得无法想象"：Holly Jean Buck，*After Geoengineering: Climate Tragedy，Repair，and Restoration*（London：Verso，2019），3.

但也"不可避免"：Dave Levitan，"Geoengineering Is Inevitable," *Gizmodo*（Oct. 9，2018），earther. gizmodo. com/ geoengineering-is-inevitable-1829623031.

全球气温曾经短暂地下降了："Global Effects of Mount Pinatubo," *NASA Earth Observatory*（June 15，2001），earthobservatory. nasa. gov/images/1510/global-effects-of-mount-pinatubo.

在热带地区，平流层底部的臭氧水平：William B. Grant et al. ，"Aerosol-Associated Changes in Tropical Stratospheric Ozone Following the Eruption of Mount Pinatubo," *Journal of Geophysical Research*，99（1994），8197‑8211.

"人类正在无意之间开展一项"：President's Science Advisory Committee，*Restoring the Quality of Our Environment: Report of the Environmental Pollution Panel*（Washington，D. C. ：The White House，1965），126.

"以每 10 年 1. 2 米的速度抬升：*Restoring the Quality of Our Environment*，123.

"粗略的估算表明": *Restoring the Quality of Our Environment*，127.

让飞行器在风眼墙周围: H. E. Willoughby et al., "Project STORMFURY: A Scientific Chronicle 1962–1983," *Bulletin of the American Meteorological Society*，66（1985），505–514.

令人震惊的 2 600 次造云飞行: Fleming，*Fixing the Sky*，180.

其他由政府经费支持的旨在改变气候的计划: National Research Council, *Weather & Climate Modification: Problems and Progress*（Washington, D. C.：The National Academies Press，1973），9.

"人类需要开展一场针对寒冷的战争": Cited in Fleming，*Fixing the Sky*，202.

戈罗斯基相信: Nikolai Rusin and Liya Flit，*Man Versus Climate*，Dorian Rottenberg，trans.（Moscow：Peace Publishers，1962），61–63.

改造大自然的新计划: Rusin and Flit，*Man Versus Climate*，174.

公众对于环境的忧虑: David W. Keith，"Geoengineering the Climate: History and Prospect," *Annual Review of Energy and the Environment*，25（2000），245–284.

"火箭和不同种类的导弹": Mikhail Budyko，*Climatic Changes*，American Geophysical Union，trans.（Baltimore：Waverly，1977），241.

"气候改造会变成必做之事": Budyko，*Climatic Changes*，236.

"地球工程最首要的支持者": Joe Nocera，"Chemo for the Planet," *The New York Times*（May 19，2015），A25.

"我是事实的支持者": David Keith，Letter to the Editor，*The New York Times*（May 27，2015），A22.

他却把自己形容为一个"鼓捣小发明的人": David Keith，*A Case for Climate Engineering*（Cambridge，Mass.：MIT，2013），xiii.

开发成本将达到 25 亿美元：Wake Smith and Gernot Wagner，"Stratospheric Aerosol Injection Tactics and Costs in the First 15 Years of Deployment," *Environmental Research Letters*，13（2018），doi. org/10. 1088/1748-9326/aae98d.

都是上述金额的 300 多倍：2017 年全球每年花费在化石燃料上的补贴经估算为 5.2 万亿美元。见：David Coady et al.，"Global Fossil Fuel Subsidies Remain Large：An Update Based on Country-Level Estimates," *IMF*（May 2，2019），imf. org/en/Publications/WP/Issues/2019/05/02/Global-Fossil-Fuel-Subsidies-Remain-Large-An-Update-Based-on-Country-Level-Estimates-46509。

"有几十个国家都同时具备"：Smith and Wagner，"Stratospheric Aerosol Injection Tactics and Costs."

飞行次数会相应地从每年 4 000 次攀升到：Smith and Wagner，"Stratospheric Aerosol Injection Tactics and Costs."

这将导致天空的样子出现变化：Ben Kravitz，Douglas G. MacMartin，and Ken Caldeira，"Geoengineering：Whiter Skies?" *Geophysical Research Letters*，39（2012），doi. org/10. 1029/2012GL051652.

最新一版有二十多项：Alan Robock，"Benefits and Risks of Stratospheric Solar Radiation Management for Climate Intervention (Geoengineering)," *The Bridge*（Spring 2020），59－67.

"讽刺的是,这类工程项目所做的努力"：Dan Schrag，"Geobiology of the Anthropocene," in *Fundamentals of Geobiology*，Andrew H. Knoll，Donald E. Canfield，and Kurt O. Konhauser，eds. （Oxford：Blackwell Publishing，2012），434.

3

"因此，冰虫计划将移动性"：Cited in Erik D. Weiss, "Cold War Under the Ice: The Army's Bid for a Long-Range Nuclear Role, 1959 – 1963," *Journal of Cold War Studies*, 3 (2001), 31 – 58.

"世纪营象征着人类为了征服"：*The Story of Camp Century: The City Under Ice* (U. S. Army film 1963, digitized version 2012).

来自美国和丹麦的两名童子军：Ronald E. Doel, Kristine C. Harper, and Matthias Heymann, "Exploring Greenland's Secrets: Science, Technology, Diplomacy, and Cold War Planning in Global Contexts," in *Exploring Greenland: Cold War Science and Technology on Ice*, Ronald E. Doel, Kristine C. Harper, and Matthias Heymann, eds. (New York: Palgrave, 2016), 16.

那些地下通道几乎是同时开始了收缩：Kristian H. Nielsen, Henry Nielsen, and Janet Martin-Nielsen, "City Under the Ice: The Closed World of Camp Century in Cold War Culture," *Science as Culture*, 23 (2014), 443 – 464.

所有来自地狱的恶魔正在召开年度大会：Willi Dansgaard, *Frozen Annals: Greenland Ice Cap Research* (Odder, Denmark: Narayana Press, 2004), 49.

这些圆柱体的数量超过 1 000 根：Jon Gertner, *The Ice at the End of the World: An Epic Journey Into Greenland's Buried Past and Our Perilous Future* (New York: Random House, 2019), 202.

似乎没有意识到他们的地下冰库中有着多么"金贵"的数据：Dansgaard, *Frozen Annals*, 55.

丹斯高从世纪营冰芯中读取的数据：W. Dansgaard et al., "One Thousand Centuries of Climatic Record from Camp Century on the Greenland Ice Sheet，" *Science*，166（1969），377 – 380.

"一个 3 岁大的孩子刚刚发现了电灯开关" t Richard B. Alley，*The Two-Mile Time Machine: Ice Cores*，*Abrupt Climate Change*，*and Our Future*（Princeton：Princeton University，2000），120.

这次波动异乎寻常：Alley，*The Two-Mile Time Machine*，114.

从 1990 年开始,这块冰盖上的气温：这些数据由康拉德·斯蒂芬提供（Konrad Steffen）。本书即将出版时,他不幸因意外在冰盖上丧生。数据见：Gertner，"In Greenland's Melting Ice，A Warning on Hard Climate Choices，" *e360*（June 27，2019），e360. yale. edu/ features/ ingreenlands-melting-ice-a-warning-on-hard-climate-choices。

格陵兰岛失去的冰已经增长了 7 倍：A. Shepherd et al.，"Mass Balance of the Greenland Ice Sheet from 1992 to 2018，" *Nature*，579（2020），233 – 239.

在 2019 年夏天异常温暖的几天中：Marco Tedesco and Xavier Fettweis，"Unprecedented Atmospheric Conditions（1948 – 2019）Drive the 2019 Exceptional Melting Season over the Greenland Ice Sheet，" *The Cryosphere*，14（2020），1209 – 1223.

格陵兰岛几乎失去了 6 000 亿吨的冰：Ingo Sasgen et al.，"Return to Rapid Ice Loss in Greenland and Record Loss in 2019 Detected by GRACE-FO Satellites，" *Communications Earth & Environment*，1（2020），doi. org/10. 1038/s43247-020-0010-1.

"北极当前所经历的变暖速度"：Eystein Jansen et al.，"Past Perspectives on the Present Era of Abrupt Arctic Climate Change，" *Nature Climate Change*，10（2020），714 – 721.

对于这项计划的一个前期成本估算：Peter Dockrill，"U. S. Army Weighs Up Proposal For Gigantic Sea Wall to Defend N. Y. from Future Floods，" *ScienceAlert* (Jan. 20，2020)，sciencealert. com/storm-brewing-over-giant-6-mile-sea-wall-to-defend-new-york-from-future-floods.

"我们理解对于干预冰川的犹豫"：John C. Moore et al.，"Geoengineer Polar Glaciers to Slow Sea-Level Rise，" *Nature*，555（2018），303 - 305.

"在我们所生活的这个世界上"：Andy Parker is quoted in Brian Kahn，"No，We Shouldn't Just Block Out the Sun，" *Gizmodo* (Apr. 24，2020)，earther. gizmodo. com/no-we-shouldnt-just-block-out-the-sun-1843043812. 我还原了那句粗话。

图片出处

13 页 MGMT. design

14 页 MGMT. design

25 页 MGMT. design

29 页 © Ryan Hagerty, U. S. Fish and Wildlife Service

42 页 MGMT. design

48 页 © Drew Angerer/Getty Images

56 页 The Historic New Orleans Collection，1974. 25. 11. 2

72 页 © Danita Delimont/Alamy Stock Photo

86 页 National Park Service Photo by Brett Seymour/Submerged Resources Center

88 页 MGMT. design，adapted from Alan C. Riggs and James E. Deacon, "Connectivity in Desert Aquatic Ecosystems: The

Devils Hole Story."

97、98 页 Photos by Phil Pister, California Department of Fish and Wildlife and Desert Fishes Council, Bishop, CA.

119 页 Originally published in Charles Darwin, Animals and Plants Under Domestication, vol. 1.

122 页 MGMT. design

126 页 Photo: © Wilfredo Licuanan, courtesy of Corals of the World, coralsoftheworld. org.

136 页 © James Craggs, Horniman Museum and Gardens

148 页 MGMT. design

150 页 Photo: Arthur Mostead Photography, AMPhotography. com. au

152 页 MGMT. design

158 页 MGMT. design

177 页 Courtesy of U. S. Department of Energy/Pacific Northwest National Laboratory

187 页 MGMT. design, adapted from Zeke Hausfather, based on data from Global Warming of 1. 5℃: An IPCC Special Report.

189 页 MGMT. design, adapted from Global Warming of 1. 5℃: An IPCC Special Report, figure 2. 5.

196 页 MGMT. design

200 页 © Iwan Setiyawan/AP Photo/KOMPAS Images

206 页 MGMT. design

210 页 Courtesy of soviet-art. ru.

214 页 MGMT. design, adapted from David Keith

228 页 Photo by Pictorial Parade/Archive Photos/Getty Images

228 页 Photo by US Army/Pictorial Parade/Archive Photos/Getty Images

230 页 MGMT. design

233 页 MGMT. design, adapted from Kurt M. Cuffey and Gary D. Clow, "Temperature, Accumulation, and Ice Sheet Elevation in Central Greenland Through the Last Deglacial Transition," Journal of Geophysical Research 102 (1997).

译后记

能够成为伊丽莎白·科尔伯特关于环境主题的两部重磅著作的译者,我深感荣幸。我一直觉得,只有一本书的译者才是这本书最认真的读者,甚至比它的原作者读得还要仔细,几乎是字词必较。也正因为有这样认真的阅读,才让我深刻地领略了兼具文学性与科学性的科普文学,可以是何等的魅力四射。科尔伯特的原著是如此优秀的作品,我深恐自己的知识与能力远远不足以给出"信、达"的译文,更遑论"雅"。真心祈望各位读者能够给予批评指正。

当然,人无完人,书亦然。稍显遗憾的是,在《大灭绝时代》和《白色天空下》这两本书中,中国视角的叙事几乎都是缺失的。在这两本书涉及到的诸多故事中,有很多值得补充的信息,而我最想借这个机会将"白色天空"这个主题相关的几块中国拼图分享给各位读者。

1816 年,也就是那个著名的"无夏之年",玛丽·雪莱因为被困在日内瓦湖畔才最终写出了《弗兰肯斯坦》。同一年,在欧亚大陆的远东一侧,我国正是清朝的嘉庆丙子年间,入夏之后两江一带水患不绝,洪涝成灾,尚未成熟收割的"田禾尽坏"。与此同时,纬度更低的云南、广西、广东、海南等地则遭遇了多种极端天气的交替影响,又以异常的低温最为可怕,严重打击了当地的农作物种植。因此,在 1816 年,淮河以南的半个中国都出现粮食欠收,甚至绝收的问题,以致"观音面""观音土"的记载见于多个县志。这次饥荒的时间跨度不仅限于 1816 年,而是一直延续到了 1818 年,史称"嘉庆大饥荒"。

很显然,每一位已经读过本书的读者都会知道,1816 年发生在中国南方的这场灾难同样是印度尼西亚的坦博拉火山于 1815 年 4 月发生的 7 级大爆发所导致的。彼时,坦博拉火山强大的喷发力量将 1 亿吨直径不足一微米的灰尘和硫化物液滴抛进了平流层,并在这层几乎没有垂直对流的大气中稳定地飘浮了数年之久。

火山喷发所形成的这层气溶胶反射了更多的太阳光,导致注入地球大气系统的太阳能量变少了,既显著地降低了平均气温,也导致复杂的大气系统原有稳态运行被打破,产生了多种极端天气。正是由于这种方式对于地球降温的效果可谓是"立竿见影",所以才有了以人工方式向平流层中直接注入气溶胶的计划。正如科尔伯特在本书中所介绍的,这样一个旨在维持环境、保护环境的计划,受到了环境保护主义者的批评和抵制。

那我们到底该不该去做这样的事呢?

在《大灭绝时代》中,科尔伯特给最后一章起的题目是"长羽毛的东西",出自美国著名诗人艾米丽·狄金森(Emily Dickinson)的一首诗《希望》。诗的第一句就是:"希望是一种长羽毛的东西。"狄金森是我最喜爱的英语诗人之一,她几乎是在默默无闻中开创了西方的现代诗派。善用比喻的狄金森在这首诗中把希望比作苍茫大海上的一只小鸟,即使是风暴来临,小鸟也并不会消逝。

然而,如此文艺的一个标题也只是告诉我们:希望犹在。面对人类活动所导致的种种环境和物种灾难,我们仍旧有希望找到解决办法。但是,当这些办法真的摆在我们面前时,我们该去采取行动吗? 我们又敢去采取行动吗?

《白色天空下》在某种意义上恰恰是《大灭绝时代》的续章。它把我们面对的问题,与我们能够采取的行动,以及这些行动可能带来的新问题都摆在了我们面前。但是,科尔伯特这一次并没有下结论,甚至连"长羽毛的东西"都没有给我们。科学家们给不出答案,政治家们给不出答案,科尔伯特自然也不可能给出答案。

在我们继续探讨这个问题之前,不妨再一次回到那个吊诡的1816年,一切的始作俑者是坦博拉火山的7级爆发。我们或许对这个数字不会有什么概念,不过正如本书中的介绍,人类有记录的历史上从未发生过8级的火山爆发,由此可见7级的威力已经可以称之为恐怖了,而它所造成的影响必然是全球性的。在这种级别的地理事件面前，人类是一个不折不扣的"命运共同体"，无论是远东还是欧洲，抑或是新世界，无人能够独善其身。

在近现代史上，欧亚大陆最东端与最西端之间的第一次官方交流发生在1793年，也就是乾隆五十八年。英国政府为了谋求中国的广阔市场而派遣了以乔治·马戛尔尼（George Macartney）为正使，乔治·司当东（George Staunton）为副使的代表团出访中国。众所周知，这次著名的外交活动以失败而告终。对于失败的原因，西方叙事强调了清朝皇帝的傲慢，强调叩跪礼是不可接受的，却绝口不提他们向乾隆递交的国书中包含了割地和免税的条款。当时尚在鼎盛时期的大清帝国又怎会接纳此等条件？

很多人认为，马戛尔尼使团的外交失败是第一次鸦片战争的导火索。但实际上，彼时的英国政府恐怕并没有与中国直接对抗的想法。第一次工业革命当时刚刚起步，英国的国力还未达到此后那般强盛。英国与法国的第二次百年战争也正在进行之中，而拿破仑的崛起也让法国这个对手变得极其难缠。此外，在中国周边，特别是与英国的东印度公司势力范围相接壤的南亚和东南亚地区，清朝军队在几场局部战争中显示了远超英国陆军的强大战力。这些都是英国政府不得不考虑的因素。

所以，在1816年，英国政府再次派出了以威廉·阿美士德（William Amherst）为正使，乔治·司当东为副使的代表团访问中国，谋求进一步通商开放。这位副使虽然也叫乔治·司当东，但其实是马戛尔尼使团那位司当东副使的独子。小司当东当年曾经随父亲一起参与了马戛尔尼使团访华的行程,并见过此次即将觐见的嘉靖皇帝。

相比马戛尔尼使团来说,阿美士德使团的故事鲜为人知。或许是嘉靖不如乾隆那样自带流量,又或许只是因为这次故事几乎就是上一次故事的翻版,毫无新意。同样是因为觐见皇帝时的叩跪礼仪问题,阿美士德使团无功而返。在就此事沟通的过程中,嘉靖让官员们去跟小司当东对质,因为后者当年亲眼看到过马戛尔尼向乾隆皇帝行跪拜礼,而当时还是太子的嘉靖也在场,为何此次就不能行同样的礼仪呢?然而,小司当东的应对非常"外交辞令"。他宣称自己当时还小,又已经过去了很多年,自己已经不记得了,况且此次活动一切都要听正使的安排。最终,正使阿美士德远远不如他的前任,不但没见到大清皇帝,甚至连北京的城门都没进,就被赶回了海上。

人们总是津津乐道于历史当中的戏剧性。但是,一出好的戏剧背后一定要有强大而不可悖逆的推动力。英国政府在 1816 年再次遣使赴清的原因有两方面。其一,赢得了第二次百年战争的英国非常缺钱。当拿破仑在 1815 年输掉了滑铁卢战役之后,英法之间的第二次百年战争以英国胜利画上了句号。此时的英国在西方世界已经没有了对手,达到了鼎盛。但是延续百年的战争状态也让国家背上了沉重的负债,王室甚至濒临破产。在经济上,由于工业革命的成功,生产力过剩,但是同样受到战争的影响,欧洲其他国家的购买力不足,无法消化英国生产的产品。更加雪上加霜的是,坦博拉火山的爆发摧毁了 1816 年的农业经济,让欧洲各国深陷经济衰退的泥潭。这些因素直接导致英国在 1816 年爆发了经济危机,因而迫切需要寻找外部的突破口。

英国派出阿美士德使团的第二个动力则来自东印度公司。众所周知,东印度公司是英国殖民印度次大陆的直接代表,但很少有人知道,东印度公司也是资本主义制度下超大型公司直接左右国家政治的最早代表。东印度公司在印度的农业种植以粮食为主,自然在 1816 年同样遭遇重创。此时,一种生命力更强,更易于种植的替代型农作物出现了,它就是罂粟。印度自 1816 年开始,罂粟的种植面积逐年扩大,自然也就越来越需要一个可以倾销其产品鸦片的巨大市场。与此同时,东印度公司与清朝之间的商贸是以白银结算,中国市场是其重要的白银通道。可是清政府早就注意到了因为外贸逆差造成的白银外流问题,加之受到了 1816 年的影响,经济乏力,亟须阻止白银的持续外流,因此有意收缩甚至关闭广州这个唯一的外贸口岸。于是,东印度公司为了保住自己重要的白银通道,迫切要求英国政府再次与清政府建立联系,沟通商贸问题。

就这样,大清帝国与大英帝国,虽然远隔在欧亚大陆的两端,却因为全球经济生产力的衰退,而走向了对抗的结局。

自《史记》以来,司马公创立了中华历史的记录范式,也体现了我们的文化中"以人为中心"的历史观。自本纪而世家,自世家而列传,我们通常还是习惯于关注历史上的人,特别是那些能够改朝换代或力挽狂澜的伟人。然而,人固然伟大,但纵使筑就了水泥的宏伟森林,建造了翱翔天际的钢铁巨鸟,我们在地球面前依然是不值一提的渺小存在。当前,我们所面临的全球规模的气候变化就是一种自然伟力,在我们可以想见的未来都没有什么可行的技术能够与之直接对抗。这种变化源自我们人类强大的生产力,但这种变化也正在反过来吞噬我们的生产力。1816 年,笼罩着全世界每一个国家的这片阴霾,只不过是一声警钟而已。

除了白色天空,本书还讨论了其他很多带来了希望,但同时又令人困扰的问题,比如基因编辑。一方面,种种生物相关的问题可能都需要基因编辑来提供一种终极的解决方案。但是另一方面,这种技术还远未成熟,特别是应用在人类身上时还有很多的不确定性。这就让相关的质疑声音从未停息。

实际上,相对基因编辑技术而言,更值得我们普通人忧虑的,其实是全球性的新发传染病。新冠疫情导致的死伤令人无不动容,但它最可怕的地方恐怕还是对生产力的严重破坏。在当今社会,富人可以有丰富的金融手段来规避经济下行的风险,保证自己的财产价值不变,甚至逆水行舟,不退反进。但是当整个蛋糕变小的时候,如果胖子还要吃下跟原来一样大的一块,剩下的人吃到的蛋糕岂不是更少? 以硅谷银行为代表的欧美银行业危机,其根源是新冠所造成的全球生产力下降。在某种程度上,你可以把新冠疫情看作是一次坦博拉火山爆发,当前的我们只不过处于爆发结束后的 1816 年而已,而这一轮生产力下降带来的振荡才刚刚开始。

像坦博拉或新冠这样的冲击虽然巨大，但是作为一次性的脉冲，它的振荡终将在巨大体系中消弭于无形。相比之下，缓慢而持续的积累才会导致不可逆转的可怕影响。

自第一次工业革命以来，二氧化碳的持续排放已经造成了显著的全球变暖，它对生产力的破坏已经显现。比如在全球的热带地区，普遍出现了农业减产，经济下滑。这就导致当地的穷人更穷，不得不铤而走险，偷渡到高纬度国家求生。我们近年来经常会看到大规模的非法移民问题，主要都是集中在中美洲、地中海、以及中东地区。它们在时间上和纬度上的一致性绝不是偶然，甚至在二十年前就已经被研究气候变化的科学家们预言过了。

不过，也有一些研究认为，全球变暖或许是件好事，因为按地质变化规律来看，我们当前基本处于一个间冰期的末期。《三体》讲述了三体文明只能在三星系统不确定的温和时期发展的悲惨故事，但人类文明其实也好不到哪去。现代人类的祖先不只一次走出非洲，并散布在地球的各个大陆与岛屿上，但为什么所有辉煌的古代文明几乎是不约而同地在同一历史时期崛起？这恰恰是因为当前这个间冰期的出现给了文明以温度，让原始部落能够在相对温和的气候中完成农业的建立，从而为更高级的文明发展做好物质准备和生产力准备。

但是，这个让人类文明得以诞生的间冰期很可能已经走到了尽头。我们本该面对一次新的小冰期，给人类文明降降温。但是，人类"恰巧"制造了全球变暖,导致这个正在开始的小冰期被平衡掉了,让人类文明免遭重大打击。

倘若真是如此,那的确是一种幸运。但到底幸运在哪里呢?有人认为,幸运之处在于,我们"及时"地排放了大量二氧化碳,制造了一次全球变暖。但我认为,真正的幸运是,我们恰好赶上了一次地球自身的降温,而非升温。如果地球本该继续这个间冰期,甚至让温度继续升高,那么再叠加上我们造成的温室效应,岂不是要万劫不复了?

所以,单纯地谈论全球变暖或平流层气溶胶,就如同单纯地谈论王侯将相一样,放大了单一因素的作用。人类文明是如此脆弱,而地球又是如此多变,其在大时间尺度上的变化很难被人类所改变。在自然的伟力面前,渺小的人类真正需要的,是能够在短时间内快速调节天气的科技手段,既有如平流层气溶胶这样的降温手段,也有如温室气体排放这样的升温手段。更重要的是,我们要有一个在丰富的数据和严谨的理论支持之下的气候模型,能够指导我们该如何施加这些调节手段,对冲平缓的变化趋势,消除激烈的冲击变量。

最后,让我们回到 1816 年那个无夏之年的夏天。其实除了科尔伯特在本书中提到的雪莱夫妇和拜伦勋爵之外,与他们同住在日内瓦湖边的还有另外两人,分别是拜伦的情人克莱尔·克莱尔蒙特(Claire Clairmont)以及拜伦的私人医生约翰·波里道利(John Polidori)。由于远在东南亚的坦博拉火山爆发带来了凄风冷雨的坏天气,五个人都被困在了拜伦租下的别墅中。于是他们约定各自写一个鬼故事来打发时间。大概是出于诗人的不羁,拜伦勋爵和珀西·雪莱都没有完成约定。反到是玛丽·雪莱写出了为科幻文学开山立派的《弗兰肯斯坦》,而波里道利医生则写出了《吸血鬼》——此后所有的吸血鬼故事都是源出于此。作为鬼故事来讲,两篇故事都算合格:波里道利的《吸血鬼》讲述了一个来自过去的鬼魂,千年不死;而玛丽·雪莱的《弗兰肯斯坦》则讲述一个来自未来的鬼魂,是由身为人类的弗兰肯斯坦医生一手创造的。

一个夏天,在同一所大宅中诞生了两个经久不衰的文学原型,这多多少少要归功于坦博拉火山的爆发给了他们思考的时间。虽然珀西·雪莱没有写出什么流传后世的鬼故事,但是他在此次旅程中也看到了 1816 年的欧洲,看到了社会底层人民的悲惨生活,并且有了深刻的思考,影响了他对欧洲正在发生的革命的态度。但无论如何,他不可能知道,远在地球另一边的一座火山应该对这些饥民的悲惨生活负何种责任。

今天,当全球变暖的事实摆在我们面前,有一些打着环保旗帜的声音在说:我们应该放弃科学技术,放弃任何进一步的主动行动,似乎这样就能让地球稳定地旋转下去,让岁月静好。对于他们而言,任何科学事实很可能都是没有说服力的。试想,如果我们很多人都被放进一口硕大无比,不可能逃出去的巨锅之中,泡在水里烹煮。只不过此时的水温还仅仅是热水澡的温度而已,你要如何选择呢?想尽一切办法让这口锅里的水温降下来?还是闭上眼睛,假装自己是在泡温泉,并臆想着会有一个全能的神突然从锅底下把木柴抽走,拯救我们?

其实,《弗兰肯斯坦》的故事呈现了一个在科幻文学中不断被重复的命题:人类的造物终将毁灭人类自己。玛丽·雪莱落笔时所想到的,或许只是电与大机器这些当时新出现的科技,但她肯定想象不到,这件能够真正毁灭人类的人类造物,竟会应验在她那个时代正在兴起的工业革命身上。又或许,玛丽的隐喻并不准确,人类终将能够避免这场灾难。而那个唯一希望,如同长有羽毛的东西一样会飞,就悬在当时玛丽头顶的那片白色天空中。

叶 盛

2023 年 6 月

Elizabeth Kolbert
Under A White Sky
Copyright © 2021 by Elizabeth Kolbert
Published by arrangement with The Robbins Office，Inc. and Aitken Alexander Associates Ltd.

图字：09－2021－582 号

图书在版编目(CIP)数据

白色天空下 /（美）伊丽莎白・科尔伯特
(Elizabeth Kolbert) 著；叶盛译. —上海：上海译
文出版社，2023.10
（译文纪实）
书名原文：Under A White Sky：The Nature of the
Future
ISBN 978－7－5327－9342－6

Ⅰ.①白… Ⅱ.①伊… ②叶… Ⅲ.①纪实文学－美
国－现代 Ⅳ.①I712.55

中国国家版本馆 CIP 数据核字(2023)第 181055 号

白色天空下
[美]伊丽莎白・科尔伯特 著 叶 盛 译
责任编辑/常剑心 装帧设计/邵旻 观止堂_未氓

上海译文出版社有限公司出版、发行
网址：www.yiwen.com.cn
201101 上海市闵行区号景路 159 弄 B 座
苏州市越洋印刷有限公司印刷

开本 890×1240 1/32 印张 9.5 插页 2 字数 167,000
2023 年 10 月第 1 版 2023 年 10 月第 1 次印刷
印数：00,001—12,000 册

ISBN 978－7－5327－9342－6/I・5831
定价：68.00 元

本书中文简体字专有出版权归本社独家所有,非经本社同意不得连载、摘编或复制
如有质量问题,请与承印厂质量科联系。T：0512－68180628